HONEY
小·甜心
系列 02

大鱼

有爱的青春陪伴者

我亲爱的厨神先生

时梧 ◎ 著

百花洲文艺出版社
BAIHUAZHOU LITERATURE AND ART PRESS

图书在版编目（ＣＩＰ）数据

我亲爱的厨神先生 / 时梧著. — 南昌 ： 百花洲文艺出
版社，2018.7
ISBN 978-7-5500-2837-1

Ⅰ．①我… Ⅱ．①时… Ⅲ．①长篇小说－中国－当代
Ⅳ．①I247.5

中国版本图书馆CIP数据核字(2018)第106424号

出 版 者　百花洲文艺出版社
社　　址　江西省南昌市红谷滩世贸路898号博能中心A座20楼　邮编：330038
电　　话　0791-86895108（发行热线）　0791-86894790（编辑热线）
网　　址　http://www.bhzwy.com
E－mail　bhzwy0791@163.com

书　　名　我亲爱的厨神先生
作　　者　时　梧
出 版 人　姚雪雪
责任编辑　王俊琴
特约编辑　颜小玩
封面设计　颜小曼
内页设计　米　籽
封面绘制　Ashui
经　　销　全国新华书店
印　　刷　长沙鸿发印务实业有限公司（长沙黄花工业园三号　邮编410137）
开　　本　880mm×1230mm　1/32
印　　张　9
字　　数　264千字
版　　次　2018年7月第1版
印　　次　2018年7月第1次印刷
书　　号　ISBN 978-7-5500-2837-1
定　　价　32.80元

赣版权登字：05-2018-212

目 录
Contents

目录
Contents

WOQINAIDE
CHUSHENXIANSHENG

●楔子
XIEZI

2012 年夏天，伦敦奥运会正如火如荼地展开着。

首都协和医院，精神内科 1205 病房，墙壁上挂着的液晶电视正播放着男子 200 米蝶泳决赛，菲尔普斯遗憾失金。

单人病房，病人名为江眉影。

江眉影伸出手，手背上的骨骼突出，触目惊心的瘦弱。她摸索着去找放在床头柜上的遥控器。

江妈妈推开病房门，看见她的动作，将遥控器递给她，问："要换台？"

江眉影的手腕内侧皮肤刺着一枚滞留针，直接扎进静脉，针口周围已经有些泛青。

她点点头，没说话，窝在被子里，只露出一双眼睛，看着电视里失落的菲尔普斯。

江妈妈尝试和她聊天，问："这是你最喜欢的运动员吧，输了？"

江眉影摇了摇头，缩进了被子里，一声不吭。江妈妈无声地叹气，跟江眉影聊了几句都得不到回应，温和地说道："眉影，你有什么想法都可以跟妈妈讲，妈妈会尽力帮你实现的，不要闷在被窝里。"

江眉影缓缓从被窝里探出脑袋来，神色有些麻木。她没有什么特别想要的，说是无欲无求，却又自我厌恶。

她看了看窗外，夏日，首都的天空蓝得干净湛蓝，虽然有些炎热，但是能感觉得到窗外的热闹繁华。

她动了动唇，从喉咙间，低低地说出几个字："我想出去看看。"

电视里正在重播伦敦奥运会开幕式。

进行到了放飞和平鸽的环节。一辆辆装着翅膀的自行车驶入场内，绕场骑行，寓意和平鸽的展翅飞翔。

韩栋看着电视，面无表情，心里烦闷。

韩栋的父亲询问着："东西整理好了吗？"

韩栋点点头。

"那就去总店学习。"韩父的声音不怒自威。

韩栋无声地呼出一口郁气，起身拿上车钥匙准备出门，韩父在他身后看着他。韩栋脚下一顿，回过头来看父亲。

他问自己的父亲："爸，你有吃过路边摊吗？"

韩父不知道他突然问这个是什么意思，脸上一片嫌恶："我们做高端餐饮的，怎么可能会吃过那种不入流的东西。"

韩栋一愣，随即点了点头，说道："我知道了。"说罢，出了门离开了。

一出住院大楼的门，外面的热浪瞬间扑面而来，江眉影在中央空调制冷的病房里待了近一个月，她睁大双眼，感觉自己浑身的寒毛居然都立了起来。

医院外围是密集的车流，嘈杂、喧闹。都市的繁忙浮躁和五分钟前的病房内像两个世界。

对江眉影来说，这恍如隔世。

韩栋在去往总店的路上，开着车却寸步难行，车子又堵在了半路。他抬头看到高楼大厦鳞次栉比，水泥森林里的世界让人难以呼吸。

扭头一看侧边的小巷子里，却热闹非凡，街坊邻居正热火朝天地聊天、吃路边摊。这是首都，矛盾又和谐的城市。

正对面高楼上的 LED 大屏幕上正在放菲尔普斯与冠军失之交臂的那一场比赛，韩栋的车子往前挪了几米又停住了。他叹了声气，看着屏幕上菲尔普斯略显失落的表情。

2012 年 8 月 4 日，美国泳将、传奇运动员菲尔普斯选择退役。次日，菲尔普斯拿到了他人生中第 18 枚奥运金牌，成为奥运历史上获得奖牌及金牌最多的运动员。

这与江眉影的人生无关，但是她却湿了眼眶。难得的情感起伏，不是歇斯底里的哭泣，让江眉影的妈妈大为感动，握着她的手说不出话来。

这应该是全世界的话题。与三味坊却没有任何关联，大厅里流淌着动听高雅的钢琴独奏，穿着考究的客人们轻轻碰杯，喝下一口红酒，低声交谈的都是明日的股市或者国外的流行趋势，间或交换一个客套虚假的笑容。

奥运会和菲尔普斯，在蓝丝绒餐厅里，是谈论不到的。

也与身为少东家的韩栋无关。他就像一个吉祥物一样，站在大厅里，跟来往的贵客们客套或者接受奉承。

他真的应该在三味坊，用不到自己的厨艺，虚伪高雅地度过一生吗？

三味坊固有的音乐是钢琴师的演奏曲。

韩栋回忆起先前室友带他去吃过的街巷里的小吃摊，那些锅碗瓢盆的碰撞声、啤酒碰杯的豪爽，人们高谈论阔的嬉闹声。他觉得，那才是真实的，是生活。

手机在口袋里欢快地蹦跶着，韩栋接起了电话。

大学的好哥们在电话里大声地叫嚷着："韩栋，咱们哥儿几个去撸串！"

江妈妈带着江眉影去看了最新上映的电影，江眉影表情平静，似乎并没有受到很大的触动。

"不好看吗？"江妈妈问。

江眉影摇摇头："好看。"

她顿了顿，说道："妈妈，我们走吧。"

首都是座不夜城。抬头仰望，看不见星空。灯火通明地照亮夜空，整座城市都纸醉金迷、光怪陆离。

摊子从傍晚开始摆到凌晨，夜幕刚降临，韩栋就坐在了其中一张桌子旁，弄堂里的烟火味尤其浓，跟三味坊的高级香料有着天壤之别。

酒过三巡，桌子上的竹签子也摞了三层。

韩栋心中的困惑和不解全都被抛在了脑后，美食和快乐融为一体，这才是他想要的美食世界。

其中一个室友突然指着旁侧走过来的两个人说道："哎，那小姑娘怎么大夏天的还穿着长袖长裤，包裹得那么严实。"

另一个疑惑地说："戴着帽子看不清，不过她也太瘦了，唉……"

韩栋顺着他们手指的方向看过去，那小姑娘的确很瘦弱，身边跟着一个女人，紧紧跟随着。他正皱眉觉得有什么不对，突然听见了一声惊呼。

他扭头看过去，就见那女孩蹲在了墙角，传来揪人心脏，撕心裂肺的呕吐声，伴随着剧烈的咳嗽声。

同行的中年女人低声喊着什么，安慰着她，轻抚她的背部。

"对不起，是妈妈不对，想带你走小路回医院……"江妈妈愧疚地说着，声音里带着心疼的哭腔。

这条小巷就在医院旁，从小巷到医院很近，但是江妈妈忘记了巷子里有很多小吃摊，江眉影看到那些食物、闻到那些味道，就吐了出来。

江眉影好久才缓过劲来，摇了摇头，虚弱地说："没事……妈妈，我会好起来的，我一定会好起来的。"

烧烤摊的氛围很好，跟三味坊的高贵完全不一样。

韩栋盯着手里的羊肉串，心里暗暗做了个打算，对他身边的大学室友们说道："我刚做了个决定。"

"嗯？"

"我要改变三味坊。"

2012 年 8 月 5 日，全世界为已宣布退役的菲尔普斯鼓掌。

协和医院 1205 病房，一对夫妻握着一个瘦弱的女孩的手，相依偎着叹息，恨不能抚平她手腕上越来越多的滞留针的针孔。

美食街街巷里，嘈杂纷乱的人堆里，塑料凳子在白色塑料桌子旁围了一圈。高大而沉默冷面的三味坊少东家，盯着手里的烤串，微微皱眉，耳边是朋友谈论的，关于奥运的话题。

迷失的人在城市中孤立无援，即使身边陪伴着亲人和朋友，风却能从四面八方往心脏里吹，直到吹得四分五裂开始风化。

在没有相遇、互相拥抱之前，他和她都是平淡悲喜芸芸众生中的一员。

谁又知道在他们相遇之后，命运会兜兜转转发生这么大的逆转呢？

● **Chapter 1**
寻味有间面馆

1

手机"叮"了一下，江眉影从被子里伸出胳膊，摸索着找到床头柜上的手机，拿起手机，睁着迷蒙的双眼一看，顿时气醒了。

"尊敬的韩栋先生，我用滚滚的财富作为面粉，成功的事业作为黄油砂糖，快乐和幸福作为鸡蛋，再加上我们诚心的服务精心烘焙成一个甜蜜的生日蛋糕，祝您生日快乐！中国银行。"

心中腾起一阵烦躁，江眉影翻了个白眼，将手机调成静音，往枕头旁一扔。料想今天还会有七八个其他银行和证券公司的贺生短信。

韩栋！

这个破名字在江眉影过去的三年人生中，跟鬼魂一样无处不在，时时刻刻提醒她，世界上有这么一个人。

被破坏了美好的睡眠时间，江眉影也睡不着了，顶着鸡窝头爬起来，狠狠地用力呼出一口气，趿拉着拖鞋到卫生间。

镜子里的江眉影，两个深深的黑眼圈，昭示着昨晚癫狂的刷剧熬夜经历。

不及巴掌大的小脸，尖尖的下巴，大大的眼睛，江眉影有着一副好面孔。齐耳的褐色直发，此时此刻乱糟糟的。

今天的江眉影，也很苗条。

她眨了眨眼，对镜子里的自己咧嘴一笑，双眼顿时弯成了两个月牙。江眉影拍拍自己的脸颊，缓缓舒了口气，振奋精神，刷牙洗脸。

将头发扎成一个小辫子，换上运动服，江眉影在小区里先晨跑了半个小时。

三月的早晨，空气最为清新。空气中带着冰凉的寒意，但是春天已经来了。小区里的绿化植物已经渐渐换上了新绿色的新衣。江眉影看着心情很舒畅了。

耳机里播放着日本摇滚乐队 ONE OK ROCK 的歌曲，这是江眉影近期发现的，最适合跑步的歌单。

"We'll fight fight till there's nothing left to say——叮——"

歌曲放到高潮部分，江眉影热血都沸腾起来了，耳机里播放的旋律却被短信提示音给截断了。

江眉影跑步的节奏被打乱了，呼吸一乱，她停下了脚步，长长舒了口气，打开手机来看。

"尊敬的韩栋先生，今天是您的生日，中国农业银行在这美好的日子里，祝您生日快乐，生活愉快。"

江眉影一看到短信就生气，她生日都没银行给发短信！偏偏韩栋的生日祝福短信全发到她手机上！

就因为她用了一个别人不用的旧手机号！

高考之后，江眉影一家搬去了首都，她也进入了首都传媒大学读书。

她记得那是大三期末考试前的一个早上，她一个手滑，一不小心将手机掉进了下水道。她考砸了那门课除外，还损失了一台 iPhone 和手机卡，那真是糟糕的一天。

最后，她去营业厅，千挑万选，还花了钱买了个藏有自己偶像生日日期的靓号，开心得不行。

结果刚换上手机卡的第二天她就后悔了，接了一堆骚扰电话不说，还因为预存了五百元话费不可转移，她暂时还不能换手机号码！更别提是自己花钱买的靓号了，自己偶像生日日期藏在手机号码里，超级难得。

她觉得自己被骗了，可是也无可奈何，不舍得换，只能尽量屏蔽骚扰电话，将他们拉进黑名单。

然后这手机号一用就是三年。

结果现在调职回浮城，她也因为用习惯了这个手机号，懒得换了。

"……"江眉影看完短信默默地收好手机，踢着脚边的石子。

她不跑了！丧气！

回到自己的单身公寓，江眉影洗了个澡，从冰箱里拿出昨晚剩下的蔬菜沙拉，只浇了点青柠汁，连沙拉酱都没有放的极素沙拉。吃了几口，看了看时间，江眉影匆匆忙忙地开始打扮自己。

底妆，定妆，眼妆，一点一点细细地描绘过去。再看镜子，一个瓜子脸、尖下巴、漂亮精致的女孩就呈现在了眼前。

对于镜中小仙女一般的自己，江眉影很满意，仿佛一件能展现给世人的国王的新衣一样，让她顿时增长了百倍信心，被韩栋生日打扰到的烦闷也一扫而空。

2

临出门，她打开微博私信，看到 Chefcap 发来的私信，开始查导航。

"我的店在高新商务区的汇都公寓楼下，有间面馆，你可以来参观一下。"

这个周六，江眉影原本是计划在家里构思新菜谱的，但是因为前天晚上这个 Chefcap 发来的私信，她改变了行程。

江眉影有一个五十多万粉丝的微博大 V，认证是"想吃美食的减肥达人"。她的置顶长微博，讲述的是自己从七十多公斤，半年内减重到四十公斤的心理历程。她每周定期会在微博上放两条左右的健康美味的减肥餐，广受好评。

她的同事们也知道她有多么克己：每天坚持晨跑，只吃自己做的减肥餐，保持身材，还会教朋友们怎么制作营养健身餐。同事们很喜欢她的菜谱，同时，公司里也渐渐流行起塑身减肥的风潮，公司大鱼大肉的聚餐都少了。

前天晚上，她原本在研究新的食谱——三文鱼蔬菜小方，结果收到了这个Chefcap的私信。

"你好，小圆警长，我是个厨师，想请你帮个忙，好吗？"

江眉影刚看完第一句话，对方就发来了新的信息："我想给附近健身房的人定制一套健康减肥菜单，我很喜欢你的菜谱，能跟你交流一下吗？"

以往给江眉影发私信寻求合作的人数不胜数，江眉影从没有去回应过。但是，这位不一样。

江眉影的本职工作是一名影视公司后期制作人员，主要负责剪辑。因为一点"小事情"，她跟这位Chefcap还闹了点小矛盾。因此看到这个Chefcap找到她的这个网红微博，她觉得很意外。

人生何处不相逢嘛。

想着本来就要去这位Chefcap的店里见见本人，江眉影犹豫了片刻，就回复了他。

"你好，你想要我帮什么忙？"

Chefcap："我想，我能参考你的菜谱，做出一系列减肥菜单作为我自己店里的菜品使用吗？我会给酬劳的。"

江眉影的菜谱发在微博上，本身也只是作为一种公共资源分享给大家，并不求回报。有很多的餐饮机构都将她的菜谱拿去做了改良之后，当菜品贩卖了。她还是第一次看到要给她酬劳的人。

这样看来，Chefcap是个不错的人。

江眉影心里有些歉疚，她欠他一笔债呢。虽然说他不知道小圆警长是谁，但是想要跟她买菜谱，她既然欠了对方的，就得倾力而为，帮帮他了。

"不用酬劳，有时间我去你店里看一看，找找灵感，做几个适合你店里的菜谱给你。"

Chefcap："你知道我的店在哪儿？"

江眉影手一顿，急忙回道："所以你的店在哪里呢？"

差点露馅了。

对方发来一串地址，又说道："不要酬劳，我也得在菜单上写上你的名字。菜谱之于厨师就如同文章之于作者，是有厨师的心血在里面的。我不能随便冒用。"

这么正儿八经的言论和态度，跟节目里的一模一样。他本性就是这样认真严谨，一丝不苟，特别有原则的。她却做了错事，让他被人们误会，惹了不小的麻烦。

江眉影跟 Chefcap 又聊了一会儿，敲定了哪天来，就下线了。

关于这个 Chefcap，真是说来话长。

Chefcap 本名为韩栋，没错，跟她手机号码的原主人是同名同姓。

上个月初，《寻味中国》的节目组扔过来一组片子，对江眉影所在的工作室说道："这是后一期节目的原片，抓紧做好。"

导演组还有别的要求："近期收视率有所下降，尽量做点不一样的风格内容出来，拼一拼，搏出位。"

这个要求说难也不难，但是绝对不轻松。江眉影一听就头大。

方可可看了看资料，对江眉影小声说道："这家店我知道，咱们浮城的一家小面馆，网红店，老板很帅。"

江眉影生平最头疼做美食节目的剪辑，特别是这个《寻味中国》节目组的片子。

在外人看来，这个节目做的都是很纯粹的美食推荐，间或掺杂人间冷暖的故事和一些传统历史文化介绍，收视率不低。但是对江眉影来说，真的是头疼的一件事情。

她有轻度厌食症，稍微有点油腥的食物她看了就要吐，平时都是自己做一些清淡简洁的营养餐吃。看视频和图片虽然不至于反应那么大，但心理上还是有压力的。

江眉影不怎么爱说话，方可可也没恼，继续叽叽喳喳问道："回头我们去那家店吃吃看？"

"不用了。"江眉影立刻回绝。

当然不能去了！为了别人店的生意着想也不能去啊！不然对着人家看起来美味无比的小吃吐了，多影响别的食客的食欲。

她顿了顿，怕自己态度太生硬，又扯了个笑脸说道："你知道的，我喜欢宅在家里，不太喜欢出门。"

她看到这个有间面馆的地址了，离自己家很远，一座城市的两端。

方可可鼓了鼓嘴，理解道："谁让你家那么远呀。唉，那我就自己去见见那位韩栋老板吧，可真帅。"

江眉影浑身一个激灵，愣愣地盯着她看。

"怎么了？"方可可疑惑地问。

"你说那老板……叫韩栋？"

"嗯，对啊。"

江眉影心里五味杂陈。

虽然说叫韩栋的人，全国数不胜数，可是一想到要剪辑的片子里，那家面馆的主人叫韩栋，她心里仍旧有些不自在。

这种不自在，一直到节目剪辑完都存在。

3

纤长干净的手紧紧握着锅柄，轻盈熟练地颠锅。随着他往锅内倒入料酒，火光猛地在锅内炸开，仿佛一场魔术一样，在他一举一动之间，火光又猛地消失不见。

"哇……"

方可可和江眉影愣神看着电脑屏幕，一同发出惊艳的感叹声。

就像艺术品，优雅灵动。江眉影从不知道炒个菜而已，居然动作可以这么漂亮。

方可可回到自己座位上，催促江眉影："快，你快剪，我来做后期。"

看她这么兴奋，江眉影也不好拖沓，乖乖地开始赶工。

剪辑到后半段，江眉影对片子里的几位主角已经很熟悉了。

　　老板兼主厨——韩栋，据说是从北京来的大厨，自己在高新商务区开了一间面馆，除了面，其他小吃一应俱全，他们家的卤汁三年间从未断过火，吸引了一众老饕前来赏味。

　　韩栋的徒弟叫郑林天，是个没什么正经的毛头小子，不过二十出头的年纪，不会读书，就跑来跟着韩栋学手艺，在厨艺上倒颇有几分天赋。

　　店里还有位附近大学的兼职学生负责跑堂和收银，叫黄茹茹，是个聪明能干的女孩。

　　记者问，你们的店为什么氛围这么好？

　　黄茹茹在视频里，绽开开朗的笑容，对着镜头，对着记者说道："因为我们是 family 啊！"

　　这一段江眉影来回放了四五遍，皱着眉半晌，问方可可："你说，这一期节目，我们可不可以做得……稍微不那么正经严肃？"

　　往期的《寻味中国》都是以一副严谨仿佛如同做学术的态度，一本正经地介绍美食、科普文化，着实吸引了一批吃货观众。

　　但是这一期里的三位主人公都是年轻人，青春靓丽，男的英俊帅气，女的也清秀可爱，怎么看都不太符合老学究的气质。

　　方可可凑过来盯着视频上忙活开店的人半晌，说道："要不你先按照自己的感觉剪一段，给导演组看看，用那种一本正经的搞笑方式？"

　　江眉影想了想，点头，开始动手剪辑。

　　她将黄茹茹这段话放在了最前面，立了个大大的 flag，然后开始把后面一些片段拼凑起来，以展示其实这家店里的三名工作人员并没有真的如同一个家庭，相反，矛盾多多。中间又不断穿插黄茹茹说我们是 family 的片段，来不断打脸。

　　这些展示冲突矛盾的片段在原片里很多，很好找，大部分都是韩栋提供的。

　　韩栋是个特别严厉的人，比如他在视频一开始，就在数落郑林天的头发。

　　"不是说了不能染发，你又去染发了。"他皱着好看的眉毛，看着严肃不悦，眼里是满满的不同意。

郑林天小声念叨："我去理发店剪头发，被他们忽悠着染的……"

韩栋语气不是很好："我说了很多次了，作为厨师首先要保证的是自己的卫生。不能留长发，不能染发。你看看你头发，这还说剪过了？都快到耳根了。"

郑林天一听，急忙抱头鼠窜："师父！别剃我头发啦！我不要留劳改头！我头型又没你的好看！"

韩栋轻喝一声："站住！"

郑林天条件反射地一顿，在大门口顿住了身形，撇着嘴委屈地回过头来看他，小声嗫嚅："师……师父……"

"下午带你剪头发。"

"啊！"郑林天抱着脑袋，蹲下来哀号。

再比如郑林天和面的时候不小心拿手摸了摸帽子，被韩栋看到了，拍了下手，并且叮嘱他一定要戴好口罩，不能手欠在和面的时候碰别的脏东西。

郑林天很委屈，觉得自己的衣服并不脏。

但韩栋还是教育了他好一会儿。

从头至尾看过来，一直都是韩栋在教训郑林天，虽说是为了饮食的干净卫生或者食物的口感味道着想，但看了难免让人觉得有些上纲上线。

这些内容若是都剪辑进去，可能对韩栋本人会造成不好的影响，但是想到导演组的要求——不一样的内容和风格，搏出位，江眉影咬了咬牙，都剪了进去。

本来这也是侧面证明了这个韩栋老板的认真和对食客的负责嘛，就是人严厉了点，她剪辑进去也不错吧？

方可可收到她剪的粗片看了一遍，皱紧了眉头说："韩栋真的好严格哦。"

江眉影抱着脑袋，小声问道："能涨收视率吗？"

方可可幽幽的目光看她一眼："一个如此严格的帅哥老板，声音这么好听地骂人。"

"？"

"你觉得不能涨收视率吗？"

"……"

江眉影跟导演组报告了他们后期组的工作进展，询问了可否以"严格到吹毛求疵的老板"的主题来作为本期特色。

领导们看了一下片子，为了提高收视率，倒是没什么问题，但是……

"我们询问一下本人的意愿吧，不然得罪了人家也不太好。"

于是，副导演当着江眉影的面就开始征求对方的意见，得来的结果却是："随便他们。"

副导演一脸尴尬："他们貌似开店很忙，说随便我们，无所谓。"

江眉影："那……"

"那就按照你现在的流程做吧。"总导演拍板。

既然领导都这么说了，江眉影喜滋滋地跟方可可回到工作室，埋头继续工作。

很快，这一期《寻味中国》之《寻味有间面馆》节目就正式播出了。

播出后，节目的收视率果然猛增，导演组乐不可支。然而没过两天，整个节目组甚至包括整个公司都笑不出来了。

这一期节目，在网上引起了热议，褒贬不一，争论的中心赫然是韩栋。

有人说韩栋是具有工匠精神、一丝不苟的人，去他的面馆吃饭放心。但更多的人则是批评韩栋上纲上线，吹毛求疵，法西斯一样对待徒弟，压榨员工。

甚至有人搜到了韩栋的微博，到他的微博底下骂。

嗯，不巧，这个微博就是 Chefcap。

作为剪辑和后期的江眉影和方可可顶着巨大的压力。原片内容很长，韩栋性格的缺陷暴露得并没有这么突出，但是在两位后期制作人员的有意为之下，韩栋可不就是法西斯一样的存在吗？

导演组喜忧参半，一方面觉得节目红了是好事；另一方面又生怕给韩栋他们造成困扰，因为他们听说韩栋家背景不俗，他们可惹不起。

4

一日，江眉影正吃着自己做的沙拉当午饭，一位不速之客上门了。

穿着冲锋衣、戴着安全帽的年轻小伙子，拎着一只外卖箱，气喘吁吁地进了公司，略一问就找到了餐厅。

总导演正吃着红烧肉，一看到来人，筷子夹的肉都掉在了碗里，笑眯眯地问："啊，小伙子怎么来了？"

江眉影在一旁围观着，只觉得这个小伙子很眼熟，可是他侧着脸，又被安全帽挡着，看不清楚。

"领导，你们可害惨我师父了！"总导演脸上温和的笑意还没落下，就听见那小伙子突然哀号道，声音响彻整个餐厅。

总导演脸上的笑僵住了，他尴尬地扯了扯嘴角，又看了看四周围观的同事们，最后视线落在江眉影身上。

江眉影感觉脊梁骨一寒，只觉不对劲。

"咳，小伙子你等等啊，我们换个地方说话。"说着，总导演把餐盘交给一起吃饭的同事，让他帮忙处理一下，然后带着那小伙子出餐厅。

路过江眉影身旁的时候，他压低了声音，说："咳，小江，你跟我一起来。"

江眉影瞪大了眼睛，难以置信："我？"

方可可在一旁看看导演，看看江眉影，又看了看那看起来是送外卖的小哥，最后睁圆了双眼，惊讶地发出了一声无意识的感叹。

导演发现了她，正要说话，方可可急忙端着餐盘，嘀咕着："吃完了，我赶紧去做特效了，眉影，我走了啊。"然后立刻离开了这片不祥之地，留下江眉影孤苦无依地看着她伸手。

总导演瞥了眼江眉影："你吃完了吗？"

江眉影哪里还吃得下啊，本身胃口就小，把保鲜盒一盖，放回袋子里，站起来，小声说道："好了。"

她垂着眼，细声细语地回话后，并不去看那个外卖小哥，只是眼观鼻鼻观心的。有不熟悉的外人在，她就跟个透明人一样，将自己的存在感降到了最低。

总导演带着两人到了自己的办公室，请外卖小哥坐下。

那小伙子还不肯坐，有些着急："不行啊，领导，我还得去送外卖，师父都等着我呢，现在高峰期，可忙了。"

"……"

江眉影听着声音觉得耳熟，抬眼瞥了下，终于明白为什么刚才方可可脸上的表情那么奇怪了。

这分明就是那有间面馆老板韩栋的徒弟，郑林天啊。

那个小刺头，在江眉影剪辑的节目里，可是个吊儿郎当的小年轻，总是被自己师父教训，现在居然活生生出现在自己面前，似乎还颇有怨言的样子。

这种感觉很奇妙。

江眉影直觉，没好事情。

总导演轻咳了一声，尴尬地问道："那……小郑对吧？小郑啊，你有什么事啊？"

"领导啊，你们节目真的把我们害死了。"郑林天苦恼地说，"那节目播出后，我们生意是好了很多，可是那些食客每次吃完饭后就要跟我师父争论，让他脾气好一点不要欺负我什么的。我师父的手机和微博不知怎的也被人泄露出去了，微博底下被人批评也算了，可以屏蔽，可是他的骚扰电话一个接一个，完全停不下来啊。"

郑林天是真的很苦恼，脸急得通红，似乎因为心疼最近师父受到骚扰的烦恼，眼眶都有些泛红。

"我看了一下那期节目，你们为什么要这样剪辑啊，看起来是很有意思，可是我师父脾气才没有那么夸张，他很负责任，对我可有耐心了。没有节目里看的那么不近人情。"郑林天有些不赞同地说，"这件事情，你们一定要给我解决了。"

作为总导演，亲自跟韩栋接触过，他当然知道韩栋只是性格比较严谨认真，也比较寡言冷淡罢了，并没有剪辑后那么过分的完美主义。

江眉影垂着眼站在一旁，跟柱子一样戳着，不说话也不坐下，一时间都没人发现得了她的存在。

总导演瞥了她一眼，叹道："小郑啊，这件事情，的确是我们考虑不周。

那个时候我们光想着追求收视率了。虽然跟韩老板征求过意见，韩老板让我们随便做节目，我们也有些肆无忌惮了。这错在我们，实在是对不住。"

郑林天这种愣头儿青，跟官腔满满的领导层接触不多，听得一愣一愣的，登时有些不好意思地挠了挠脸："这个……其实也不能算全是你们的错……"

"这样吧，我们会在我们节目的微博上澄清的，还会通过别的渠道进行解释。"总导演说了个办法，然后对郑林天介绍江眉影，"对了，这是我们节目的剪辑师，姓江。"

"哦，你好。"郑林天急忙点头，脱下自己的安全帽打招呼。

江眉影抬眼看了下郑林天，从喉咙间应了一声，点了点头。

没有太在意江眉影冷淡的反应，他看了看总导演："所以，节目是她剪辑的？"

江眉影性格不外向，但看人眼色还是会的。

她看了眼总导演，对郑林天说："节目是我剪辑的。对不起，因为我的疏忽，给你们添麻烦了。"

江眉影声音很微弱，但是口齿清晰，郑林天竖着耳朵也听得明白。

他有些不好意思："别，江小姐，我只是来反映一下情况，其实对我们来说并没有这么严重。不需要这么道歉。"

江眉影没说话。

总导演又说了几句好话，揽着郑林天出了办公室，江眉影跟在身后。

"小郑啊，回头替我向你师父问好啊。"总导演语气很殷勤。

江眉影很不解，为什么他要对一间普通的小面馆的老板这么客气？

"一定一定。对了，领导，我箱子里还有两碗牛肉面，师父亲手做的，送你们吧，正巧送外卖，取消了两单。"郑林天说着，从放在墙角的外卖箱里掏出两碗牛肉面来。

江眉影一见他的动作，急忙背过身去，长长呼了口气。

总导演接过面，有些惊讶："真客气了，谢谢，谢谢啊。"

送别郑林天，总导演见江眉影还背着身，疑惑道："干吗呢，背对着我？"

江眉影清了清嗓子，没有陌生人在场，她的声音清亮了许多："导演，我做错事了？"

"哼，你当然错了。当然，我们也有错。"他说着，把面放到一旁，瘫在自己的椅子上感慨，"一不留神就得罪了这尊大佛，要是不原谅我们该怎么是好啊？"

江眉影不知道为什么领导这么苦恼，但是看他的表情，那韩栋绝对是不能招惹的大人物。

她好歹是在首都的时候就跟着这位导演一起工作的，对他的心思还比较熟悉，就说道："刘导，要不我去那个有间面馆，当面跟韩栋道个歉吧？毕竟是我剪辑的，错都在我。"

有下属愿意担责任当然好，但是导演又不是没良心的，点点头："好好好，我让财务给你加绩效！"

江眉影沉默半响，问："加多少？"

"……"

江眉影又道："是这样的，领导，我家和有间面馆的距离隔了一整座浮城。可以出差报销吗？"

"这哪里算出差啦！"刘导拍着桌子吼道。

最后江眉影正心满意足地要出门，刘导喊住了她，指着桌上的面："你刚才也没吃完午饭吧。瞧你整天吃什么减肥餐，这么瘦了就别减肥了。喏，有间面馆的招牌——金牌牛肉面，拿一碗去吃吧。"

江眉影刚才一直防止自己的视线落在牛肉面上，却不想被领导这么关照，心里顿时复杂极了。

她想拒绝，可是又不好意思拒绝。最后犹豫再三，带着面回了工作室，期间她一直半抬着头，努力不让自己看手上的食物。

这导致一路上迎面而来的同事们都一脸好奇，问江眉影是不是落枕了。

回到工作室，方可可就迎上来，关心地问："怎么，领导批评你了？那小年轻关你什么事？为什么喊你过去？"

江眉影把面往旁边一扔，恼火地瞪她："你还说呢！你这么没人性，刘导也想叫你的，你就逃走了，你知不知道我一个人站那边听数落，多尴尬！"

"啊，真的被骂了啊？因为啥啊？"方可可好奇。

江眉影把郑林天的吐槽一说，方可可目瞪口呆："哇，不就是个综艺节目嘛，居然还能有这么多人来义愤填膺泄愤哦。我还以为看在韩栋颜值的份上，都能原谅呢。"

江眉影翻了个白眼："你就当他找他泄愤的都是男人吧。"

方可可靠在江眉影的工作桌旁，弯下腰来笑嘻嘻地问："怎么，真的要去道歉啊？"

江眉影斜了她一眼："那不然呢，领导可是说要给我加这个月绩效的。"

"靠！"方可可忍不住扼腕，"早知道我也去挨批评了！"

"哎，你这哪儿来的？外卖？从没见你点过外卖啊？"方可可注意到被江眉影摆得远远的牛肉面。

"郑林天送外卖多出来的，送给我和刘导了。给你吃吧。"江眉影可吃不了这些东西。

"我最多吃块肉喝口汤，刚才吃得撑了。"

方可可拉了把凳子坐到江眉影旁边，把牛肉面端到面前，兴奋地说："这可是间面馆的招牌牛肉面呢，我来吃吃看，好吃就多吃几口，不好吃你来吃。"

江眉影见她要在自己眼皮子底下打开包装，急忙站起来往窗口走去。

"别啊，你去哪里啊？快来闻闻这香气四溢、美味诱人的牛肉面！"方可可招呼着她。

那边传来窸窸窣窣的声音，估计方可可已经打开了外卖盒子。方可可话还没说完，江眉影果真闻到了一阵从没闻到过的香味，牛肉的香气伴随着麦香，还有其中说不出的鲜味，这味道让江眉影备感熟悉。

她的心脏蓦地漏跳了一拍。

曾经，在她挣扎着跑出充满暴力的黑暗小巷，停在巷口的一间小牛肉面馆前，她身无分文，饥饿无助，就是这样味道的牛肉面将她从黑暗中拯救出来。

像黑暗寒冬里的第一道阳光。

这个味道不仅没有让她反胃，相反，她油然而生一种想要尝试的欲望。

江眉影惊讶地回过头看那碗面，隔了十几步的距离，她看不清面条，于是小心翼翼地一步一步往前走，那碗面渐渐放大，出现在眼前。

方可可正吸溜着面条，抬头看到江眉影的脸就在自己上方，立刻招呼道："回来啦，快来吃。"

江眉影一只手捂着自己的胸口，另一只手撑着身子，满心的震撼。

她喝了口汤，顿时泪水满眶。

虽然并不是完全一样，比记忆中更加美味，可是这种温暖的感觉，的的确确是她曾经念念不忘的那碗牛肉面带给她的。

5

江眉影知道自己一定得去一趟有间面馆了。

无论是出于道歉的目的，还是要去一探究竟，那有间面馆的食物为什么让她觉得熟悉而温暖，她对这个韩栋太好奇了。同时，她还得帮韩栋做营养餐菜谱。

早晨的高峰期过去后，有间面馆迎来了今天的第一个空闲期，黄茹茹终于可以休息一下了。

云盖住了太阳，昨晚下了一夜的雨，空气中带着潮湿，在三月天里，让一路攀升的气温骤然降回 15℃以下。

黄茹茹打开大门，让清新的空气能进入面馆内。门外的樟树叶经过一夜的风吹雨打，落了一地，沾着雨水，在春天的温润中快速地腐烂着。

她拿了把笤帚，将面馆门口人行道上的落叶和垃圾都扫进了垃圾桶。她用力拿笤帚将落叶压实，做好这一切，一回头，就看见一个二十多岁的漂亮女孩，打扮得时尚精致，小心地看着自己。

褐色的齐耳短发，脸上的妆容干练又有气质，唇色大概是最近很流行的豆沙粉。她戴着副羽毛耳坠，毛茸茸的，将她一身简洁大方的靛青色小裙子烘托得更加柔软。这个女孩很漂亮，最吸引人的是她那双大大的桃花眼，水汪汪的，默不作声地盯着自己。黄茹茹作为一个女性，也忍不住感叹。

真是双会说话的眼睛。

江眉影在原片里看了黄茹茹的脸千百次，还是第一次看到真人，一看到她，满脑子都是："因为我们是 family 啊！"

Family！ family！

这句听起来很温馨的话，因为被江眉影剪辑了五六遍在最后的成片里，已经对江眉影造成了魔性的洗脑。

她轻咳一声，垂着眼不敢看对方，轻声打招呼："你好，请问……在营业吗？"

黄茹茹一愣，急忙点头："营业营业，快请进。"

江眉影抬头打量了一下面馆的招牌，这块招牌看着跟视频里的一样，干净崭新，一看就是有人天天清理。

现在将将十点钟，吃早饭太迟，吃午饭又太早，面馆此时此刻空无一人，清闲得很。

进了面馆，黄茹茹热情地说："请随便找位置。"

将面馆内的座位扫视了一圈，江眉影迈着轻缓的脚步，找了个角落的位置，挨着墙坐了下来。

黄茹茹指着墙上的菜单问她："菜单在墙上，有什么想吃的请告诉我。"

江眉影抬头在墙上扫了一圈，又看了一遍，很犹豫。

她什么都想吃，但是又担心自己什么都吃不下。

黄茹茹站在一旁，闲得开始转笔，才听见她突然轻声说了句什么。那声音仿佛是压在嗓子里用气音说出来的，隔了一米远就听不见对方在说什么了。

黄茹茹弯下腰，凑近她："你说啥？"

被黄茹茹突然靠近的动作吓了一跳，江眉影往后退了退，在听见对方的问题之后，才稍微提高了点声音问："老板在吗？"

一来就找老板？黄茹茹莫名其妙。

这美女的声音可真小啊，柔柔糯糯的嗓音，看起来挺内向的。

黄茹茹用笔尖往上指了指："老板到这座公寓大楼的顶楼大平台拿东西去了，马上回来，找他有事吗？"

江眉影该怎么说呢，来道歉？她脸皮薄，根本张不了这个口。

这点绩效奖金真的没那么好拿，方可可来或许会大刺刺地就拍着桌子对韩栋用十八种语言说了八百遍"对不起"了。但是到江眉影这里，她就是卡在了喉咙里，一个字都说不出来。

最后她只好点点头："有点事，我等着。"

黄茹茹挠了挠头，心说，该不会是《寻味中国》的观众上门来找老板理论的吧？可是这女孩看着文弱内向，也不像那种不理智的人。而且来理论的多半是男的，女的在看到老板之后，都恨不得留下手机号码和微信进一步接触了。

她百思不得其解，最后只能融汇成一句话："那你等等，有事叫我。"

江眉影登时松了口气。

仔细地打量着餐厅里的摆设，江眉影将这一切都跟记忆中视频里的对上了号。亲身体验，她更能感觉到这家店的干净卫生，以及温馨。韩栋的吹毛求疵是对的，她为了搏收视率故意黑化韩栋是错的。她应该道歉。

有间面馆里有八张餐桌，桌面上干干净净，筷勺、酱醋辣、纸巾，一应俱全。看得出来，这个韩栋是个很体贴的人，很懂得食客的需求。

从厨房里传来一阵抓人的卤香味，这味道跟那天郑林天送来的那碗面味道一样闻着让人愉悦，让江眉影甚至觉得自己有些食欲了。

只不过看菜单，这只是一家主打面食和卤味的普通小店，类似于沙县小吃，为什么要这么赶时髦，定制所谓的健康营养减肥餐呢？怎么看都不符合这家小店的定位和风格。要知道，减肥餐的食材都不便宜。

一个人从厨房里走了出来，喊道："黄茹茹，今天师父的生日哎，蛋糕啥时候去拿？"

黄茹茹头也不抬地回答："下午空闲的时候。刚才有个首都寄来的包裹，大概是给老板的，你去隔壁公寓大厅取一下。"

"哦……又是师爷爷寄来的？"那人应声，想往外走，发现大厅里坐了个人。

江眉影正听两人的对话，觉得哪里不对劲，就听见从厨房出来的那人惊讶地喊道："啊，江小姐，你居然来了！"

江眉影抬头一看，那个愣头儿青郑林天，正看着她，一脸的惊喜。

她尴尬地扯了扯嘴角，移开了视线，缩着肩打招呼："嗨……"

● **Chapter 2**
歉意换美食

1

江眉影不是很喜欢受人注视，偏偏在场另外两个人都盯着她不放。

黄茹茹："这位是谁？"

"《寻味中国》的剪辑师，姓江。"说着，郑林天友好地问，"江小姐，你叫什么名字呀？"

江眉影小声回答："江眉影。"

"啥？"郑林天没听清楚。

黄茹茹替她解答："她说她叫江眉影，你耳朵聋啊？"

"她声音太小了啊。"

郑林天很委屈。

他凑到江眉影桌旁，江眉影急忙往墙角挪了挪，想离他远点，哪知道郑林天以为江眉影是想给自己腾位置，于是一屁股坐到了她身旁，笑嘻嘻地问："江小姐，你今天来我们店里做什么呀？"

江眉影垂着脑袋，整张脸都皱成了包子，悔不当初。

这家伙为什么这么自来熟，跟自己坐这么近？她真的一点都不喜欢陌生人离自己这么近，就算这个陌生人是第二次见面了。

她不知道该怎么解释，就说："找韩老板。"

"师父在楼上呢，我去叫他。"郑林天很热心，站起来正要出门，又返回来对江眉影说，"哎，江小姐，你们公司效率真高，前两天刚发了澄清微博，我们店里来找事儿的人就少了一大半了。微博下还有不少来道歉的，师父看起来可高兴了。"

黄茹茹在一旁吐槽："老板哪里看起来高兴了？之前被人误解批评也根本没有生气的样子。反倒是你，偷偷摸摸趁送外卖的时候跑去人家公司闹事，丢不丢人。"

江眉影听着，总算明白了为什么当初不是韩栋本人来投诉了，敢情韩栋压根就不在意，而是这郑林天自己觉得气不过啊。

这个韩栋，也太波澜不惊了。

江眉影又仔细想了一下刚才觉得不对劲的地方，脑袋一个激灵，反应了过来。

刚才郑林天是说，今天是他师父的生日？就是说，今天是韩栋的生日，而他师爷爷，也就是韩栋的师父或者说是父亲，从首都寄了礼物过来？

今天生日加上老家首都，还有个在首都的老父亲。

这一切都跟她手机号的原主人，那位"亲爱的韩栋先生"重合了。

又加上都是厨师出身，姓名都一样。

江眉影冷汗直冒。

太巧了吧？

一切都重叠上了，难道真的这么巧？

浮城市内六百万的人口，她居然还能给遇上！

江眉影瞪大了眼睛，满脸震惊。

郑林天看着她的表情，觉得很奇怪，担心地问："江小姐，你怎么了？"

江眉影猛地惊醒，往后退了几步，摇了摇头。

再次打量这家店，她原先有九十分的印象分，瞬间跌为零分。这是那位韩栋的店啊！

这可怕的孽缘！她转身急忙想要离开。

黄茹茹惊讶的声音传来："江小姐，不点单了吗？"

江眉影摆摆手，垂着脑袋，耳根都在发烫。她着急忙慌地往大门走去，却没看见从门外面进来的人。

"丁零零……"门上的风铃，随着推开的门响了起来。

这一阵风铃声，在江眉影心中划过。

"啪"的一声，江眉影跟门外进来的高大的男人撞个满怀。

个子娇小且瘦弱的江眉影，来不及反应，就随着反作用力往后倒去。面前的男人反应敏捷地伸出手，握住了江眉影的右手，微微一用力，将她拉了回来，两个人又重新撞到了一起。

江眉影的鼻尖撞上面前男人的肩膀。

她在男人的肩膀上，闻到了一股很好闻的味道，不是古龙香水，也不是什么洗涤剂的味道。

而是一种干净的太阳光的味道，让人一下子能想到冬日午后的阳光，人懒洋洋地瘫在沙发床里，看着书的慵懒和舒适。大概是男人在顶楼大平台待久了的关系，又或者因为今天太阳很足。

总之，他身上的味道，让江眉影一阵恍神。

江眉影微微抬起头，看这个男人的脸。

男人棱角分明的下颌，喉结微动，紧抿的粉色双唇，此时此刻唇瓣微张，带着点惊讶。高挺的鼻梁，以及他低垂着，眼角微微向下的眸，按理说应该是很温柔的一双眼睛，但是却显得很冷漠，甚至不近人情。浓密的睫毛微微耷拉着，剑眉星目，很有精神。

这张脸太熟悉了。江眉影曾经对着这张脸，工作了一周，最后剪辑出了一个犹如法西斯的面馆小老板，剥削阶级的形象。

来自首都，有位老父亲，今天生日，还是厨师的韩栋！

江眉影一时间百感交集。

她还要不要跟这个韩栋道歉？又要不要向他求证自己对他们家的面不会反胃的原因？还有那个营养餐菜谱，该怎么进行下去？

江眉影大脑乱得很，一时间当机在原地，一动不动。

男人低垂着眼，眼里带着不解："你没事吧？"

江眉影从惊讶中回过神来，急忙往后退了一步，终于将眼前这个人的形象全都收入眼中。留着板寸头的英俊男人，大约有一米八五，一身白色的厨师服，厨师帽别在腰间的腰带上，袖子整齐地挽在胳膊上，露出白净、骨骼分明的手腕和小臂，居然意外性感。

好气。韩栋比视频里还要英俊帅气。

她怎么没让方可可做后期的时候，把这人的肤色调暗呢？

韩栋皮肤好，方可可没有做磨皮漂白的处理。可是一见真人，江眉影知道了，这家伙比视频里皮肤还要好。

"没事。"江眉影低下头，隐藏自己的表情，话都不想多说一句，埋头就想往门外冲。

"哎，江小姐，你不是找师父有事吗？"偏偏郑林天这个没眼力见儿的，喊住了江眉影。

江眉影身形一顿，尴尬得满脸通红。

"没……没事了。"江眉影低着头，小声地嗫嚅着。

韩栋看着江眉影，疑惑地挑眉，问郑林天："你朋友？"

郑林天一拍手，高兴地就想介绍江眉影。

生怕被韩栋知道自己就是让他名声被毁的元凶，江眉影低着头看到韩栋手里的一个保鲜盒，努力地拔高了声音以吸引韩栋的注意："老板，这个是什么东西？"

白色的保鲜盒里似乎装着红色的食物，江眉影原本只是打算吸引韩栋的注意力，这会儿自己也产生了好奇心。

韩栋低头看了眼自己手上的保鲜盒，答道："泡菜。"

郑林天还没讲两个字，就识趣地闭上了嘴。

江眉影想了想，有些不好意思，小声地问："可以打开看看吗？"

韩栋点点头，走到餐桌旁，打开保鲜盒。

江眉影心中很忐忑，她来有间面馆还没有点菜，除了之前那碗牛肉面，她吃了两口就再也吃不下去了。来店里后，她还没吃过任何东西。

万一……万一只是偶然那个时间可以接受吃点牛肉面而已呢？或许她只是陷入了回忆中才觉得自己可以吃得下去呢？万一现在一看到保鲜盒里红艳艳的泡菜，她又反胃跑出去吐，那她真的颜面无存了。

她提心吊胆地看着韩栋打开保鲜盒，盒盖缓缓挪开，露出了保鲜盒里的一整段泡菜。

泡菜腌制得已经很透了。一开盒子，江眉影就闻到了酸辣中带着甜味的香气，再一看到泡菜本身，她莫名地感觉有些口舌生津——馋了。

这在过去几年里从没发生过。她很震惊，盯着泡菜喃喃问："这是谁做的？"

韩栋眉头微皱，他一开始没有听清楚江眉影在说什么，反应了好一会儿才明白过来，答道："我。"

郑林天在一旁搭腔："师父腌制的泡菜可正宗了。"

不管是谁做的，江眉影现在满脑子只想一探究竟。

"那……可以卖给我吗？"带回家慢慢研究，多棒。

江眉影这句话的声音比刚才略微有些提高，似乎带了点激动。

韩栋听这女孩的声音不难听，相反，柔软温和，还带着少女的清脆，明明是很好听的声音，却偏偏压在嗓子里，听着怪别扭的。

面馆里一阵寂静，江眉影生怕自己这个提议太过奇怪，一直紧张地盯着韩栋，整张脸涨得通红，一双漂亮的大眼睛里都带了水雾，看起来更加可怜兮兮的。

韩栋看了一会儿，别开眼："拿去吧。"

"多少钱？"江眉影欣喜地问。

韩栋瞥了眼郑林天，对江眉影说道："你是阿天的朋友，就送你好了。"

江眉影："……"

郑林天傻笑道："嗨，江小姐能喜欢我们店里的小吃，是我们的福分嘛。"

她什么时候是郑林天的朋友了？

与韩栋接触起来，发现他真的是个不错的人。江眉影心情复杂，她原本是想来韩栋的店里感受一下气氛找找食谱的灵感的，顺便道个歉。结果发现这个韩栋让她开不了口道歉，自己反倒蹭了盒泡菜回去。

但是再拒绝又觉得开不了口，只好点头，接过黄茹茹送过来的袋子，低声道了谢就快步离开了。

韩栋望着匆匆离去的女孩的背影，皱紧了眉头，回头问郑林天："阿天，你哪里认识的朋友？"

"唔……就是《寻味中国》的剪辑师。"

韩栋挑了挑眉，不置可否。

2

江眉影回到了家，坐在沙发上沉思了许久。

她重新打开微博，找到 Chefcap 发来的私信。

他发过来的地址下面，多了一条私信，是今天早上发过来的。

"随时等待你的到来。"

她来过了，然后急匆匆地离开了。

现在的关系太复杂了。

她真不知道该怎么解释自己现在跟韩栋的这层层叠叠的联系。

最后她无奈地叹气，打开泡菜盒子，用剪刀剪了一小块，放到了嘴里。

酸辣带着回甘，爽口又美味。

能吃下。

她挑了眉，又剪了一大块。

照旧吃下了，辣度适中，辣味在口腔内燃烧到鼻腔，居然让人觉得很爽快。

江眉影很久没有吃过别人做的食物了。她不信邪地打开了冰箱，找出昨天自己做的烤五花肉。刚夹起一片五花肉，还没放进嘴里她就扔掉了筷子，趴水槽上开始吐。

这一小盒五花肉是她昨天在超市买的，带回家自己烤了一下打算锻炼自己吃东西的能力的。但是昨天就失败了。

今天还是失败。

不是食材的问题，那就是厨师的问题了。

连自己下厨都无法解决的厌食症的问题，为什么有间面馆就能解决？

又是牛肉面又是泡菜的？

江眉影心中打满了问号，决定下次得再去面馆探探。

这一大盒泡菜，江眉影切了三分之一出来，另煮了一锅杂粮米饭，跟泡菜混在一起，做成了饭团。简单方便的操作，她尝了一口，味道还很不错。

江眉影心情大好，打算用来当明天的午饭。

她拍了张饭团的照片，发到了微博上，配字："跟一家网红店买了自制的泡菜，用杂粮做了饭团，味道很棒！再搭配一些鱼肉和蔬菜，做午饭不会胖也很健康呢。"

"当"一声，手机提示微博特别关注有更新。

韩栋打开一瞧，小圆警长发了新的内容。虽然不是菜谱，韩栋却有些了然。控制好量，泡菜饭团拿来当营养餐的主食的确不错。

而且泡菜的成本低，还方便制作。

只是看着小圆警长发的图片，韩栋总觉得自己似乎遗漏了什么。

他皱紧眉思索了半天，没有想到什么疑点，摇了摇头，给小圆警长发了条私信。

"谢谢，饭团的主意很好。"

江眉影看着手机，一脸的莫名。

她哪里是给韩栋出的菜谱啊，她只是展示她明天的午饭而已！

吃腻了吐司和沙拉，偶尔吃个饭团对她来说如同开荤，显摆一下罢了。韩栋一定是误会了什么。

但是江眉影没有解释，而是回道："不客气。"

既然对方都道谢了，那么她就欣然接受吧。

这种想法刚维持了十秒钟，手机振动了一下，江眉影点开推送一看。

"Chefcap 打赏你 1000 元。"

然后，私信里又收到一条信息。

Chefcap："这道菜 1000 元够吗，不够的话我再加。"

小圆警长："？？？"

韩栋直接在江眉影置顶的长微博下面，打赏了她整整 1000 元当作报酬。

这真的不是她给他想的菜谱，只是拿来展示午饭而已。韩栋为什么这么耿直给她打了钱？钱多得没处花了吗？！

小圆警长："真的不用给我钱。"

"要的。"

"……"

"以后有新的菜谱，我会继续给的。菜谱是你的版权，我不能白用。"

"泡菜饭团教程网上一堆，不算版权。"江眉影说到这里已经无力吐槽了。

但是韩栋是个认死理的人，继续认真地回复："你有做改进。"

江眉影长叹一口气，无奈地回答："那好吧，我把整个菜谱整理给你，不然白拿你钱了。"

"谢谢。"

江眉影算是知道了，韩栋这个人，大概真的对自己在节目播出后受到的影响毫不在意。

这个人在厨艺上这么认死理，哪里还注意得到别的东西啊。可是这又不能说是个缺点，相反，她很欣赏这样专注做事的人。

3

江眉影打算今天下班后去一趟心理诊疗所，找她的主治医生，她青梅竹马的邻居哥哥肖引章。联系了肖引章之后，他说来接江眉影去诊疗所。

肖引章跟他一个学妹开了一家私人心理诊疗所，现在这家心理诊所有四个心理医生，小有名气。之前江眉影在首都读书工作，肖引章只会每年固定去首都两次，给江眉影定期检查。

现在江眉影工作调动到了浮城，经常会去跟肖引章聊聊近况，方便肖引章了解她的病情。

但是临下班前，江眉影想提前溜走不成，被刘导逮个正着。

刘导将她叫到办公室，一见面就劈头盖脸地问："小江啊，有间面馆去了吗？跟韩老板道过歉了吗？对方怎么说啊？怎么都没见他跟我们联系啊，最好让他跟我们联系一下，我也好跟他道个歉啊。"

"……"江眉影缩着肩，低声下气地说，"刘导，我还没去……"

"什么？"

"我还没去道歉……"出师未捷身先死，第一次去没成功，江眉影就打了退堂鼓，第二次去也不敢讲道歉的事情了。况且最近没有去过有间面馆。

刘导急了："哎呀，小江啊，你怎么不去呢？这件事情很重要啊，要是韩老板生我们气了，觉得我们做得不好，对我们节目，甚至对我们整个公司都有很大影响的！"

江眉影不明白一间小小的面馆能有这么大影响力，刘导越说越急，站起来靠近江眉影语重心长地聊危害。

江眉影扯了个僵硬的笑脸，说道："我看……韩老板貌似也没在意这件事情啊……"

"他不在意我们不能不在意啊！他名声受损，影响的是整个餐饮界啊！"刘导拍着手背，丧气地说，"小江啊，这件事情你一定要重视起来，这是你目前最要紧的政治任务，必须完成！"

江眉影尴尬地说："可是刘导，我们是私企……只是国家台的外包合作方……"

"私企怎么了？私企就不能有政治任务了？我给你加绩效，你找时间立刻去道歉，允许你拎着礼物上门，发票开了跟公司报销。"

"……"

刘导还在喋喋不休地念叨着，需要买什么样的礼物，韩栋才能看得上眼。

江眉影实在太好奇了，终于忍不住了，问道："刘导……这个韩老板……到底是什么身份啊，你这么紧张？"

刘导听到她的问题，猛地瞪大双眼，仿佛看到了原始人一样："你居然不知道？"

"……"她该知道吗？

江眉影无辜地看着他。

"韩栋，韩老板啊！"刘导双手抵着桌子，激动地说，"三味坊的少东家啊！三味坊目前为止最天才的特级厨神啊！"

"……"江眉影整张脸皱在了一起，半晌，怀疑自己耳朵听错了一般问，"啥？"

"三味坊！少东家！"

江眉影眨了眨眼睛，思索了半天，终于把刘导话里的前后关系串了起来。

三味坊少东家 = 韩栋？

开玩笑的吧？

三味坊可是全国最大的高级餐饮连锁机构，旗下的蓝丝绒 A 级餐厅位居全国第一，价格和料理水平呈正比。可谓是上流社会最喜欢去的餐厅。

蓝丝绒是世界公认的高端餐饮等级评比，分为 A、B、C 三个等级，其中A 为最高级，一般消费水平都在人均 1000 元以上。

江眉影不了解餐饮界，但是也听闻三味坊的大名。

不过这个三味坊少东家的事情，她了解得不多。只知道，三味坊的每家门店都是自己的房产，三味坊坐拥巨大的资产和人脉，这个少东家似乎年纪不大，很有厨艺天赋，但是跟家里不和。

别的就不知道了。

现在要让江眉影把她讨厌的韩栋和三味坊少东家联系在一起，有点天方夜谭了。

可是看刘导的表情很认真，江眉影心里直打鼓，开始考虑是不是她误会了。

这个有间面馆的韩栋并不是那个她手机号的前主人韩栋。

但是，江眉影转念一回忆，又想起来，在她刚使用这个手机号时，经常接到自称"韩栋父亲"的来电，对方的话里就有几个信息：

"小兔崽子居然嫌弃我们的家业！连锁餐厅不好吗！"

"不就是有点做菜天赋吗，嚷着跟我理念不合，以为自己几斤几两了，离了我，他什么都不是！"

"……"江眉影抿紧了唇，额上冒了点冷汗。

这下好了，她似乎更加确定这就是同一个人了。

刘导还在念叨着："小江？小江！你这周一定得去道歉哦。"

江眉影苦笑："刘导……我绩效不要了，整个月的绩效都送你好吗？我不想去道歉了。"

刘导语重心长："别怕啊，小江。韩栋又不会吃了你，没准觉得你小姑娘漂亮，请你吃饭呢？这韩栋手艺很好的。"

江眉影摇了摇头，撇着嘴。

她不是怕韩栋，是怕自己会忍不住把手机砸韩栋脸上。

4

这个任务就这样强加在了江眉影身上，江眉影苦不堪言，直到肖引章的车开来，江眉影都沉浸在自己的世界里，思考着该如何不动声色不丢脸面地道歉，还得让领导满意。

肖引章摁了两下车喇叭，江眉影一惊，抬眼一看，肖引章正坐在他的黑色越野车里，温和地笑着看她。

"怎么，想什么都发呆了？"

江眉影苦笑道："这个月工资发多了。"

肖引章一愣："啊？"

江眉影摇摇头，道了声没事，就上了车。肖引章载着她到了自己开的私人心理诊疗所，江眉影熟门熟路地进了肖引章的心理咨询室。

室内空间不大，但能让人放松且安心。

米色的地毯，花纹是叶子的形状，墙角还放着两盆半人高的绿植，肖引章介绍过，这叫绿宝石，郁郁葱葱，又很好养活。房间正中央是一张透明的圆形茶几，两边摆着两张绿色的单人沙发，靠落地窗的地方，摆了一张米色的单人沙发床。落地窗被卡其色的纱制窗帘遮挡住了，将将好让阳光透过，却又能遮挡住屋内。

空气中弥漫着柠檬的香气，肖引章在加湿器里还加了柠檬精油，是江眉影最喜欢的味道。室内的空气湿度和温度在新风系统下，调节得刚刚好。

去年年末，江眉影第一次来肖引章的心理诊疗所的时候，就感慨，真的是如同天堂一般舒适的房间。

江眉影坐到其中一张沙发上，带着熟稔的笑容，道："还麻烦你来接我。"

"顺路嘛。"肖引章轻笑道，坐到江眉影对面的沙发上，"有什么重大发现？怎么这么着急？"

肖引章直奔主题，江眉影更加迫不及待，两手在包里扒拉一下，拿出装着泡菜的保鲜盒，摆在面前的茶几上："看！"

肖引章手里的诊断记录刚起了个头就被她的举动给打断了，他抽了抽嘴角："什么……你要送我吗？"

江眉影噘嘴："才不给呢。"她一边说着，一边打开了保鲜盒。

肖引章敏锐地观察江眉影脸上细微的表情，看到保鲜盒内的泡菜有被切过的痕迹，然后问："你对这泡菜是什么观感？"

江眉影眉眼一勾，露出一个欣喜的笑容："你发现了？"

她笑起来，桃花眼就弯成了月牙，原先被高冷保护着的表情瞬间变得俏皮，肖引章看着心里不自觉地也雀跃起来。

他眼里带笑，将记录本放下，以一个朋友的姿态，亲切地询问："那，告诉肖哥哥发生什么事了？"

江眉影调整了下坐姿，略带兴奋地将自己这几周的重大发现告诉了肖引章。

肖引章听完后，有些错愕："一开始发现问题的时候，为什么不跟我说？"

有任何变化，病人都应该第一时间联系主治医生，方便医生跟进，做进一步诊疗。肖引章其实比江眉影还希望她能够治愈。

江眉影有点不好意思，挠了挠脸："我那时候也不确定，总觉得是错觉，不信邪，确认了好几遍。你那么忙，我不确认是真实情况，来麻烦你多不好。"

肖引章不赞同地说："没有什么麻烦不麻烦。病人的事，都是大事，这是作为医生的职责。"

江眉影连连点头，表示自己明白了。

"ED（进食障碍）的传统治疗方法，我们都已经试过了。影子你也知道，无论是认知还是辅助治疗，都有了很大的进展。你也有很强烈的愿望，想要治好 ED，但是你的情况毕竟比较特殊。"肖引章分析道，"你的症状本身也不属于典型性的精神性厌食症，只能算是非典型性的进食障碍。引起 ED 的原因很多，你肯定不是基因上的原因，我们都知道。"

说到这里，肖引章顿了一下，观察江眉影的反应，在看到江眉影脸色如常，他才接下去说："是因为环境。"

江眉影心里微微一抽，点了点头，轻声应道："我知道。"

"心理治疗，我们也努力了很久，但是你一直都比较排斥做行为矫正，我们就从温和的方法开始。现在你也很积极配合治疗，也有强烈愿望希望能治愈，而且，你自己也在尝试。我看到你昨天新出的菜谱了，你有在慢慢变化。对别人来说，这几乎是将要治愈成功的征兆。但是影子，你一直没有，就算你的体重已经达到了 BMI 的正常偏瘦水平，你却再没有任何进步了。我想你知道是什么原因。"肖引章严肃着脸，对江眉影说道。

江眉影微微垂下头，叹气："我说不出来，我已经很努力了……但是……"

"我也不舍得让你再回忆那些痛苦，但是总有一天需要去面对的。"肖引章的声音很温柔，江眉影没有感觉到被冒犯，她只是愧疚，对身边所有爱她的人的愧疚。

"对不起，我不敢。"江眉影从喉咙里憋出这一句话。

"没事。"肖引章安慰她，"一切都会好起来的。你看，现在就有一个契机摆在我们面前。"

江眉影抬起头看他。

肖引章敲敲桌子，指着桌子上那盒泡菜说："这就是契机。虽然我也无法解释，为什么你能单单对那个韩栋做的菜免疫，但是，这是个好消息。我们得利用起来。"

"我们"这个词，给了江眉影强烈的心理暗示，她不是一个人，至少她青梅竹马的肖医生会帮助她。

来的时候，那些对未知未来的担忧，渐渐消散了，她用力点头。

"从这个契机出发，你多出去走走，接触接触外界，也很不错。"

江眉影点点头："我会努力的。"

肖引章走到江眉影身旁，蹲下来，以一个仰望的姿态，轻抚江眉影握成拳头的手，轻声说道："有时间，就去那间面馆，多尝试不同的菜，时间久了，可能就会发现可以接受其他人做的东西了。趁这个机会，多交一些朋友，也有助于你摆脱ED。"

江眉影点了点头。肖引章的手很温暖，让她心里也暖烘烘的。

"别担心，我一直都在这儿。"他认真地说道。

5

肖引章的建议，让江眉影更加确认了自己得再去有间面馆探探风。

顺便……只是顺便，找个机会跟韩栋道个歉——以刘导的名义。

再次来到汇都公寓楼下，江眉影比上次紧张得多。上次不知道是韩栋的店，而这一次，江眉影已经知道了店主人是韩栋。她只能努力让自己忽略这件事情，态度尽量自然。

大概是戴了口罩，别人看不清她脸的缘故，江眉影一路上也自在许多，不会在人群中低着头躲闪。

"欢迎光临！啊……江小姐啊……"黄茹茹热情的欢迎声刚落，就发现了来人是江眉影。

江眉影不好意思地点点头，白净的脸上带了点羞涩的绯红。

这一次江眉影来的时间点，正巧是饭点，人很多，大量的陌生人聚集在一个空间里，让江眉影迟疑了片刻，不太敢走进去。

深呼吸一口气，江眉影提醒自己记得肖引章的医嘱，一定要大胆地走到人群里，积极与陌生人接触。

江眉影做好心理建设，进了面馆。

角落的一张桌子空了出来，黄茹茹带着江眉影往那张桌子走过去。江眉影小心翼翼地尽量让自己走在两边桌子的正中间，不让自己碰到别人。可是总有些客人聊天激动地前俯后仰、手舞足蹈，江眉影小心地躲避。

黄茹茹照例问江眉影需要点什么。

出于保险起见，江眉影又问："老板在吗？"

跟江眉影讲话，黄茹茹早竖好了耳朵，她点头："在的。"

江眉影点点头，在思考过会儿该怎么跟韩栋道歉。

她看了一圈墙上的菜单，心理压力越来越大。这菜单上，没有一道菜，看上去是此时此刻的她可以吃得下的。

"姜汤？"江眉影自言自语。

黄茹茹疑惑地看向江眉影。

江眉影站了起来，指着墙上的菜单底下，一行用油性笔手写的四个字，那四个小字，只有指甲盖大小，在墙上如果不仔细看，只以为是苍蝇。

"暖心姜汤。"黄茹茹念着那四个字，江眉影回头，瞥了眼黄茹茹。

那眼神似乎在问，有没有这道汤。

这大概算是隐藏菜单？黄茹茹也不记得什么时候菜单上添了这样东西了。

黄茹茹一边记录单子，一边解答："有的。还需要什么吗？"

她抬头看江眉影，江眉影没有犹豫，立刻摇了摇头。

"就……姜汤？"黄茹茹抽了抽嘴角。

江眉影坐下来，点点头。

这里人太多了，隔壁桌还有三个壮汉在喝酒，聊天的声音恨不得把人耳膜都穿透，江眉影感觉他们每次哈哈大笑，都像拳头砸在她心脏上一样，让她冒虚汗。

江眉影在心里为自己的选择暗自松了口气。姜汤虽然有糖，但是没有油。她给自己做心理暗示，红糖姜汤只是普通的饮品，还很保健，所以可以喝。

韩栋在听到黄茹茹报单的时候，有一瞬间的错愕："暖心姜汤？"他皱起眉，想了一下才回忆起来，他们店什么时候添的这道菜。

"嗯，就上次来过我们店的江小姐，她只点了碗姜汤。老板我们有备生姜的吧？"黄茹茹问。

韩栋点点头："五分钟后好。"

生姜汁一直有备着，做一道红糖姜汤很快。只是他没想到，除了苗淼……还会有人点姜汤。

那四个小字，是苗淼写上去的。

从面馆开业以来，这碗红糖姜汤，一直都是苗淼的专属饮品。每次苗淼受了凉，或者心情不好了，韩栋都会给她煮一碗姜汤，苗淼体内的寒气立刻就被驱散了，心情也能迅速好起来。

后来苗淼开着玩笑，在菜单上写了"暖心姜汤"四个字上去，还对韩栋笑道："老板的姜汤，能把人的心都烫得暖暖的，所以就叫暖心姜汤啦，就跟老板人一样，特别暖。"

他可不是什么温暖的人。韩栋聚精会神地盯着灶火，心里没由来地腾起一阵烦闷。

他可不是对任何人都好的。

韩栋以为，除了苗淼，没有人会发现那行小字。他只把这碗汤当成自己对苗淼的小心思，没想到……到底还是有人发现了，还下单了。

就像苗淼，不仅仅只有他知道苗淼的好，所以，最后苗淼也不属于自己。

韩栋自嘲一笑，拿出姜汁来，往厨房门口瞟了一眼。

那个只点了一道姜汤的人，也很奇怪。午饭的时间，却只喝一碗汤。

韩栋摇了摇头，与自己无关的人，他最好还是不要好奇为好。

五分钟后，热气腾腾的红糖姜汤被端上了桌。

江眉影打起了精神，坐直身子，小心地对黄茹茹道谢："谢谢。"

黄茹茹扬起笑脸："没事。小心点，烫啊。"

江眉影点头，双手捧住碗，感受掌心的热烫。

鼻尖是一阵红糖和生姜缠绵的香味，绵长清淡，闭上眼，那股香味却瞬间被放大，浓郁起来。

很舒服，江眉影呼出一口气，温暖从掌心渐渐蔓延到全身，感觉心脏都暖烘烘的。

她突然有了信心。

江眉影摘下口罩，嘴角微微勾起，心情好了起来。她拿调羹舀起一勺汤，放到嘴边。唇瓣轻轻地碰了一下，烫，但是她心里没有负担，也没有恶心的感觉。

江眉影眼睛一亮，微微张嘴，将那勺汤灌入口中。

顿时，绵密的甜味散开来，滑入喉中，又像是昙花绽开一样，一股热辣的生姜味，突然炸开，在喉间弥漫开来，江眉影的鼻翼瞬间冒起了汗，双颊也漾起了绯红。这股火辣只持续了两秒钟，红糖的甜味又从舌根返回，压住了辣味，到最后，江眉影轻咂双唇，只感觉到嘴里淡淡的回甘。

好喝！江眉影抽了抽鼻子，双眼通红，也不知道是因为生姜，还是因为内心的震撼。

就是以前，她也没喝过一碗姜汤，能够有这样千回百转的味觉体验。一想到这么神奇的厨师是韩栋，她就心情复杂。

她不喜欢生姜的味道，但是这碗汤，她居然喝了一大半。

江眉影沉浸在自己的感动中，将口罩戴回脸上。一抬头，就看见韩栋双手环胸，靠在厨房门口，盯着她，也不知道看了多久了。

两人视线对上，韩栋挑了挑眉，脸色平静地对她微微点头，眼神里很淡然，似乎只是偶然跟自己的客人对上视线，礼貌打个招呼一般。然后他戴上手中的厨师帽，重新回了厨房。

　　江眉影刚张了张嘴想喊韩栋的名字，韩栋就回了厨房。她愣怔地看着厨房门口。

　　这个韩栋，跟她想象中的，真的很不一样。

　　无论是在首都的时候，他父亲嘴里吐槽的那个不肖子，还是节目里那个不苟言笑、完美主义到过分的厨师。

　　他稳重冷静、寡言少语，还做得一手——她可以吃的菜。

　　说不定，她渐渐熟悉面馆的人之后，她跟韩栋，真的可以成为朋友。

● **Chapter 3**
美食换真诚

1

江眉影在面馆里留了许久，等面馆里只剩下两桌客人，后厨也空闲了下来，韩栋和郑林天都出来了。

郑林天看到江眉影，热情地打招呼："江小姐，你又来啦！"

江眉影对郑林天的热情渐渐地接受了，她笑了笑，点了点头。

郑林天刚想凑上来跟江眉影聊两句，就被韩栋使唤到厨房去洗剩下的碗筷了。

一桌客人离桌结账，黄茹茹去收银台招待他们。

韩栋一个人站在江眉影的桌子旁，江眉影感觉头皮发麻，抬眼瞟了瞟他，却发现他的视线正好落在自己身上。

江眉影急忙闪躲视线，垂着眼，但是心里还记着她此番来的任务。

江眉影咬了咬牙，小声地对韩栋说道："韩老板，我这次来，是有话想要对你说。"

韩栋看出来了。剩下的半碗姜汤都已经凉透了，江眉影仍旧坐在大堂里，似乎等着什么，看他的眼神也欲言又止。

"什么事？"

"呃……"江眉影措辞半天，小心翼翼地说，"之前我们节目组给你们添麻烦了。"

韩栋听言，微微一皱眉，也没有客气："是添了不少麻烦。"

"……"她该怎么接茬？

韩栋对江眉影战战兢兢的内向性格不是很喜欢，但是她刚才喝姜汤时脸上幸福的笑容却一直死死刻在脑海里，无法抹去。

他又瞥了眼江眉影，发现她有些苦恼地垂着眼在思考着什么。

"还有什么事吗？"韩栋问。

江眉影硬着头皮继续道歉："那个……因为我们剪辑的原因，让观众对韩老板你产生误解……"

"嗯。然后呢？"

"我在这里跟韩老板郑重地道个歉，实在很对不起。"江眉影轻声地说着，心里亦真别扭，默念着，刘导，你不给我加绩效奖我就跟你拼命。

"不用了。"韩栋突然说道。

江眉影一愣，抬头看她，却发现对方深沉的双眸认真地看着自己。

他双手抱胸，一身白色的厨师服，干净整齐，一丝不苟，衣袖一层一层挽到手肘，露出他白净的手腕和小臂。

韩栋冷淡地解释："首先，我也不觉得很困扰，生意好了很多，至于别的，我并不在意别人怎么看我，我问心无愧就行。"

江眉影眨了眨眼，有些没缓过神来。

"其次，你的道歉也不真诚。当然，你们剪辑的确有些过头，但这也是你们整个节目组的定位问题，你来道歉也不是出于真心实意的吧。既然不是真诚地道歉，那么就别说了，不然心里也不高兴。"

韩栋说得平淡，江眉影听得却很汗颜又有些恼火。

一种被戳穿了的恼火。

韩栋说得没错，她的确不是真心来道歉的。她只是觉得自己是替导演来道歉，自己只是背了锅的人，因此想走个过场就行。更别提因为韩栋，她的手机被骚扰了整整三年的经历。

若不是因为韩栋似乎能做出她可以吃得下的美食，她根本不想跟韩栋再有交集。

"韩老板，我很真心地跟你道歉的。"江眉影轻皱眉，声音略略提高。

韩栋不置可否。

江眉影心里那股暗火渐渐烧了起来。韩栋的态度让她非常不高兴，虽然他的确说对了，自己真的不真诚，但是他无所谓的态度让人也很火大。

江眉影一声不吭，阴着脸结了账，扭头就走。

韩栋盯着她的背影，又看了眼桌上剩下的姜汤，皱紧了眉。

2

江眉影在回程的路上，一直生着闷气。

可是她在生气的同时，却不停地回忆着红糖姜汤的味道，那股浓郁的生姜香气一直萦绕在鼻尖，让她渐渐地生出一个新点子。

出了地铁，在小区隔壁的超市里，江眉影买了半斤生姜。回到家后，她将起袖子，穿上围裙，开始捣鼓自己的菜谱。

将部分生姜洗干净，削皮后，放入盆中，加入盐和醋，拿保鲜膜盖上，腌两个小时。

在等待的过程中，江眉影将剩下的生姜洗干净后切片，扔进开水里煮，然后将一整块鸡胸肉放进去。等姜汤完全渗进鸡胸肉之后，她将鸡胸肉捞出来，再次炮制成鸡丝，跟橄榄油拌一拌。

两个小时后，江眉影再将腌生姜洗干净，拿少量糖拌一下，最后将腌生姜切成丝。

江眉影的刀工不错，姜丝基本上可以切得很均匀，细如发丝。

她拣了一根姜丝尝了一下味道，辣味去得差不多了，带着酸甜，口味适中，姜味还很浓郁。新鲜的嫩姜有这么浓厚的味道，品质很不错。

姜汁鸡丝，江眉影也尝了味道，鸡肉的腥味完全去掉了，取而代之的是浓郁的姜味，但因为是嫩姜，并不辣。

她将姜汁鸡丝摆在切丝的包菜上面，然后上头撒了一把腌姜丝，拍了个摆盘照。

小圆警长："今天的主角是生姜，因为怕太辣，选的是新鲜的嫩姜。口感很独特，有点像日本的姜汁烧肉，将鸡丝和包菜丝一起吃，口感拔群哦。上头是腌姜丝，因为盐度较高，减肥人士要少吃哦。"

韩栋看到了小圆警长的新菜谱，总有种微妙的感觉。今天怎么都是与生姜有关？

他给小圆警长发了私信："今天的是生姜？"

小圆警长："看到超市里上市了春季嫩姜，就想着做。"

"我晚上打烊后试试看。"

"嗯，也是给你们做的菜谱，拿去吧。"

韩栋打字的手一顿，她是真的对他们店的特色很了解。

韩栋忍不住又问她："你最近有来过我们店吗？"

小圆警长："没有。"

韩栋心里涌上失望："我很喜欢你最近的菜谱，比较符合大众的口味。"

"谢谢。"

江眉影放下手机，暗骂自己真的是圣母，生了一肚子闷气却还要瞒着自己的身份，还好声好气给对方菜谱。

她说什么也不要再去跟韩栋道歉了，要是刘导问起来她就说韩栋自己不乐意接受道歉。她才不要热脸贴冷屁股。

江眉影双手抱着膝盖，坐在床上，看着手机里的对话，将侧脸挨在膝盖上。

江眉影的想法是很美好，但是没几日，她就发现自己想多了。

刘导对韩栋和三味坊很忌惮，又将江眉影喊去谈话。

"小江，你道歉了没啊？"

江眉影苦着脸："刘导，我道歉了。"

"那为什么韩老板没跟我联系啊，我请你转达我的名片了吗？"刘导的表情也很忐忑。

江眉影委屈道："人家韩老板不接受我的道歉啊。"

"啊！他还生气呢？"刘导顿时冷汗直冒。

江眉影解释道："不是，他就是根本没在意，说无所谓。"

这倒是韩栋的性格，当初做节目的时候，他也完全不理会，连样片都没看。

刘导松了口气，看了看江眉影苦恼的表情，最终，业绩大过良心，笑眯眯地说："那么，小江啊，你看你一来二去的，跟韩老板也比较熟悉了吧？"

"……"江眉影心里有种不好的预感。

"我还是想让你把我名片给他，你看……你有没有时间？"刘导问道。

领导的态度很和善，江眉影怎么也没办法不答应。

她闭了闭眼，哭笑不得："刘导，为什么一定要把名片给他啊？"

刘导给江眉影使了个眼色："年轻人，考虑不够长远了吧。要是把三味坊这条线搭上，我们什么老字号拍不到？别忘了我们是什么节目。"

全国首屈一指的美食专栏《寻味中国》，离了吃的，分文不值。

江眉影总算缓过劲，明白过来了。敢情刘导是想拍三味坊？

也是，现在还没有节目拍过三味坊的饮食文化。虽然曾经有厨艺比拼的节目用过三味坊的厨房和大厅，但是三味坊自己的大厨都没有入过镜。

"我们也算是拍过三味坊的大厨了啊。韩栋不是吗？"江眉影偷换概念。

刘导摇了摇头："我们拍到的是他的市井小吃，但是三味坊的美食没有涉及过。"

"而且，韩栋跟我们说过，拍他可以，但是不能用三味坊宣传，不能跟三味坊扯上关系。有间面馆是他的有间面馆，不是三味坊的。"刘导回忆着，感慨道，"看来这个年轻的少当家很有自己的信念，跟三味坊的理念并不一样呢。"

江眉影想着也是，坐拥全国一百多家门店、十几家蓝丝绒餐厅的三味坊，每间都是高级餐厅，人均消费最低也有个五六百元。更别提三味坊庞大的房产资产，每一间装修和品味都高雅精致，独具匠心，任性地砸钱。

她怎么也想不到那么厉害的美食帝国的下一任接班人，居然甘愿蜗居在浮城靠近郊区的一间小面馆里，装潢简陋，区区三个人运转着，每天的营业额大概连三味坊最小的门店两个小时的净利润都比不过。

是因为什么，让韩栋宁愿与自己的父亲闹翻，离家出走，离开原先优渥、人人艳羡的生活，屈居于此？

江眉影虽然对韩栋有着不满，但是却产生了浓厚的好奇心。

3

隔了几天，晚饭时间。

"老板，江小姐又来了。"黄茹茹趴在厨房门口轻声说道，"今天点了个荷包蛋。"

"荷包蛋？"韩栋一听就皱起了眉，奇怪地反问。

"是啊，就是荷包蛋，一个，不要酱油。"黄茹茹点头。

郑林天噘着嘴："减肥吧？"

黄茹茹补充道："哦，还有，江小姐希望老板你亲手做。"

韩栋夹香干的手一顿，点了点头表示自己听到了。

郑林天在一旁嘟囔，江眉影是不是对他有偏见，他厨艺也很好啊。

韩栋对江眉影的观感很复杂。

那天她喝姜汤的表情，韩栋一直忘不了。他从来没见过，含义如此复杂的笑容。他解读不了，于是更加在意。

可是她因为节目的事情跟自己道歉，态度并不真诚，似乎是硬着头皮赶鸭子上架来的。韩栋不免在想，她是不是如同她剪辑片子的时候里表现出的主观态度一样，认为自己对郑林天太苛刻，对做菜、饮食的要求太完美主义，因此来道歉的时候也不是打心底里感到抱歉的。

越是尊重食物，就越理解他对于这方面要求的严格。

换而言之，江眉影是不是对食物并不敬重。

韩栋站在厨房门口，观察着江眉影，眉头渐渐皱起来。

这个齐耳短发的小姑娘，二十二三岁的模样，大概比较怕生内向，在大堂里，行事都小心谨慎的样子。一身舒适普通的运动装，锁骨棱角分明，能看出来特别瘦弱。脸很小，脸色苍白，没有什么血色，那双眼睛却很有灵气，桃花眼，眼角微微上扬，很漂亮。

此时此刻，她正神色紧张地盯着面前的盘子，用筷子戳了戳荷包蛋，然后轻轻划开一个角，看到溏心流出来的时候，眼睛一亮。眼神里满是雀跃和欣喜，让人看着也被感染到，心情大好。

在首都的三味坊总部，他看过很多面对美食如获至宝的食客。但那都是老饕们，在面对一年只有一次的某些食材赏味机会，异常重视，因此神色凝重，眼神里却满是馋意。

这个小姑娘的眼神里，虽然也有喜悦，但这种喜悦却很复杂，仿佛久旱逢甘雨的狂喜，冷静中透着惊讶。

她打量着荷包蛋，像是拿到了显微镜底下观察成分结构一样，仔仔细细地考察，然后才小心翼翼地夹起划开的一角。

那一小块大概不如指甲盖大。韩栋只看见了她身子一顿，撇起了嘴，似乎很感动。

韩栋看着她，慢慢地吃完了半个荷包蛋，然后戛然而止，她再也没有提起过筷子。

就点了一个荷包蛋还剩了一半？太浪费了吧。

韩栋心里有些恼。这大概是他的强迫症，看到别人浪费食物他总是很不开心，现在看到江眉影更甚。

他深吸了一口气，皱紧了眉，扭头进了厨房。

郑林天一抬头就看见自己师父脸上的不悦。尽管韩栋仍旧是波澜不惊的表情，但是师徒三年，他还是一眼就发现了韩栋的不悦。

"怎么了师父，这么不高兴？"

韩栋摇摇头，生着闷气半晌没说话。

就在郑林天以为他不会回答了，突然听见韩栋说道："爱吃且不浪费粮食的女生多好。"

郑林天愣住了，犹犹豫豫地问："师父……你说的……是喵姐吧？"

"……"突然提到苗淼，韩栋的心情又是一沉，他轻轻瞥了眼郑林天，没说话，但那眼神里的分量，让郑林天有些哆嗦。

郑林天急忙转移了韩栋的注意力："师父，我们的分店什么时候开啊？"

"资金到位了就行。"韩栋回答。

离开首都的时候，他所有的银行卡都被冻结了，年前刚跟父亲和好，最近会逐渐解冻银行卡。到时候就有资金，逐渐开启他的计划了。

他想打造一个庞大如三味坊的 B 级美食天堂，但是定位跟三味坊完全不一样。

江眉影很满足。荷包蛋是用猪油煎的，油很足，很香。外面一层蛋皮呈金黄色，脆脆的。

她很少吃这么油的鸡蛋，还吃了一大半。这是个不小的进步，她恨不得立刻把这个好消息告诉父母和肖引章。

但是她现在还有别的任务，一想到这个任务，就心情一沉，觉得无力。

她照例等到了人渐渐稀少，才趁着韩栋出了厨房的时候，小声喊住了韩栋。

韩栋轻皱眉，问："有什么事？"

江眉影舔了舔唇，鉴于跟韩栋也是比较眼熟了，她稍微放大了点胆子，扯了扯嘴角，僵硬地笑："那个……还是上次的事，我真的很真诚地向您道歉。"

语气太过礼貌，反倒让韩栋有些不习惯。

他挑眉，没有立刻回答。

江眉影一边硬着头皮顺着往下说，一边从包里拿出刘导的名片和自己的名片来："还有……那个……咳，麻烦您收下这个，我们公司，很期望能跟您有更多的合作。"

"……"韩栋没有当即接下，而是垂眼看了看名片。

刘导的名片在上层，江眉影垂着头，双手奉上，一副忍辱负重的表情。韩栋没有看见江眉影的名片就在下面。

韩栋冷声拒绝了："你收回去吧。"

江眉影一愣："为什么？"

"你们领导让你来，是想跟三味坊搭上线吧？包括你来这么多次，跟我道歉，也是因为这个吧？"韩栋冷冷地说。

他说的是事实，江眉影无言以对。她白着脸，不知道如何解释。

"我已经说过了，我没有生气，道不道歉都无所谓。"

"可是……"

韩栋轻叹一声："而且，我现在跟三味坊没有关系。你们找上我，我也做不到让你们去三味坊拍摄节目的。"

韩栋不想再跟三味坊有什么联系，只想靠自己的能力打拼。

江眉影整张脸涨得通红，不知是羞愧还是生气。

"韩老板……只是收两张名片的事情……"

韩栋却问她："你喜欢我做的食物吗？"

江眉影一怔，下意识就回答："喜欢啊。"韩栋做的吃的，是她目前能吃下的，第二类食物了，另一种则是她自己做的。

"我看不出来。"韩栋直白地否定了她的话。

韩栋看不明白江眉影对自己所做的食物的看法。她来店里寥寥数次，没有吃过什么东西，还都剩了一大半，他实在看不出江眉影是喜欢自己的作品的。

江眉影大概只是来完成领导的任务而已。

韩栋的否定一出口，江眉影脸上一阵青一阵白，脸色变得非常难看。

她怎么可能会不喜欢自己能吃下的食物，更别提做得是真的好吃！

韩栋的态度，分明是对自己有偏见。她恼了："韩栋，你如果因为我和我们公司做节目的事情，而对我有意见。那么我代表我自己和我们公司向你道歉，但是请你不要随便妄测别人的心思。"

韩栋听到她的话，心里一怔，她的声音不同以往的细弱，相反，语气强硬不少。紧接着，他听到她认真的声音。

"世界上，没有人比我更喜欢美食了。你永远不知道我心里的那种感觉。"江眉影说到最后，有些哽咽。她眼眶通红地瞪了眼韩栋，拎着包，扭头就离开了店。

韩栋背着门口，没有从她的话里回过神来。

刚才的话，江眉影说得真挚无比，甚至能听出来她诸多的不甘心。

韩栋开始深思，自己是否误会了江眉影。

4

这一段时间，江眉影给韩栋传了不少菜谱，并且拒收了韩栋一再提出的菜谱版权费。

现在想想，真是瞎好心了。

江眉影对肖引章提到韩栋，满是愤恨："这种人，果然跟他爸爸说的一样，不会做人。"

讨厌的人无论展示了多少面的优点，仍旧是讨厌。

肖引章哭笑不得："或许这其中有什么误会，你也别一棍子打死。"

江眉影摇头："他就是这种小心眼的男人，讨厌死了。"

"可是，他也是你目前最后的救星吧。"肖引章拍拍她的脑袋，小声地安慰，"反正你只要吃他做的食物就好了，也不需要跟他再有接触吧？"

江眉影噘着嘴，认了死理："必须要有接触啊，我还没把领导的名片给他呢！"

"……"肖引章无语地笑了。

"要是完不成任务，不仅仅是刘导，到时候老总都怪我怎么办？"江眉影郁闷道，"也不知道为什么要我去做这件事情。"怪就只怪在她一时脑抽剪辑了那么富有争议的片子出来。

肖引章见她自己想通了，拍拍她肩膀："好了，那么你下次去，把名片给他徒弟，以后要不叫外卖，送公司去，近一点。"

"可是叫外卖不能保证是韩栋亲手做的。"江眉影很无奈。

这一点也很神奇，她在面馆里，能很轻易就分得出来哪些食物是韩栋做的，哪些是郑林天做的。因为看到会觉得不舒服、想反胃的就是郑林天做的。

她知道只有韩栋做的食物自己才能吃得下。

现在陷入了死胡同，江眉影是真的不想再见到韩栋那张死人脸了。

肖引章劝了很久，江眉影最后才答应，继续去有间面馆吃东西，至少将自己的病先治好。

次日，江眉影提前下班，精心打扮了一番，趁着面馆人少的时候，趾高气扬地扬着下巴，气场十足地进了面馆。

黄茹茹惊讶地看着江眉影进门，今天的江小姐穿着一条黑色修身连体裤，蹬着一双高跟鞋，戴着一副大耳环，顶着烈焰红唇，戴着大墨镜。气场两米八！

这是之前跟老板吵架了，来砸场子吗？

黄茹茹惴惴不安地想着，还没来得及去通知厨房里的韩栋，就被江眉影喊住了："点餐！"

声音倒是很响，但是听着就很虚。

她急忙跑过去，扯着嘴角微笑地招待："你好，请问需要什么？"

江眉影墨镜都不摘，以掩盖自己心虚胆怯的眼神。

她微抬下巴，大红唇轻启："红烧牛肉面！"

黄茹茹很惊讶。这大概是江眉影来店里这么多次，唯一一次点主食。

黄茹茹一边做记录，一边问："好……好的，请问，葱和香菜要吗？要辣吗？"

江眉影墨镜底下的眼神滴溜溜地乱转，她此时此刻，心脏都快跳出来了。幸好别人看不见她的表情，她现在，眼里满是忧虑。

她不确定自己点了面之后能吃几口，上次郑林天送的那碗面，她吃了两口就给方可可了。现在点这么一大碗，太浪费了。

"呃……呃……都要？"江眉影支支吾吾地回答黄茹茹的问题，声音又回到了原来的分贝。

黄茹茹点头，记录下之后，将本子和笔往口袋一插，往厨房走去下单。还没到厨房门口，韩栋却突然走出来，拦住了黄茹茹。

韩栋伸手取走了黄茹茹露出口袋的本子，瞄了眼本子上的单子，走向坐在面馆正中间的江眉影。

韩栋将本子放在桌面上，双手撑着桌子，低眼看江眉影。江眉影被他盯着心里有些毛毛的。

"你确定要点？"韩栋低声问她。

他的声音很低沉好听，认真看着人讲话的时候能让人心脏漏跳。

江眉影从韩栋出来，看见他绷着脸的时候就很紧张。双手在桌子底下，紧紧攥着，墨镜下被遮掩住的表情，因为紧张，肌肉微微用力。

韩栋看出来了，江眉影只是赌气点的牛肉面，她可能根本吃不下几口。不管是不是不喜欢他的厨艺，他都不想看到这么浪费粮食的事情出现。

"江小姐，我做的食物，是不是有什么不好的地方，你大可以指出来。"韩栋说。

江眉影摇头。

韩栋直起身子，没再提这个话题，而是话锋一转，说道："我今天也不会收名片的，道歉我收下了。上次我话也说得不对，跟你道歉。"

江眉影睁大双眼，惊讶得说不出话来。

这算什么，给个巴掌又给颗甜枣？

韩栋话说完，看江眉影下意识地点了点头，就掉头回了厨房。他不擅长道歉，道个歉让他做了很久的心理建设。

面很快就端上来了，还是韩栋亲手做的。

店里人不多，韩栋就在靠近厨房门口的座位上坐着，时不时地看一眼江眉影。

江眉影看到热腾腾的面端上来的时候，满眼都是喜悦。韩栋心里一沉，心说自己果真是误会了江眉影，谁说她不喜欢自己做的食物的。

结果这个想法没持续多久，韩栋就被打脸了。

江眉影没吃完那碗面，不，应该说就吃了三口面，连汤和肉都没碰，就放下了筷子和勺子准备买单了。

江眉影看着也好好的，健健康康，除了瘦了点，一点也看不出来食欲不振的样子。

韩栋心里的无名火腾地就冒了起来。

她果然还是不尊敬食物，也不喜欢自己的厨艺吧？

眼看着江眉影叫来黄茹茹，付完钱后，小声地聊着什么，然后塞了个东西给黄茹茹，就往店门走去。

韩栋立刻将黄茹茹喊过来，问："她给了你什么？"

黄茹茹从围裙口袋里掏出两张名片："嗯，就这个，江小姐让我转交给你。"

韩栋一眼就看到名片上面刘姓导演的名字，心里顿时气闷，他一声不吭，站起来就往外追着江眉影而去。

"等等。"韩栋喊住江眉影。

江眉影身影一顿，僵硬地转过身来看他："有事吗？"

她眼神游移，不敢看韩栋。她偷偷把名片塞给了黄茹茹，而且还叮嘱黄茹茹以后自己叫外卖，都尽量让韩栋下厨。

没想到韩栋这么快就追过来了。

韩栋冷着脸："上次的事，我虽然说得不好听，但是，我还是想问一下江小姐你。"

"嗯？"

"我做的食物里有什么你不喜欢的吗？"

江眉影奇怪地说："我不是说了没有吗？"

"那为什么没有吃完那碗面？"

"我吃了，只是吃得比较少……"江眉影说着，都不好意思了。

每个厨师大概都不喜欢自己的一片苦心被人浪费吧，特别是韩栋这种美食世家出身，对食物的要求更是精益求精、心存敬畏。

这本没有什么不好，可是偏偏她有厌食症，又不愿意对人说。

"如果你不喜欢吃我们做的东西，你可以换一家店。"韩栋提议。

江眉影眼神里满是慌乱，拼命地想解释："不是，没有不喜欢……"

"那为什么？"韩栋问。

江眉影无法将自己那复杂的原因说出来，支支吾吾，憋了半天，一句话都憋不出来了。

似乎也有过这样的情况。

几个人将她围住，尖锐的笑声围绕着她，一个人的脸几乎要凑到她眼前。

那人声音刺耳，质问着："那你说，不是你拿的谁拿的？"

另一个人有着变声期的声音，粗粗地笑道："哈哈哈，她一只杯子八万块，看不上我们的小玩意的。"

江眉影瞳孔猛地一缩，脑袋像是被重物狠狠撞击一般，她突然浑身一震，回过神来，她意识到自己并没有在学校，面前的人是韩栋。

"你这人为什么要认死理？！每个人都有不想说的事情！"江眉影拔高声音喊道，恼火地看了他一眼，转身就跑。

韩栋还没来得及喊她，她瞬间就跑没影了。

这跑步速度和体质绝佳，怎么看都不像是病人，韩栋只觉得江眉影是个怪人。

他回到店里，黄茹茹就凑上来了忐忑地问："老板，这名片怎么办？"

"……"韩栋接过名片，瞥了一眼刘导的名字，叹了声气，"留着吧。"说着，他才发现下面还有张名片，拿出来看。

黄茹茹说道："老板，刚才那江小姐让我以后她点单，都尽量让你下厨，还不让我告诉你。我觉得她应该很喜欢你的厨艺才对，可能有什么原因才吃不下吧？老板？"

韩栋已经没有在听黄茹茹的话了，他盯着名片上江眉影的联系电话出神。

这个是……他离家出走前用了十年多的手机号码？

5

江眉影一进家门，就开始脱掉自己的一身行头，然后纵身一跃跳进被窝里生闷气。

世界上怎么会有韩栋这么讨厌的人！

她好心给人家菜谱，结果那人在自己工作上不配合就算了，还刨根问底自己浪费粮食的原因。

更别提韩栋几乎毁了她过去三年的人生！

就因为用了他用过的手机号，她美好的生活饱受了三年骚扰。

天知道他怎么会有那么多亲人朋友，他身边所有的人都在给她打电话、发短信！

现在，江眉影几乎可以肯定，这个讨人厌的面馆小老板韩栋，就是那个"骚扰"了她过去三年人生的"韩栋"！

江眉影无论如何都咽不下这口气，于是拉开被子，坐了起来，盘着腿"啪嗒啪嗒"给 Chefcap 发了条私信。

小圆警长："在吗？我问你个问题。"

Chefcap 回复得很快："嗯。"

江眉影心脏因为激动而越跳越快，她心中有一种即将展开报复前，做准备工作的兴奋。

小圆警长："我第一次去你的面馆的时候，听你伙计们在讨论给你过生日的事情，你生日是 3 月 4 日吗？"

Chefcap："嗯。你是那天就来面馆了吗？"

江眉影深吸一口气，抛出终极问题。

小圆警长："嗯。我问你，你以前是不是用过尾号是 1993 的手机号？"

Chefcap："你怎么知道的？"

江眉影露出一个得逞的笑容，手指飞快地开始输入一长串的话。

小圆警长："我当然知道！我现在用的就是你的手机号！你知道你把我害得多惨吗？！你离家出走能不能不要打扰到别人的生活！三天两头被骂臭小

子、不肖子！总是有人打来骚扰电话喊我韩总！每个月还发催缴公司水电费的通知！每年我生日，银行都不会发贺生短信给我！你生日偏偏能收到十几条！你问我怎么知道？我用血和泪的教训告诉你！"

江眉影觉得自己实在太可怜了。要不是当初她一口气充了五百元话费进去，参加移动公司的活动，而且号码是她花钱买的靓号，她早在第一次接到骚扰电话就换手机号了。

最开始的时候一堆人打电话过来，除了韩栋的父亲，她出于尊重和同情的考虑没有拉进黑名单，别的骚扰电话一律拉进了黑名单。

现在用了三年下来，这个手机号牵扯的人和信息太多，牵一发而动全身，实在不方便换手机号。考虑到未来还是要回首都，江眉影干脆就不换手机号了。

"……"另一头，拿着手机的韩栋整个人呆若木鸡。

过了高峰期，面馆里客人少了很多，三三两两的人群中传来微弱的交谈声。

韩栋呆愣在柜台旁，脑袋一片空白，暂时还完全理解不了小圆警长发来这一长串怒气冲天的文字。

他愣愣地问："你是谁？"

小圆警长："我是江眉影！知道了吧！浑蛋！"

江眉影冷笑着，感觉自己的愤怒都发泄了出去，多想仰天长笑，她已经能预料到，那一头的韩栋脸上的表情有多么丰富多彩了。

但是韩栋面瘫，他脸上的表情，仍旧是那副淡定的样子，只不过错愕的眼神出卖了他的情绪。

他愣了好久，终于回过神来。

他刚才知道江眉影用着自己以前的旧号码，鉴于当初他离家出走得很突然，他手机号码注销后，江眉影误打误撞重新使用，肯定被自己的朋友亲人骚扰过一阵子。他还在琢磨江眉影是不是知道自己就是原手机号码主人，没想到她自己就爆出来了。

韩栋居然觉得搞笑，哭笑不得。

乐观开朗、励志又聪明的小圆警长的形象，突然变得鲜活起来了。她有着一头褐色的齐耳短发、瓜子脸、漂亮的桃花眼、小巧的鼻子和嘴唇。个子不高，很瘦弱，打扮时尚。

她还很怕生，说话细声细气的。但是恼羞成怒的时候，整张脸都能涨得通红，然后横眉竖目地对自己说话，声音努力拔高了，却仍旧缺少怒发冲冠的气势。

就像"巨凶"的小奶猫一样可爱。

韩栋笑了。

他几乎可以想象到，手机另一头的江眉影，此时此刻是怎么样炸了毛在吐槽他的不对。

小圆警长："我没有见过比你更讨厌的人了！你身为厨师还如此苛责食客！我正式通知你，小圆警长和你的合作！OVER！拜拜！"

韩栋一愣，急忙发过去道歉的话。

"对不起。"

系统提示："小圆警长把你拉入了黑名单。"

"……"

换作是他，整天因为手机号的前主人被骚扰，还被合作伙伴指责，他也会生气。

韩栋开始反思自己。

江眉影，不，小圆警长，是个热爱美食的人。从她的微博里能够看出来，她很珍惜食物，不是那种浪费粮食的人。

但她在店里的表现却不太一样。

韩栋回忆起江眉影将食物剩下时候的表情，看起来并不是心甘情愿的，有时候甚至很痛心。

又想起黄茹茹的话，韩栋知道自己错了。江眉影一定是有什么难言之隐，无法告诉他。但是他却不停追问，甚至妄加指责对方不尊重食物。

他继续给小圆警长发私信，私信发不出去，甚至微博评论也失败了。

韩栋叹了口气，无奈地打开了短信界面。

江眉影不知道他记性很好吧。

江眉影胸中的浊气排解后，感觉大仇已报，将手机扔到一旁，兴奋地在床上打了个滚。

　　韩栋的性格她大概有些懂了，是个很有责任心的人。

　　所以，她就是不回复他，让韩栋愧疚去吧！

　　"叮——"

　　手机振了一下。

　　江眉影滚回手机旁，趴在床上打开手机一看，一条陌生的号码发来的短信。

　　"江小姐，我是韩栋，这是我的手机号。今天很抱歉，希望你能原谅我。"

　　"……"

　　江眉影无力地趴在床上，感觉无法呼吸。

　　她要换手机号！

● Chapter 4
不速之客

1

江眉影把韩栋的手机号拉黑了。

她认为，既然已经撕破了脸，就没有必要再有交集下去了。

肖引章不赞同她的想法。

"好不容易有病情好转的可能，不要因为一时置气而放弃这个机会。"

江眉影皱紧了眉，为难地说："我是很想继续尝试下去，但是一想到韩栋那张万年不变的死人脸，说的话跟个老古董一样，一板一眼教训人，我就想把面汤全倒在他脸上。"

她说着赌气的话，让肖引章忍俊不禁。

肖引章摆摆手："别赌气了，说的话跟个小朋友一样。"

肖引章拍拍她的脑袋："乖。"

江眉影叹了口气："我就是咽不下这口气……"

江眉影的表情像个小孩子一样在赌气，肖引章无奈地摇了摇头。

"影子，我跟你打个赌好吗？"

"嗯？"

"我帮你去跟那个韩栋谈，让他跟你道歉，你跟他暂时和解，让他给你调理饮食，好吗？"

江眉影沉默着不说话。

"你知道我的意思。"肖引章沉着声，眸色深沉地跟江眉影对视着，温和的嗓音劝导着江眉影，"让他不妨碍你去吃他做的食物，尽量点一些清淡点的，你也能慢慢地适应，重新接受正常人的饮食结构。"

江眉影说："我跟他吵成那样……能行吗……"

"所以我帮你去谈。"肖引章打断了她的话。

江眉影呆愣地看着肖引章。

"影子，无论发生什么事情，都要给自己一个机会，鼓起勇气去面对。"他意有所指。

江眉影眼眶一红，咬着下唇，摇了摇头。

肖引章没说话，站起了身，看着江眉影脑袋上的发旋。江眉影靠近前额的地方也有一个发旋，导致她的刘海一直很固执地偏向一边。

一如她这个人的性格，内心敏感，却又很执拗。

他轻轻叹了声气，揉了揉江眉影的头发，沉默着。

江眉影没有再去有间面馆，其实她也很不舒服。

方可可依照小圆警长的菜谱做了盒金枪鱼厚蛋烧，公司里关系好的同事都分到了两口。

最后还剩下小半盒，方可可给江眉影献宝："快，大师品尝一下味道还行吗？"

江眉影木着脸，强忍着内心的不适。厚蛋烧看着并不油腻，但她这段时间心情不好，病情反倒变本加厉了。

方可可还没察觉她的不对劲，夹了块厚蛋烧放到她嘴边："来，啊——"

江眉影脸色瞬间变得铁青，急忙站起来，捂着嘴往卫生间跑去。

“抱歉……呕……”

方可可莫名其妙地看着她，一头雾水：“你怎么了……”

江眉影平复下来，擦着眼角的眼泪，轻叹一声气道：“可能……有点风寒……”

方可可疑惑地看着她，自己把东西吃光了。

江眉影抱歉地道了歉，低头给肖引章发了条短信。

“肖医生……拜托你了。谢谢。”

她不能这样下去了，不仅仅伤害自己，还伤害到别人。

而且，她虽然将名片送出去了，但刘导没有接到韩栋的电话，总是心有不安，看到江眉影的时候总是很幽怨，让江眉影心理压力巨大。

2

韩栋知道江眉影不会再出现了。他看着自己手上的两张名片，一张是江眉影的领导的，另一张上面印刷的手机号码太过眼熟，就是这个号码，让他发现自己跟江眉影之间复杂的瓜葛。

韩栋想也知道，自己被拉黑了。联系不上江眉影，他想了想，打通了另一张名片上的电话。

“你好，我是韩栋，请问你是刘一男刘导吗？”

韩栋想，如果自己是江眉影，他也会这么生气吧，毕竟不尊重人的的确是自己。

可是……他居然有点想再见到江眉影。

韩栋最近在看自己被解冻的银行明细，心里隐隐有了一些盘算。

这本来就是他自己挣的钱，只不过挂在公司关联账户上，韩父才有权冻结他的账号。

三年前来浮城的时候，韩栋只带了一张没被韩父发现的银行卡，里面只有可怜的几十万，开完面馆就所剩无几了。

现在属于他的资金回来了，他可以展开自己的事业了，分店也有资金创建了。

没到高峰期，店里没什么人，韩栋正在算着账，店里来了个不速之客。

"你好，请问，韩栋在吗？"一个温和的男人声音，在电脑后面响起。

郑林天正在搬粽子，听到声音站直身子，看了眼来人，又低头看了眼坐着的韩栋："师父？"

韩栋点点头，站起身来走到来人对面，礼貌地回答："你好，我就是韩栋，请问有什么事？"

来人是个子挺高的年轻男人，估摸着有一米八。看起来跟韩栋差不多年纪，头发柔软，盖住耳朵的长度，显得人很儒雅，戴着一副无框眼镜，脸上是真挚的微笑，虽然不是惊艳的五官，但是很耐看。

他从自己的手提包里掏出一张名片，双手呈给韩栋，自我介绍道："韩先生，你好，我叫肖引章。"

"嗯。"韩栋接过名片，低头瞄了一眼。

心理医生？韩栋皱了眉，疑惑地将心理医生这个职业跟眼前这位笑容温和的男人对上号。

"方便……单独聊一下吗？"肖引章态度委婉地询问。

韩栋冷淡的脸上有些许戒备，这在肖引章意料之中，他露出一个友善的笑容，补充道："关于眉影的事。"

不出意外，他看到韩栋脸上片刻的纠结，然后，看到这个情绪不外露的男人挑起了眉。

这是一个被挑起了好奇心的表情。

病人的病情是不允许透露的，这是作为一名心理医生必须遵守的职业道德。

肖引章很懂得把握分寸。

面馆里没有安静的可以私聊的空间，肖引章请韩栋上了自己的车，很礼貌地先道歉："很抱歉，打扰你做生意了。"

"没事，现在不忙。"韩栋将别在腰带里的厨师帽抽出来，拿在手中。

肖引章看着他双眼注视着窗外店内情景的模样，韩栋对跟自己现在独处一个狭小的空间很局促。

他带着歉意地笑道："车里比较狭窄，麻烦你了。"

韩栋一愣，瞥了眼肖引章，没有说话，只是点了点头。直觉告诉他，这个男人不好应付，跟江眉影和她那帮只会拍节目的同事可不一样。

韩栋向来是个有话直说的人，耿直认真，从小优越的家境，家里对他的要求比普通家庭更加严格，还得从小练习厨艺，这导致他现在的老练沉闷。

韩栋对厨艺和公司经营管理是如鱼得水，却不知道如何应对像肖引章这样擅长剖析人心的人。

"我在此自我介绍一下，我叫肖引章，是图章心理诊疗所的心理医生，跟江眉影是朋友。"

肖引章自我介绍完，双手递上名片。

韩栋点点头，觉得图章心理诊疗所这名字很耳熟的，似乎在浮城挺有名的。

眼前这个人，大概是来帮江眉影出头的。不过为什么是心理医生？韩栋很奇怪。

他伸出手："我是韩栋。"

两人握手，算是认识了。

"有什么事要谈？"韩栋开门见山地问，他还有很多客人要接待。

肖引章抿着唇，态度很好："就是关于影子，哦，就是江眉影的事情。她跟你，之前闹了点不愉快。"

韩栋点头，心说，这个肖引章果然是来帮江眉影出头的。既然他有错，那么也应该道歉。

"这件事情，是我的不对，我一直想向她道歉，但是我联系不上她。"

韩栋语气平淡，肖引章却听得出来其中的真挚。

江眉影一直来找韩栋道歉、递交名片让韩栋有些不胜其扰，但是韩栋没有权利苛责江眉影不尊重食物，甚至怀疑她的真挚。

肖引章知道，这个怀疑让江眉影很受伤，没有人比她更尊重食物了。

肖引章点点头："道歉的话，由你亲口对她说。现在，我们聊点别的。"

韩栋抬眼看他，眼里带了好奇。

肖引章调查过韩栋，出身堪称豪门，但是从小就能吃苦，话少、务实，是个靠谱的人，待人也很真诚。从刚才的交谈来看，韩栋很有礼貌，也会仔细聆听别人讲话，是个能共情、有同理心的人。

肖引章知道自己这样做是违背了职业道德，但江眉影不是别人，是他珍视的女孩。他希望她能够健康、幸福。

"我能请你帮个忙吗？"肖引章问韩栋。

韩栋微皱眉："你先说什么事。"

"能……单独给江眉影做料理吗？"

这个请求很奇怪，韩栋虽然没觉得唐突，但也一时间没有接受，而是疑惑地问道："私人厨师？"

肖引章想了想，摇摇头："不算私人厨师……更像是食疗师。"

韩栋狐疑地看着肖引章，想了想，犹豫地问道："食疗师？江眉影身体不好吗？"

韩栋既然这么问了，肖引章想，以后也瞒不下去。下了决心，肖引章从包里拿出一式两份的 A4 纸。

他对韩栋说："你想知道江眉影为什么每次到你的店里点餐，却只吃一两口就不吃了吗？"

韩栋点点头。

韩栋对江眉影好奇得不得了，这还是他这么多年来，第一次对一个人产生如此强烈的好奇心。

肖引章将两份协议递给韩栋，介绍道："这是保密协议。我是个心理医生，很多事情，我本不应该讲，但是……为了江眉影，我只能请求你。所以，我会告诉你一些事情，如果你愿意帮忙，我和江眉影都很感激你；如果你不愿意的话，我希望你能当作自己从来不知道。"

这个要求很霸道也很奇怪，韩栋听得直皱眉。他接过协议书，上面写得简明扼要，要求今天两人私聊的一切事情都不允许外传。

韩栋不明白，问："关于江眉影的？"

"嗯。"

"为什么要保密？"

肖引章笑了笑："关于……江眉影的病。"

韩栋疑惑："病？"

肖引章点点头："嗯，她外表看起来可能没问题，但是我想身为厨师，你应该也感觉到眉影与普通人的违和感了吧。"

韩栋微皱眉头，回忆起江眉影身上各种矛盾的地方，点点头。

肖引章抿唇，语气变得凝重："身为心理医生，要为她保密。但是我想……可以跟你合作，让她的病情好转直到完全治愈。因此我才会草拟这份保密协议，我想请你帮我这个忙。"

韩栋盯着这份唐突的保密协议出神，良久才找回自己的声音："就给江眉影单独做料理？"

肖引章点点头，眼神里充满希冀地看着他。

这是个很厉害的人，韩栋打心底里佩服肖引章。身为一个男人，他能够放下姿态去请求一个陌生人帮助自己的病人，是一个真心实意为病人着想的医生。

他婉拒："抱歉，我平时开店也很忙，可能没有时间单独给她做菜。"

韩栋不是不热心，是真的没时间。他不是食疗师不说，江眉影的口味他也不知道，要单独给她一个人做她喜欢的菜太耗费时间了。

肖引章急忙解释："不需要你费心给她开小灶。她来点餐，你尽量做得清淡一点就行，无论她是否浪费，都请不要苛责她。这不是她能控制的。"

这个要求倒是合理。可是……能吃多少不是自己控制的？

他心存疑惑："她到底是什么病？为什么是我？"到了需要他帮忙的地步。

这就是同意了的意思。

肖引章没回答，而是用眼神示意了一下韩栋手上的保密协议。

韩栋心里哭笑不得，思索了片刻，接过肖引章递过来的签字笔，工整地签下自己的姓名。

看到韩栋的笔迹，肖引章就再次确定了，韩栋果然是会做出责备江眉影浪费粮食的人。韩栋的字迹很漂亮，虽然是行书，却很工整，能看出韩栋是个做事很认真的人。

肖引章龙飞凤舞地签上自己的名字，然后一式两份，两人各留一份。

有了这个保障，肖引章才施施然地开口："眉影患有精神性厌食症。"

韩栋心里"咯噔"一下，这个原因，还真的是出人意料又在情理之中。

一瞬间，江眉影身上一切的不合理都变得合理起来。如果是因为厌食症，那么，她吃不下东西，浪费粮食，她的表现又很委屈都得到了解释。

肖引章继续讲道："她现在的情况其实好很多了，也挺健康的，只有轻度的厌食症了。最严重的时候，瘦到六十斤，皮包骨头，什么东西都吃不下。性格也变得特别内向怕生，甚至怕光。"提到过去的江眉影，肖引章语气里满是怜惜和痛心。

韩栋点点头："她现在看上去也挺怕生的。"

肖引章笑了笑："相处久了就好了，只是一开始接触会怕生。"

"那为什么是我？"韩栋又问。

肖引章无奈地笑道："如果我说，她只吃得下你做的菜，你信吗？"

韩栋眉头紧皱，第一时间听到，他当然是不信的，可是片刻之后就回想起江眉影身上的种种奇怪的表现。比如，每次江眉影都会问菜是不是他做的。

如果是这个原因，那么一切都可以解释了。

"为什么？"韩栋还是很奇怪。

肖引章苦笑："我也不知道，我都怀疑是不是你的菜有什么魔法呢？"

韩栋不置可否。

"那现在……她现在能吃什么？"韩栋问。

肖引章指了指韩栋："你做的。"

"嗯？"

肖引章解释："她以前只吃一点油腥都没有的素食。你做的，她似乎多少都能吃几口。"

韩栋点了点头，仍旧是难以置信世界上还有这种事情。

"这就是为什么我要找你帮忙。"肖引章顿了顿，生怕韩栋不同意，补充道，"我会给你报酬的。"

韩栋说："不用了。是我欠她的。"

无论是从前还是现在。

3

"影子，韩先生说，要向你道歉。"肖引章给江眉影打电话，通知这个消息，"你要自己去一趟，还是接他的电话？"

江眉影惊疑不定："真的假的？他居然会道歉？"

那个死人脸、脾气差又严格、讲话还不好听的烂厨子，居然会跟她道歉？他到底知不知道自己错在哪里啊？

"嗯。千真万确。"

江眉影沉默了，半晌，才小声扭捏道："我才不去呢。他求我啊。"

话虽这么说，但是肖引章听出来了她语气中的松动，轻笑一声，笑她孩子气。

挂了电话，江眉影心情莫名大好，仿佛心中巨石落了地，备感轻松。

方可可交成片回来，面色古怪地对江眉影说道："眉影，刘导让你去他办公室。"

江眉影顿时如临大敌："不去不去！"

方可可推着她出门："去啦，我跟你说，他现在心情好得不得了，明明后天就要去大西北摄制了，现在红光满面，仿佛中了五百万。我跟他说我要休假三天，他都连声说好，还说会安排人接替我工作做后期。"

"什么鬼？"江眉影听不明白，"他心情好？"

心情好叫她过去做什么，怎么看都是要批评她的啊。

"嗯，所以趁他心情好，快去讲讲好话。"方可可一把将她推出工作室，招了招手，"拜拜。"

江眉影心中异常忐忑，硬着头皮进了刘导的办公室，迎面就见刘导果真红光满面，看到她就连拍三下桌子，吓得她心脏如鼓槌一般，身子颤了颤。

末了就听见刘导大呼三声："好！好！好！"

"？"江眉影缩着肩膀，垂着头，抬着眼小心看着他，生怕他是被气糊涂了。

刘导上前来，拍了拍她的肩膀，夸赞道："小江啊！太感谢你了！直接帮我办成了一件大事！"

"什么？"江眉影一头雾水。

刘导神秘兮兮地说："你知道吗，托你的福，我们临时改行程了。"

这怎么听都是反话，江眉影委屈极了："刘导，我什么都没做啊。"

"哎，别谦虚，要不是你，我们能进三味坊总部进行录制吗？那都是老字号的绝密档案啊！我们是第一个进三味坊总部进行拍摄的节目组！我已经跟上面领导报备过了，先拍三味坊，好好拍，后期做好宣传，收视率一定能大爆！"

江眉影越听越糊涂，思考了许久才想到唯一的可能性。

"刘导……是不是……韩栋跟你说了什么？"

刘导点头："对啊，韩栋先生主动跟我联系的，说可以跟我们合作，哦，对了，他还让我转告你，有时间多光顾有间面馆。看来你们俩很投缘嘛。"

"……"

不，一点都不投缘。

江眉影总算明白是怎么回事了。

这是联系不到自己，于是利用领导当传声筒呢。这个传声筒的效果也真是一级棒。

江眉影为了工作也得硬着头皮去有间面馆见韩栋。

有间面馆内，郑林天搬了筐粽子进来，上午的粽子卖光了，眼见着生意好，郑林天又做了一筐。

韩栋极少地在发呆，郑林天像是发现了新大陆一般喊道："师父，想什么呢？"

郑林天的声音很响，韩栋吓了一跳，坐直了身子抬头看他："怎么了？"

郑林天指指装粽子的箩筐："我去蒸粽子。"

"去吧。"

"师父，你的健身餐还做吗？刚才在门口碰到喵姐，她还问我呢。"郑林天问。

韩栋现在没心思做。菜谱是江眉影想的，他做了改进。他现在对江眉影心有愧疚，那菜谱更不敢碰。

他摇了摇头："再过段时间吧。苗淼想要吃的话，我可以单独给她做。"

韩栋这样说，郑林天的脸上立刻浮现出八卦的表情，他挑了挑眉，坏笑道："师父，你对喵姐……"

韩栋脸色不悦地看向他，想听听看郑林天嘴里能吐出什么象牙来。

然而郑林天话还没说完，面馆的大门就被人推开了。

门上挂的风铃"丁零"两声，郑林天的话被打断了，两人被门铃声吸引过去，看向来人。

一个瘦削漂亮的女生，一脸不情不愿地站在门口，满脸都是不高兴。

看到韩栋的瞬间，江眉影微抬起下巴，同时将脸扭向另一侧，齐耳短发微微动了动，一副别扭傲娇的模样。

"我领导让我来的。"江眉影含糊地说。

韩栋愣怔片刻，缓缓地勾起了嘴角，江眉影第一次看到他笑。

温暖柔和。

"嗯，感谢你的领导。"

4

"我领导让我跟你当面道谢。"

并没有这个说法，刘导已经接到了韩栋的电话了，早在电话里感谢了一万遍了。

江眉影只是不想让韩栋知道自己其实也想来间面馆而已。

韩栋看她别扭的表情，竟觉得有些可爱，点头："好的。"

貌似有点吃亏，江眉影不悦地看他，就见韩栋眼里都是笑意。江眉影斜了他一眼，局促地站在门口半晌，没等到肖引章说的道歉。

　　"我走了。"江眉影觉得韩栋就不可能道歉。

　　"别走。"韩栋急忙喊住她。

　　江眉影挑眼看他。

　　"不吃点什么再走吗？"

　　"……"江眉影倒是想吃点什么。

　　"还有，我有话要对你说。"

　　江眉影沉默，她面上纠结的表情，出卖了她心中动摇的情绪。

　　神色松动，她不情愿地往前走了两步，找了个位置坐下："那你快说。"

　　韩栋叹了声气："对不起。"

　　江眉影一怔，背脊僵硬，垂着眼。

　　韩栋坐到江眉影对面，微微低下头，语气平淡但诚恳地对江眉影说道："指责你浪费粮食，是我身为厨师和老板的错，我向你道歉，对不起。"

　　文字的道歉怎么也敌不过亲耳听到的。

　　江眉影可以狠着心将韩栋不断发来消息的微博和手机号码拉黑，但是当人真实地站在自己面前，用他有神的眼睛，真诚地看着自己，然后用最朴实却认真的语气向自己道歉……

　　江眉影瞥了一眼韩栋。

　　再加上这个道歉的人长得真的很不错——她最开始就说了，很符合她的审美。

　　她是怎么都狠不下心来说出不原谅的！

　　所以，江眉影只好沉默了。

　　他继续道歉："我说你不尊敬食物，误会你不喜欢我的厨艺，还在你的工作上刁难你，我向你道歉，对不起。"

　　这是江眉影最气的地方，原本她还想再说几句韩栋的不对，韩栋一道歉，她那股气一下子消散了。

对这么容易原谅对方的自己感到不满，她噘着嘴，直勾勾看着韩栋的双眼。

"因为我三年前负气离家出走，没有料理好很多事情，导致你用了我的旧手机号，生活受到影响，我向你道歉，对不起。"

江眉影猛地看向他，有些惊讶："你……"怎么连这个也道歉？

她想这么问，但又觉得这样问自己太没面子了。

韩栋点点头，认真地重复："对不起。"

江眉影蓦地捂住脸，低下头长叹了一声气，脸红到了耳根。

真是太丢脸了。

原本只是在私信里破罐子破摔地跟韩栋赌气，把手机号的事情抖了出来，这本没有原主人什么过错，是自己运气差挑了这个手机号码。

她不淡定，用歇斯底里里的语气，发了一连串文字，还带了一长串的感叹号和排比句控诉了韩栋的过错，还色厉内荏地说他是她最讨厌的人。

这只是因为她在手机上，不需要当面对话。用文字怼对方，她觉得自己不会胆怯，但放到现实生活中，她绝对做不到。

现在，韩栋居然真的认认真真地跟她道歉了，对手机号这件事情都道歉了，他换手机号是必然，没去银行改预留手机号也是因为他当时情况不允许啊。毕竟她了解过，韩栋以前的所有银行账号都被冻结了。他刚离开家，也分身乏术吧。

江眉影觉得丢人，恨不得找地洞钻进去。

韩栋看到江眉影通红的两颊和耳根，有些不解。

韩栋敲了敲桌子，问江眉影："没事吧？"

江眉影声如蚊蚋地从双手间吐出来一句话："你……怎么态度这么好……"

态度好还不行了？韩栋一头雾水。

江眉影坐到一把椅子上，双手捏拳，紧张地放在膝盖上。她噘着嘴，双眼目视前方，耳根的红晕消退了很多。

她轻声地解释："我以前，没有见过会跟我这么诚恳道歉的人。"

这句话让韩栋觉得奇怪。

什么人会没见过真诚道歉的人？

走路撞到别人都得认真说声"对不起"呢，江眉影这句话说得毫无头绪。

江眉影很怕被人苛责，也渴望被理解。但是当曾经苛责过她的人真的真心道歉的时候，无论对方是不是在理解她，她都觉得有些难以置信。

她不知道肖引章是怎么找韩栋"算账"的，居然能让韩栋这么好脾气地跟自己说了这么多声"对不起"。她简直都要怀疑肖引章不是找韩栋算账了，而是做了笔什么不可告人的交易。

她并不知道，肖引章和韩栋还真签了不可告人的协议。

韩栋道："因为真的是我错了，所以我必须得道歉。"

韩栋这个人的性格古板但不失灵活。他做事情一板一眼、认真仔细，做人也是如此。

江眉影挠了挠头，红着脸道："好了好了，我想点单。"

韩栋点头："想吃什么？"

江眉影自嘲道："你不怕我浪费？"

这还对自己抱有怨念呢。韩栋不知道该用什么表情来回答。

韩栋摇头，说道："你想吃什么，都可以做。"

江眉影很惊喜，看来让肖引章出马真的太有用了。她的肖医生真是谈判专家。

韩栋看江眉影的表情就知道她心里在想什么。从肖引章那里知道了江眉影的情况之后，他总有种错觉，仿佛他突然就此跟江眉影共享了秘密一般，两人的距离瞬间拉近了。虽然江眉影并不知道，他已经知道了她的病情。

江眉影看向韩栋身后墙上的菜单，一道道菜名看过去。她做了决定，勾了勾嘴角，用坚定的语气带着戏谑说道："红烧牛肉面！"

韩栋一愣，随即挑了挑眉。

他想笑，但是又不好意思当面笑出来。

真是记仇的女生。

这一次，韩栋没有拒单，他在抽屉里翻出一本新的记单本，在记单本第一面画了一个圆圈做记号，然后请江眉影找个座位坐下。

"稍等。"

他翻过画了圆做记号的那一页，然后在后一页记下这一次江眉影点的菜。

将记单本插进厨师服胸口的口袋里，他将腰上的围裙绳系紧，从腰间抽出厨师帽，一边戴上厨师帽，一边快步向厨房走去。

江眉影忙喊住他，问："那个……是你做吗？"

韩栋脚步一顿，随即点点头，兀自进了厨房。原本不知道情况的时候，只觉得江眉影的问题奇怪，现在明白了，却觉得心疼。

在等待上菜的过程中，江眉影心中不禁开始懊恼。人家明明都已经道歉了，她还在赌气想砸场子。她清楚地明白，自己绝对吃不下又辣又油荤的牛肉面的。

到时候又浪费了，指不定韩栋在心里怎么取笑她。韩栋现在表面上对自己客客气气地道歉，说不定心里也暗恨呢。

江眉影编了条短信，准备发给肖引章："搞砸了……"

还没按下发送键，厨房的帘子被人撩开了，韩栋端着好几碗东西出来了。

江眉影还一头雾水，韩栋就将餐盘摆上了桌，自顾自开始介绍起来："牛肉面、葱、香菜、辣椒。"

江眉影抽了抽嘴角，脸色变得复杂。

牛肉面还是那碗牛肉面，但是汤很清淡透明，面白嫩如玉，上面盖着五六片青菜，清脆如翡翠，青菜旁整齐地码着六片薄薄的牛肉。很正常的一碗牛肉面，就是看起来清淡得不得了。

江眉影严重怀疑他偷工减料了，但是这么清淡，也让她暗自松了口气。

最让她不能理解的是，葱、香菜、辣椒这三样调味品，被分别盛在了小碟子里。

大概意思就是："想要什么样的程度自己调。"

江眉影愣愣地抬头看韩栋，韩栋对她点了点头，回了厨房。

那背影，仿佛深藏功与名。

江眉影抽了抽嘴角，神色变幻莫测。

5

郑林天疑惑地问："师父，你怎么回来了？"

"给她一个独立的空间，免得紧张。"

紧张？吃碗面还有什么好紧张的？郑林天莫名其妙，想探头去看看江眉影，被韩栋一把拉回来。韩栋不赞同地看了他一眼。

郑林天只好换了个话题问："师父，你刚才为什么滤那么多遍汤汁啊？"

韩栋做这碗面费了很多工夫。他将汤底的油脂几乎都滤掉，牛肉和青菜都在清汤里涮过，又保证味道不散。这很考验厨师的功底，郑林天在一旁拼命在小本子上记流程，一边记一边还张着嘴目瞪口呆。

韩栋摇了摇头，没回答。

对于自己师父不肯回答的问题，郑林天知道，自己再怎么追问也没用。他乖乖地闭上了嘴。

另一头的江眉影正在天人交战。

韩栋是看出来她的口味了吗，知道自己是在逞强，用这种方式最大地保全自己的颜面。

江眉影心里忍不住这样猜测，忐忑不安，生怕是自己想多了。可是没有别的更好的解释，她心里有股暖流，不可抑制地涌上心头。

稍微撒了点葱，其他两样调料原封不动地摆在原处。

韩栋在厨房里等了二十多分钟，郑林天在大锅里捞粽子，被热气熏得满头大汗。整个厨房内粽香四溢。

大堂的大门上，风铃"叮当"响了两声。

韩栋出了厨房，大堂里已经没有人了。

江眉影坐过的餐桌上，牛肉面仍旧是如往常一样没动几筷子，但是青菜却全部吃光了。其中一片牛肉片也被咬了一半。

餐盘旁边，调料瓶压着一张二十块钱的纸币，纸币下压着一张便利贴。

随身带便利贴，是江眉影身为编导和后期剪辑人员的习惯。

将便利贴拿起来，韩栋看到上面的娟秀的字，忍不住微微勾起了嘴角。

"谢谢。很好吃。"

郑林天凑过来张望了一眼，小声念叨："师父，牛肉面是十八块哎。还要找钱。"

韩栋瞥了他一眼，没有回答。

● Chapter 5
你父亲的忘年交

1

江眉影用耳朵和肩膀夹住手机，一手拿酸奶，一手拿杯子。她一边倒酸奶，一边对着手机另一头的肖引章说："嗯，今天我去过了。"

肖引章问："他道歉了？"

"嗯。"

"态度怎么样？"

江眉影抿着唇，良久才小声地嘟囔："态度……挺好的。"是太好了。

肖引章轻笑一声，说道："那你原谅他吗？"

"也没什么原谅不原谅的……"江眉影不自在地说着，态度傲娇，"反正还行吧。"

这就是原谅了。肖引章嘱咐她："既然如此，那有空就去多尝试尝试，以前吃过的东西，也再试试看，看看有没有进步。"

江眉影应声，然后疑惑地问："肖医生，你怎么跟他说的？他怎么态度变化这么大？"

肖引章笑道："我没有说什么。他本身就在自我反省了，我只是劝说你，让你给他一个道歉的机会而已。"

所以……还是看她自己的态度？

江眉影说："嗯……谢谢你，肖医生。"

"我们之间不需要说谢谢。"肖引章道，"你越来越好，比什么都重要。"

"嗯。"再多的话也是多余，江眉影声音笃定地应答肖引章。

挂掉电话，江眉影仰着脑袋咕噜咕噜喝了好几大口酸奶，闭上眼睛，长长舒了口气。冰凉的液体顺着食道滑到胃部，整个胃都冰冰凉的。

江眉影揉了揉胃，妄图隔着一层皮肤和肉去搓热它。

下午吃的那两口牛肉面美味无比，她回来之后还一直回味着。

汤醇厚又不油腻，鲜香美味。汤底不仅仅是牛骨熬制出来的，还加了老母鸡和牡蛎，煮了一整个晚上熬制出来的高汤，待凉后，撇去上层最厚重的油脂，余下适当的油量，保持一个爽滑的口感。给她的汤，则是在这个基础上，又除去了剩余油脂，清淡爽口。

面是韩栋亲手拉出来的，麦香味十足，筋道弹牙，汤汁吸收进去，很入味。那些青菜，她全都吃光了。大概是之前尝过，心里已经习惯了，而且这次的青菜比上次更加爽口无油，她做足了心理建设，说服自己，一点点吃光了。

而那牛肉，她吃了一小口，实在太美味以至于她不敢再吃第二口，她怕吃不下第二口打击到自己。

江眉影把杯子放进水槽里，一边冲洗一边回忆每一口的味道。将杯子放到杯架上晾干，她脑袋里面突然产生了灵感。之前在家生韩栋的闷气的时候，她不知为什么灵感都枯竭了。

冰箱里还存着一根白萝卜，以及一小块五香牛肉。牛肉是前天研究新菜谱的时候剩下的边角料。她翻找了一下冰箱，发现还有两个西红柿，放了好几天了。她一拍双手，掌心合十，认真地点点头，开始洗手做羹汤。

白萝卜洗干净，去皮，刨成丝，看起来如同透明的细面，放入盐水中去辣，在开水里焯五秒。西红柿则熬成西红柿清汤，剩下半个西红柿切片。

整个过程很简单，几乎用不上一滴油。

最后抓了一大把白萝卜丝放入放凉的西红柿汤底中，用萝卜丝做素面，晶莹剔透。再在上面码上西红柿片和牛肉片。

江眉影拍好照片，整理了一下菜谱，没有着急发到微博上，而是先尝了一口。

味道酸甜可口，很解暑。天气还没完全热起来，但是吃这碗"冷面"并不觉得奇怪，相反，很开胃，令人神清气爽。

因为没有一滴油，撇开牛肉，她将萝卜丝和生西红柿片吃得七七八八，牛肉片吃了一片就吃不下去了。

虽然说整个做法看起来跟蔬菜沙拉并没有本质上的区别，都是极素极简的生食，但是江眉影却很满足，仿佛真的在吃正宗的番茄牛肉面一样。

她将食谱发了出去。

小圆警长："今天突发奇想做了一道番茄牛肉素面，这个素面其实就是白萝卜丝，很清爽。我在为你们的夏天做考虑哦，这碗面，大概在夏天可以变成跟空调一样的存在哦。"

发完这条微博，江眉影就去浴室洗澡了。

韩栋的微博被江眉影拉黑了，他看着江眉影新发的菜谱犯愁。这一道菜并不像小圆警长往常的健身餐，反倒更加接地气，且方便好做。

他花了十几分钟尝试做了一下，味道还不错。

韩栋很想发一下专业的食评，奈何被江眉影拉黑了，他根本评论不了。

他只好在自己微博上转发了这条微博，并评论"味道不错"，来夸奖江眉影。

等江眉影回来，偷偷看了眼韩栋的微博，顿时哭笑不得。

2

次日是周一，江眉影一下班就赶去了有间面馆。

然而运气很不好，韩栋刚好不在。

郑林天掌勺，忙得焦头烂额的，看到江眉影来，随口打了个招呼，又钻进厨房里开始热火朝天地做菜了。

黄茹茹送了一桌菜，从腰间的口袋取出记单本，钩上已送的菜，回头对江眉影说："老板去大学城的分店了。"

分店？

江眉影微微一愣，随即想起来，韩栋正在筹备分店的事情。有间面馆在浮城的名气越来越大，自从上了国家台的《寻味中国》的节目，在全国名气都起来了。更别提韩栋是三味坊的少东家的消息不胫而走。

开分店是迟早的事情。

但是，江眉影有些担忧。

开了分店，韩栋会不会去分店？她岂不是要坐更久的公共交通工具才能见到韩栋——不，是吃到韩栋做的菜？

江眉影脸上的焦虑显而易见。

店里食客很多，黄茹茹就算忙得再不可开交，一回头看到站在柜台旁边沉思的江眉影，就知道她在发愁什么了。

江眉影只吃老板做的菜这一怪癖，她还是知道的。

黄茹茹忙里偷闲，走到江眉影身边，在记单本上写了串地址，撕下那页纸，塞进江眉影的手里。

"放心，老板留在这里，厨房里面那个笨蛋会被发配去分店。"黄茹茹冲江眉影挤眉弄眼地说道。

江眉影愣怔片刻，随后明白过来她话里的意思，尴尬地扯了扯嘴角，点了点头，细声细语地道谢。被外人看出来自己在想什么，真的太不好意思了。

黄茹茹摆摆手："不用谢啦，分店还缺点资金，不过厨房弄得差不多了，老板在那边试灶呢，美女可以去看看啦。"

她挑着眉，用眼神示意江眉影注意自己塞过去的那页纸。

江眉影捏紧了手心写了分店地址的那页纸，感觉跟烫手山芋一样，手心都开始发烫，沁出汗水。一直烫到心里，焦灼不堪。

她低声一字一顿地对黄茹茹说："江眉影。"

"嗯？"黄茹茹一下子没听清楚。

"我叫江眉影，不要叫我美女了。"江眉影小心翼翼地靠近黄茹茹耳边，一个字一个字地轻声说道。她声音很轻，但是很坚定。

黄茹茹当然知道江眉影的名字，但是听到她认真介绍自己的名字，仍旧笑开了花。

韩栋这种主打卤味和老汤的面馆，老卤会在开店前就煮上，这之后灶火就不能停了，这对消防要求很高。韩栋很负责，装修两家店的时候，都是第一时间先将防火措施把好关。

为了能赶上试营业的时间，韩栋先过去将卤汁煮上，把整个厨房的炉灶都先热起来。这样等大堂和其他软设施都装好，店里菜品的味道不至于差太多。

江眉影还真有点好奇的。

在对《寻味中国》有间面馆那期做后期剪辑的时候，里面就有一段介绍他们店的企业文化的。

江眉影也觉得很有趣，一家小小的面馆还有企业文化，可是人家韩栋就定了这企业文化的存在了。这也是他做人的核心。

其实核心也很简单，就两句话：食在于人，人大于天。用最认真的态度去做菜，对客人负责。

她走出面馆，便鬼使神差地进了地铁站，坐上了去往大学城方向的地铁。

有间面馆的分店地址很好找，就在 B 大校门口的创业园区里。

江眉影攥着那一页写着地址的纸，找到了分店，神色略有些紧张。

该怎么跟韩栋打招呼？他们俩虽然在微博上和好了，但是再见面还是有点尴尬。

此刻她站在分店门口，心中天人交战着，就听见韩栋的声音从身后传来。

"江眉影？"

江眉影一惊，回头看见韩栋正站在自己身后，一脸惊讶地看自己。

他没有穿厨师服，而是穿着普通的常服，上身是干净的白色衬衫，下面一条浅色牛仔裤，简洁帅气，看起来像是这所大学的学生一样。

第一次见到不穿厨师服的韩栋，江眉影有一瞬间的失神。

韩栋问："你怎么在这里？"

该怎么解释？江眉影一时间迟疑了。

她想了想，轻声解释："我到面馆去，黄……黄茹茹说你在这里，让我来找你。"

把锅甩给了黄茹茹，但是韩栋却听明白了江眉影的打算。

韩栋问江眉影："黄茹茹告诉你，今天我要试灶？"

"嗯。"江眉影点点头，随即解释，"我真的只是想着，已经在附近了，就来看看分店怎么样，毕竟就隔了两个地铁站而已。"

也算是常客了，熟门熟路的，韩栋也没客气。

推开分店的玻璃门，韩栋请江眉影进屋，嘴里说道："刚才去看了看周围的情况。既然来了，吃点东西再走吧。"

江眉影等的就是这句话。虽然不好意思，但是韩栋已经放下脸面跟自己那样道歉过了，她就不矜持。

走进店里，崭新的米黄色墙面，干净温馨，虽然还没有购置桌椅，但是硬装修已经齐全。店面比主店还大一点。

江眉影已经预见了店里的好生意。

3

刚一推开门，就闻到了一阵清甜浓郁的香味，这个味道是有间面馆主店如同主旋律一般的香味，这是韩栋独创的卤汁，三年间从未断火。

好的卤汁甚至百年都不断火，但是这可遇不可求。

韩栋是个做事情很有耐心的人，他从三味坊的老食谱里发现这道卤汁的秘方，然后加以改进，目的就是能在未来将这新卤熬成百年陈卤。

韩栋带江眉影进了厨房，给她介绍这锅小火不断熬制的卤汁。

"从老店移了一些过来，然后加了新料，味道没变化。"

江眉影点点头。

韩栋问她："店没装修完，没有菜单，你想吃什么，只要有原材料，我都可以做。"

韩栋怕她选择不来，将冰箱打开来，给她看："你自己挑吧。"

小圆警长的眼光，韩栋很相信。

江眉影的视线却怎么也不能从冰箱里放着的那块熏肉移开，这还是她第一次看到这种脏兮兮的肉却没有任何反胃的感受。

就是不知道味道怎么样。

韩栋顺着她的视线看到熏肉，这是他带过来的，原本打算做个炊饭。

韩栋问："要不做个煲仔饭？"

江眉影想了想，说道："我能……不吃米饭吗？"

韩栋讲了个冷笑话："那你吃煲仔，我吃饭。"

"……"江眉影扯了扯嘴角，露出了一个尴尬又不失礼貌的笑。

厨房里空荡荡的，除了灶台、冰箱，正中间就摆了张小桌子，放了两张椅子。

江眉影从厨房的窗户往外看，是 B 大创业街的另一侧，窗户正对着星巴克，硕大的露天露台，摆着二十几张桌椅，一些学生带着电脑在露台上写论文，讨论科研活动，学术气息浓厚，看着都像是未来社会精英。

江眉影在首都读的传媒大学，整天都泡在机房里忙着剪片子。她不了解 B 大，看到这欣欣向荣的学术氛围，很羡慕，对韩栋说："大学真美好啊。"

韩栋正淘着米，水声盖过了江眉影的声音，没听清楚。他关掉水龙头，问："你说什么？"

江眉影耸耸肩，没有重复话题，而是看着星巴克说："你为什么要开面馆？你家那么厉害，你又是独生子，你父亲的衣钵都要传给你的，怎么还要出来开这种小面馆？"

韩栋微皱眉，侧过脑袋看着江眉影："你怎么知道这么多？"

虽然韩栋是三味坊的少东家这件事并不是秘密，但是江眉影刚才的话里，似乎跟他的父亲很熟稔。

江眉影打开手机，把通讯录里的一条联系人信息翻出来，给韩栋看。

韩栋一瞧，上面写着："儿子是个不肖子。"

再一瞟手机号码……韩栋记性好，就算好几年不联系，他仍旧一眼就辨认出来，这是自己父亲的手机号。更别提，这号码不久前还骚扰过他。

"你怎么……"韩栋愣愣地问。

江眉影把手机放回包里，抿了抿唇，轻描淡写地说："我用这个号码的第一天，令尊就打电话过来啦。"

韩栋心里有不祥的预感："他说了什么？"

"你应该也知道你父亲会怎么骂你吧？"江眉影摸了摸耳朵，没点破。

韩栋了然了。他淡定的脸上有一道裂痕。

三年前他刚离家出走，他就算用脚思考，都能想得到，还在气头上的老爷子会怎么责骂自己。接到电话的江眉影还真是受了无妄之灾了。

"你父亲一开始不相信我只是个无辜的路人。"提起这一段往事，江眉影也觉得有趣，话多了起来，脸上带上了趣味盎然的笑意，"后来三天两头打电话过来询问你的下落，怀疑我骗他。还说我是你的同伙啦，后来还威胁我，不告诉他你的下落，就不让我过门啦。"

说到最后，江眉影哈哈大笑。

"你可以拉黑他。"韩栋黑着脸说道。

江眉影看到韩栋脸上露出不悦和嫌弃的表情，"噗"的一声笑出了声："我才没你这么冷血呢。老爷子多可怜啊，就一个儿子还离家出走了。"

作为当事人，韩栋虽然觉得于心不忍，但是一想到江眉影存的联系人名字，就感觉她这是在责备自己不孝顺。

"后来我一次次解释，他终于相信我了。"江眉影继续说，"他说，就让他继续给这个号码打电话吧，当是个精神寄托。"

江眉影顿了顿，打量着韩栋的神情，果然看到他神色微动，然后才说道："他是想你了。"

韩栋脸色一黯，切歪了一片熏肉。

"我们偶尔会打电话聊一聊，他给我讲了很多关于你的故事，越聊越觉得这个韩栋真不孝顺，父亲对他这么悉心培养，他还离家出走。"江眉影背靠着灶台，轻声说道，"不过我到浮城这半年，就没有再跟他通过电话了。"

韩栋低声"嗯"了一声，将熏肉盖上大米，盖上青菜，浇上黄酒和酱油，将煲仔放到热好的灶台上。

"你以为我是个怎么样的人？"韩栋问江眉影。

江眉影歪了歪脑袋："在见到你本人之前，我一直觉得你是一个不怎么样的人。"

"见到我之后呢？"

"更不怎么样了。"江眉影勾着嘴角笑道。

韩栋看向她，跟她带笑的眼睛对视上，在看到她眼底的调笑，蓦地笑了。

"嗯。"他低声应和，"我的确是个更不怎么样的人。"

江眉影摇了摇头，叹了声气，说道："但是在你的父亲眼里，你是个很出色的人哦。"

"嗯。我知道。"

江眉影没说话，微抬起头，看到韩栋被灶火映红的脸，他双眼注视着跳动的灶火，双瞳里带着跳动的火花。

这个不怎么样的韩栋，其实很优秀。

江眉影想，很少会有一个男人，像他那样，肯拉下作为男人高傲的颜面，低头对一个非亲非故的女人道歉。

特别是这个男人还很帅。

他嘴上不说，但其实心里对父亲是满满的愧疚，他的眼神骗不了人。韩栋容易心软，但是人们只看到他的外表。

凡·高说，每个人心里都有一团火，路过的人只看到烟。

但总有那样一个人，为了这团火跑得上气不接下气。

韩栋的父亲说："我一开始看不到韩栋心里的想法，等我看明白了，我也跑断了腿。"

韩栋大概也明白，却不知道怎么表达他心里的愧疚。

煲仔里的水开了，锅盖"啪嗒啪嗒"地扑腾着，韩栋戴上手套，微微抬起盖子，塞进一根筷子垫着，然后调小了火。

一股饭香扑鼻而来，带着绍兴黄酒的浓香以及熏肉的樱木香气，江眉影感觉自己很饿。

韩栋将盖子重新盖严实，然后在盖子上浇了一圈米酒，调大灶火。

"轰"一声，火光四蹿，江眉影被突然高蹿的火光吓了一跳。

煲仔盖上方跳动着黄色的火焰，然后慢慢地变成蓝色的低温火焰，逐渐熄灭。

在高温下快速挥发的酒精，带着酒曲的香味弥漫在整个厨房。

江眉影听见厨房的窗外有几个学生路过，疑惑地讨论着这股异香：

"咦，什么东西这么香？"

"我饿了，好想吃东西！"

"是这里传出的香味吗？"

一个女生凑到窗口往里面看。

陌生人往厨房内看，让江眉影条件反射地浑身紧张起来，站直了身子，微微躲到韩栋的身侧。

韩栋低头注意着煲仔的火候，人却往后走了两步，一伸他的长胳膊，将窗户关上了。

屋内排气扇和油烟机的低噪声更加清晰起来。

窗外那个女生惊呼一声，她身旁的同学忙问发生了什么事。

女生压着嗓子叫道："帅……帅哥！"

"啊？"

江眉影偷笑道："她夸你帅。"

"听到了。"韩栋头也不回地说。

江眉影歪着脑袋，从一旁打量他侧脸，想看他的表情："你不觉得高兴吗？"

韩栋瞥了她一眼："没什么好高兴的。"

江眉影无语："夸你帅还不高兴，那要夸你什么才高兴？"

"厨艺好。"

江眉影受不了地说："那大概你耳朵已经听起茧了吧，别人夸也没见你高兴啊。"

"现在不高兴。"韩栋关上灶火，对江眉影说，"拿块湿毛巾放桌子上。"

厨房里还没有碗垫，抹布都还很干净。

江眉影一边照做，一边问："为什么？"

"因为你还没有说我厨艺好。"

江眉影抿了抿唇。

韩栋厨艺好那是肯定的，但是她不愿意承认。而且，她也不知道他厨艺跟别的大厨比怎么样，因为她现在只能吃他一个人做的菜。

"就那样吧。"江眉影坐到椅子上，跃跃欲试地等待韩栋端煲仔饭上来。

韩栋的做法是广式煲仔饭，但是味道却更香，打开锅盖，一股奇香让人忍不住口舌生津。

韩栋没有因为江眉影的啬啬夸奖而刻薄她，他始终记得自己跟肖引章的约定。

拿了个小碟子，夹了一半的青菜和熏肉，他顺手舀了一勺带焦底的米饭。

"煲仔饭，最精华的就是焦底，有兴趣的话尝尝看。"

江眉影倒是想尝，闻着就很香，但是煲仔饭多油多盐，对她来说是绝对的重口味了，她只能尽力品尝。

经过韩栋处理的菜，总是令人意外惊艳。

普普通通的青菜，却因为吸收了熏肉的油脂而显得多汁香甜，江眉影现在对这种油汪汪的青菜接受度良好，很欣然地吃光了。

韩栋默默地注视着江眉影的一举一动，她脸上的神色还是一如既往的期待而兴奋，但是很明显进食没有那么纠结痛苦了。

没由来地，韩栋就替江眉影高兴，在看到江眉影带上满足的微笑，他脸上的表情都变得柔和了。

尝了一点米饭，江眉影立刻明白了为什么韩栋说，煲仔饭的精华在焦底。

焦脆微苦，但是鲜甜适中，回味无穷，汤汁浸在焦底上，味道更加浓郁。

江眉影笑道："真的好吃。"

韩栋点点头："好吃就行。"

"我夸你厨艺好呢。"

韩栋不说话，看她。

江眉影噘嘴："夸你了也不回答……那我夸了有什么用？"

"多谢夸奖。"韩栋低下头。

熟悉了之后，江眉影的性子越来越外向，远没有最开始见到的那样畏畏
缩缩。

收拾碗筷的时候，韩栋没让江眉影动手，自己去洗碗。江眉影坐着没事干，
便闲聊着，随口问道："对了，你父亲有没有来找过你？"

韩栋手上动作一顿："你怎么这么问？"

江眉影挠了挠脸，疑惑道："没找过你吗？不应该啊……他说会去找你
的啊？"

"你怎么知道他来找过我？"韩栋回头看她。

江眉影尴尬地笑了笑："因为……你在浮城的事，是我告诉他的啊。"

"……"

韩栋问："你怎么知道我在浮城？"

整理好语言，江眉影迟疑了片刻，回答道："半年前，我刚来浮城，收到
了你的游戏账号在浮城异常登录的信息。猜想你不是被盗号就是真的在浮城。"
说到最后，她觉得很有趣，韩栋这副闷闷的样子，怎么看都不像会玩网游的。

韩栋知道是什么原因了，手上捏着的碗一滑，掉落水里，他轻咳一声，闷
声答道："不是盗号……"

"那你现在还玩吗？"

"……没玩了。"

"那怎么……"

韩栋不等她问出口，抢答道："郑林天拿我号去做任务。"

"……"

空气中一阵寂静。

过了好几秒，江眉影终于忍不住笑出了声。

韩栋黑着脸看着她笑得开怀，并不觉得这有什么好笑的。

4

气氛融洽地道了别，江眉影心情愉悦地回了家，给肖引章报告情况。

肖引章替她感到开心，说道："下周我预约少，下周末来我家，再跟你聊一聊。"

江眉影问："你要下厨吗？"

肖引章"嗯"了一声。

江眉影毫不客气地笑："每个月都要遭遇滑铁卢，不气馁呀？"

肖引章每个月都会请江眉影来家里，做一顿饭给她吃，试验一下她的病情有没有好转。目前为止，江眉影从未吃下去一口菜过。

肖引章应道："就算是滑铁卢那也是拿破仑，伟人自有他伟大的地方。"

"可惜是个矮子。"江眉影叹道。

"你心情是很好吗，这么毒舌。"肖引章哭笑不得。

江眉影趴在床上，双腿勾着摇晃，心情很轻松。

肖引章听出来她的好心情，也替她高兴。

江眉影抱着被角，指尖在床单上无意识地画着圈圈："肖医生啊，我发现哦，韩栋这个人其实还挺有趣的。"

江眉影的声音轻柔又犹豫，肖引章听出了其中隐含着的意味，心里略有点不安。

"他这个人，虽然不爱笑、死人脸又严格，但是还挺善良细心的。"

江眉影说的大部分都是韩栋的坏话，还发了张好人卡，可是语气里的喜悦，让肖引章高兴不起来。

"嗯。是个不错的人。"他只能这样回答。

江眉影开始讲述今天跟韩栋发生的事情，声音比往常拔高了八度，尾音上扬，听起来朝气蓬勃——也说明她的好心情。

这让肖引章心情很复杂。

很少见江眉影对某个人这么有兴趣，滔滔不绝地聊关于那个人的故事，肖引章的心一点一点地沉下来。

可是他无能为力，他不是能拯救江眉影的人，他不能阻止江眉影离自己越来越远，与别人越来越近。

在她最艰难的时候，他没有在她身边。从那个时候开始，他已经失去了站在江眉影身边的资格了。他能做的，只有尽自己全力去帮助她，然后做她最坚强的后盾。

这头江眉影很兴奋地聊着韩栋，另一头的有间面馆里也在热烈讨论着。

夜宵时间过去，没有什么客人上门了。方来阳来带走了一大袋的小吃上楼去投喂苗淼。

风铃撞在门上，杂乱无章地"丁零零"响了几声，一桌客人离开了面馆。

韩栋让黄茹茹去大学城的分店当店长，黄茹茹考虑到郑林天在大学城掌勺会捅出娄子，答应了下来。

韩栋有自己的考量，分店必须得郑林天去坐镇，可是郑林天是个没什么头脑的单纯的主儿，除了做饭真的没什么特长，做事冒冒失失的，如果没有熟悉店里业务的人来经手，他真的会因为上错菜、算错账让分店冤枉地倒闭。

黄茹茹打开抽屉，正要把计算器塞进抽屉，就发现抽屉里还有一本记单本，拿出来发现上面记了两页单，其中一单还是今晚的，还是店里没有的"广式熏肉煲仔饭"。

她一拍桌子，对郑林天说："你怎么这么粗心，这里还有一本记单本没算呢。"

郑林天一头雾水："啥？"

韩栋走过去把记单本收到自己口袋里，说道："不怪阿天，我让他别算进去的。"

黄茹茹疑惑地看他，但是见韩栋不想多说的样子，她也没好意思再问。

韩栋这个样子，很像以前暗恋苗淼时，他会有一本专门的记单本记苗淼每次来点的单，也不算进当日的进账，特殊待遇。

　　黄茹茹猜想，这种心理大概就是：我喜欢你，所以我想知道你喜爱的一切，包括吃的。

　　但是，刚刚那本本子上记的菜，苗淼这几天根本没点过，更何况店里的菜单上根本没有什么广式熏肉煲仔饭，还是今晚点的。黄茹茹心里隐约有个猜测，却又觉得不大可能，遂作罢。

● Chapter 6
她像一株爬山虎

1

跟韩栋的一次谈心，江眉影和韩栋之间的不愉快都渐渐消弭了。

江眉影来有间面馆的次数越来越频繁。她每次都会点一些自己没吃过的菜，然后努力尝试几口，剩下几乎所有的菜，韩栋虽然看得心疼，但也没有多加责备。

韩栋每次都亲自做江眉影点的菜，并且会花上更多精力，去油脂、调味，将味道做得更加清淡。

江眉影能吃下的东西越来越多，虽然还是只有几小口，但是种类越来越丰富。

两人合作的健身套餐计划也开始推进。

这还是江眉影主动提出来的。

她看店里还没有减肥餐卖，便主动询问韩栋。

韩栋给的理由是："没得到你的授权。"

"我都收了你的钱了，你就随便用呗，又不是什么了不得的。"江眉影说道。

韩栋点头，仍旧说："再过段时间，现在忙分店的事情，分身乏术。"

江眉影理解地点点头，韩栋又说："想在分店主推健身餐，学生群体会比较容易接受。"

江眉影点头："嗯，你还可以打我的广告啊，我的粉丝群，大学生占一大半哦。"

江眉影的人气真的不低，去年年底还作为知名美食博主，被微博年会邀请过，江眉影拒绝了。

小圆警长最近的菜单花样越来越多，创意越加大胆新奇。酒酿圆子、烧卖这种高热量的点心都被她改良成减肥餐了。

江眉影也发现了一件很令人郁闷的事情。

她发了菜谱的第二天，如果去有间面馆，韩栋都会将那道菜做出来并端上来。

第一次端上来的是一道老菜，凉拌酸辣鸡丝。这道菜因为重口，江眉影自己做的她都吃不下去。因此韩栋默不作声端上来的时候，她还很不解。

"你做这个干什么？"

"在试菜。你要不要尝尝看？"韩栋问。

江眉影预料到结果是什么，于是不情愿地吃了一口，却发现韩栋做的凉拌酸辣鸡丝比她做得要好吃太多了，整个口感都很适中又点到为止，回味无穷。她忍不住吃了好几口，一点都不油腻，还很清爽。

韩栋见她连吃好几口，心下了然，却明知故问："好吃吗？"

江眉影无语地趴在桌子上，口是心非："也就跟我做的差不多。"

"嗯。"韩栋没反驳，点了点头，回了厨房。

江眉影挑挑眉，探头看他。

黄茹茹和郑林天在柜台旁讲悄悄话。

郑林天问："我怎么感觉这个江小姐跟我师父之间怪怪的？"

黄茹茹盯着韩栋胸口装记单本的口袋，百感交集："总觉得他们之间有什么奇怪的交易。"

"嗯？"郑林天瞪大眼睛，震惊地看她。

黄茹茹没理会郑林天，跑去坐到江眉影的对面，两人见面次数多了，也渐渐熟悉起来，偶尔聊聊天。

韩栋给江眉影端上来了她点的水晶虾饺，看黄茹茹也在，瞥了她一眼。

黄茹茹嬉皮笑脸道："现在人不多，休息休息。"

韩栋没说话，径自回了厨房。

虾饺有四个，一个个都比小笼包还大，差不多有半个小包子那么大了。江眉影为难地看着虾饺，然后问黄茹茹："过会儿我吃一个，剩下三个给你？"

黄茹茹从善如流："好好好。"她这样蹭到了好多顿饭了，而且不是吃郑林天这个小学徒半路出家的手艺，而是真正厨神的功力。

聊一次天，吃一顿蓝丝绒 A 级的口味。

何乐而不为？

风铃"丁零"地互相撞击着，门被推开，又合上。

一个圆脸女孩进来觅食，看到黄茹茹，眼睛一亮："茹茹，好久不见！"

黄茹茹刚跟江眉影聊到一个话题，还没聊开，就看到了那女孩，当下黑了脸，赌气道："苗淼，你还好意思说好久不见！就住楼上，想见面随时都可以下来，我看你是有了男朋友就不要好姐妹了。"

苗淼黏到黄茹茹身旁，搂着她的胳膊，没皮没脸地撒娇："哎呀，别生气别生气，我请你吃饭？我天天都在想你呢，都怪方来阳那个家伙，整天说带我去吃大餐，吃得我都胖了。"

黄茹茹拉下了脸，佯怒："你这是安慰人的话？你这分明是叛徒！你背叛了我们有间面馆！"

苗淼瞪圆了无辜的大眼睛，竖起四根手指："我发誓，在我心里，老板做的菜是世界上最美味的！绝无二心！"

黄茹茹噘着嘴，将脸撇到一旁，佯装自己仍在赌气。

郑林天还故意火上浇油："喵姐，你现在的位置已经有人顶缺了，你可以放心地离开了。"

苗淼一愣，疑惑地看他："什么？"

黄茹茹一看郑林天要说瞎话，急忙瞪大眼睛，在嘴上做了个拉拉链的手势，让他赶紧闭嘴，郑林天却仿佛没看见一样仍旧要开口说话。

　　韩栋听见了大堂的动静，走了出来，看见苗淼，神情微动，喊道："苗淼？"

　　从苗淼进来，江眉影就渐渐靠到了墙角，将整个肩膀都缩了起来，尽量隐藏自己的存在感。当苗淼旁若无人，一屁股坐在她对面的时候，她浑身汗毛都立起来了。

　　偷偷抬眼看见苗淼脸上灿烂得如同一朵向阳花的笑容，江眉影承认，自己的心里有一点小嫉妒和小震撼。

　　她第一次看见这么富有感染力的笑容，带着如同阳光一样的能量，瞬间能点亮人阴暗的内心，让她无地自容。

　　过于阳光可爱，以至于衬托得她像一抔泥土一样不起眼。江眉影承认自己没办法像她那样开朗地笑。

　　江眉影是第一个发现韩栋从厨房出来的人，从他刚走出来就发现了，别人的视线都集中在苗淼身上，她却第一时间就发现韩栋脸上微妙的表情。

　　这个表情很奇妙，她解读出来了许多的东西。

　　她从小最擅长的就是去琢磨每个人脸上的微表情，那个人是开心还是悲伤，是轻蔑还是同情，她都一清二楚。

　　但是韩栋这个表情很复杂。他眉头微微一皱，不及 0.1 秒，立刻又松开，不是不耐烦地皱眉，反倒更像是受伤地皱眉。然后，他脸上的表情都变得柔和，眼睛紧紧盯着苗淼，仿佛只能看见这个女孩一样。

　　他喊出苗淼这个名字的时候，声音起伏不变，如往常一样，却更加缓慢，耐人寻味的一个语速。

　　他喜欢这个女孩。

　　江眉影瞬间就读出了他的情绪。

　　"麻辣鸡丝盖饭，巨辣，在这里吃！"苗淼笑眯眯地点单。

　　韩栋点点头，轻轻瞥了眼低着脑袋看手机的江眉影，收起眼里的情绪，回了厨房。

苗淼托着腮，终于发现了坐在自己对面的人，语气轻快地问黄茹茹："嗯，这小姐姐是谁，茹茹你不给介绍介绍吗？"

黄茹茹点点头，才反应过来："哦哦，这位是江眉影，我新认识的朋友，可漂亮了，大美女！在一家影视制作公司当编导，你知道吗，我们那集的《寻味中国》就是她剪辑的。"

江眉影抬起头，抿了抿唇，紧张地冲苗淼点点头，小声道："你好。"

苗淼没听清楚，咧着嘴微笑着，往前抻长了脖子："嗯？"

黄茹茹将她拉回来："别凑那么近啦，眉影比较害羞，你别吓到人家，你这个自来熟。"

苗淼不好意思地笑："抱歉啊，初次见面，小姐姐你长得好漂亮啊。"

这是大实话，江眉影有一张让人惊艳的精致小脸，而且是很时尚的漂亮，打扮一下能上日系美妆杂志封面的那种长相。更别提她那双桃花眼，微微上挑的眼角，尽带风流，她的羞涩恰好让她水汪汪的眼睛显得含羞带涩，更惹人怜惜。

苗淼再次认真地确定："小姐姐你真的好漂亮啊。"她脸上表情严肃，仿佛评委给参赛选手打分一样。

黄茹茹觉得有些丢人，捂着额头说道："大姐，人家比你还小一岁。"

"无关年龄，长得好看的可爱女孩子都叫小姐姐，你懂不懂啊！"苗淼反驳道，然后对江眉影轻声介绍自己，"江小姐姐，我叫苗淼，三个水的淼，我是画漫画的，我家就住在楼上。"

江眉影点点头，被她充满善意的眼神给感染了，也微微笑了笑，语调微微拔高："很高兴认识你。"

这一次苗淼听清了她的声音，用力地说："我也很高兴认识你！"

还在等饭上桌，苗淼已经饥肠辘辘了。

她捂着胃喊饿，蒸笼里的虾饺，之前江眉影努力地吃完了一个，现在还剩下三个，江眉影见她似乎真的很饿，就将蒸笼推到她面前。

"不介意的话，可以吃这个。"江眉影说道。

苗淼眼睛一亮："可以吗？"

她塞了一个虾饺，满足地闭上眼睛，虾饺里的汤汁在口腔里爆开，她皱起眉，露出一个纠结又幸福的表情。

"唔——太好吃了！"苗淼感慨道。

江眉影目瞪口呆地看着她的吃相，居然觉得有一点饿了。

等韩栋将麻辣鸡丝盖饭送上来，江眉影又一次被震惊了。

坐在她对面的女孩，一把鼻涕一把泪地抹着，吃东西速度不慢，但是吃相端正。她脸上满足的表情总会勾起人的食欲。

韩栋就坐在一旁，沉默地看着这久违的一幕，片刻之后回了厨房。

等苗淼买单，跟众人都告别了，江眉影才对黄茹茹说道："苗淼吃饭……让人觉得那饭好好吃的感觉……"

黄茹茹和郑林天都深表赞同。

黄茹茹感慨："以前她天天会来我们店里吃饭，后来谈恋爱就来得少了，以后我跟她估计都很难见面了。"

"为什么？"

黄茹茹惊讶地看江眉影："咦，我没说过吗？我跟郑林天要去分店了。"

江眉影说："你也要去？"

"嗯，不过老板不去，你放心了吧？"黄茹茹拍拍江眉影的肩膀，挤眉弄眼，"这个世界上，被老板的厨艺收买了胃的姑娘不要太多哦。"

江眉影哭笑不得。

2

分店已经进入了试营业期，郑林天去分店掌勺。总店的新员工还不太熟悉业务，黄茹茹只好早上和傍晚去分店帮忙、结账，中间的时间如果没课就来总店里交接。

江眉影觉得挺可惜的，刚和黄茹茹熟悉了，成了朋友，她就要去分店了。

江眉影今天下班有点晚，来的时候已经八点多了，只能赶上吃夜宵的时间。她没有吃夜宵的习惯，但是晚饭没吃，实在有些饿，就点了碗核桃蛋羹。

郑林天跟黄茹茹一起回的总店，正在用来载运食材的小面包车上卸货，进进出出厨房。

他路过两人听到黄茹茹在跟江眉影请教要不要留在韩栋这里工作的事情，抱着只箱子，吃力地说："嗨，读书……不就那么回事嘛，喜欢自己的工作就好了。"

黄茹茹斜了他一眼："你没读过大学，没资格说这些话。"

郑林天哼唧了一声，接触到黄茹茹凶狠的眼神，怯懦地收回视线，赌气进了厨房。

江眉影看他们俩眼神的交流，疑惑地问："你们俩怎么了？"

黄茹茹一愣："嗯？什么？"

江眉影将鬓角的刘海别到耳后，不好意思地笑："抱歉，我总觉得你们俩的说话语气和眼神，跟以往不太一样了……"

空气有片刻的凝结。

黄茹茹的脸渐渐红了起来，她捂住两颊，感受掌心下的滚烫，紧张地问道："很明显吗？"

江眉影摇摇头："不是很明显，只是我感觉到你们之间似乎有什么不一样了。"

黄茹茹冲她挤眉弄眼："别告诉别人，反正是这家伙先追我的。"

江眉影惊讶道："原来是这样啊。"他们俩居然在一起了。

江眉影的笑容了然又显得有些暧昧，桃花眼弯弯的，略带点俏皮，看得黄茹茹更加羞涩了。

韩栋端上来核桃蛋羹，像是对黄茹茹说，又似乎其实是在对江眉影说明一样，道："我后天要去首都一趟。"

江眉影抬起头，有些愣神。

"分店会照常开着，总店就不开了。"韩栋补充道。

江眉影问："去几天？"

"快的话两天，慢则五天，要回老家办点事。"韩栋低垂着眼，轻轻地看了眼江眉影。

江眉影眨眨眼睛，点点头，小声地说："那……替我向令尊问好。"

韩栋点点头："嗯。"

蛋羹是甜口的，清甜爽口，核桃很香，不油，本身一盏也不过巴掌大的小盅，江眉影吃了小半盅感觉生理不适才停手。

她现在进步很大，多亏了几乎每天都在韩栋这里打卡。韩栋的记单本上，已经记了小半本了，墙上的菜单都被她临幸了一遍。

江眉影结完账，赶末班地铁去了。

黄茹茹趴在柜台上，有气无力地算着今天的账单。

韩栋问她："不跟江眉影一起去赶地铁吗？不是还得回学校？"

黄茹茹张了张嘴正想回答，就被从厨房里探出脑袋来的郑林天给抢了话头。

"哦，我过会儿开车送她啊。"郑林天笑嘻嘻地说。

黄茹茹瞪了他一眼，郑林天急忙缩回厨房。

郑林天因为要去分店掌勺，韩栋把自己以前用来装运食材的旧面包车给郑林天开，结果他拿来谈恋爱了。韩栋自己买了辆霸气的黑色大切诺基，代步运货两相宜。因为特别硬朗，韩栋在车上装运重物都不觉得心疼。

韩栋心知肚明，也不点破，脸上的表情仍旧平平淡淡的，眼睛里却带着似笑非笑，瞥了眼黄茹茹。

黄茹茹被他看得脊梁骨发凉，整个人都觉得滚烫起来，随即气急败坏地在手机上"吧嗒吧嗒"地编了条微信发给郑林天。

"一人我饮酒醉，醉把佳人成双对。"郑林天正在厨房里嘚瑟地低声喊麦，扭着小腰，手里打着鸡蛋准备做明天要用的蛋饺皮。

手机在屁股口袋里一振，他双手毫不讲究地在围裙上一抹，掏出手机一看。屏幕上，一条信息一个字一个字地蹦出来，组成一句完整的话就是："郑林天，你去死！"

大堂里，发完恐吓短信的黄茹茹没事人儿似的问韩栋："老板，去首都做什么呀？跟分店有关吗？"

韩栋摇摇头："就去善后。我离开家的时候走得急,很多事情都没处理好。"他顿了顿,"顺便见见我父亲。"

韩栋的父亲是个表情严肃到可怕的老头儿,去年年底的时候来过面馆,还威胁韩栋不回老家就让他们这家店开不下去,着实带来了不少麻烦。

黄茹茹只在那一次见过韩栋的父亲,幼小的心灵留下了不可磨灭的阴影。韩栋提及要去见他父亲,黄茹茹打了个寒噤,疑惑地问:"嗯?眉影认识你的父亲?"

韩栋勾了勾嘴角,用了一个词来形容他们俩的关系:"忘年交吧。"

"……"真是奇怪的忘年交。

看起来明明八竿子打不到一块儿的两个人,江眉影比韩栋小了六岁,韩栋的父亲还是晚婚晚育的代表,江眉影叫韩父"爷爷"都不为过。

怎么还成忘年交了?黄茹茹百思不得其解。

韩栋自己说完这个词也哭笑不得,低下头轻笑了一声。

忘年交和"反韩栋阵线联盟"。

大概是这么个意思才对。

3

次日,江眉影接到紧急任务,要将近期拍的一期综艺放到后一周播放。由于最近一些时政变化,台里将原定的节目播放顺序重新排了一遍,为了能赶上社会热点,提高收视率。

她忙得昏天暗地,躲在小黑屋里对着两三台电脑,恨不得有三头六臂地进行剪辑,方可可负责后期,也忙得七窍生烟。

这个节目方可可很喜欢,江眉影跟组里的同事一起剪辑了之后,方可可还叽里呱啦地评价了一大通,这里要这样那里要这样。

江眉影急得拍桌子:"你不是领导,说了不算,先送上去送上去,咱们先交了任务吧!"

方可可自己也是这样打算的,但是仍旧假大空地说了两句伟光正的话:"小江啊，抱着完成任务的心态，怎么可能做得好工作呢？我们是编导，你负责剪辑，工作是重中之重啊，剪辑得不好，观众不满意，这节目积累了两年多的口碑就毁于一旦了呀！"

"那你剪，能者多劳。"江眉影黑着脸撂挑子。

方可可把硬盘退出电脑，带着硬盘出了门，面无表情地说道："我去交作业了。"

江眉影点头："跟主任说点好话，给个及格分。"

方可可比了个"OK"的手势。

一天当然不可能完成任务，他们只是剪了个粗剪试片给导演组审核，江眉影不想等结果，拎了包就下班了。

一出公司，弯月都挂上了天空，一看手机时间，已经快八点多了。没有人喜欢加班，江眉影一直都避免加班，还是无法抵挡地加班到这个点。

从写字楼出来的人越来越多，这座城市，跟她一样的上班族比比皆是，每个人都有自己的生活和无奈，心有慰藉的归处。

江眉影当然也有，只是那地方要休店了。

她一天都没有吃到韩栋做的菜。黄茹茹告诉她，韩栋今天六点多就打烊去机场了，也没人去送。江眉影挺惆怅的。

接下来短则两天，长则五天，江眉影都吃不到韩栋做的菜了。江眉影撇了撇嘴，踢了块脚边的小石子，石子滚了几米，撞在路坎上，往回蹦了两下。

手机响了起来，江眉影一看来电显示，是江妈妈的，立刻接了起来，语气变得轻快。

"妈，怎么，想我啦？"

"影子，工作忙吗？"

"还好啊，怎么啦？"

江妈妈的声音神秘兮兮地说："你猜我在哪里？"

"……"江眉影猜不到。

"我在你公寓！"江妈妈大笑一声，邀功一般说，"我啊，还给你做了个开水白菜，高汤绝对清淡喝不出油腻，你能吃的！"

江眉影眼眶发热，突如其来的惊喜让她胸膛热热的，她猛点头，对电话那头的妈妈说道："好的，我现在就回家！"

就算没有有间面馆，在这个日子里，也有最亲的人，也是人生幸事了。

江妈妈做的清淡的菜，江眉影能够吃一些，这也是生病最严重的时候拼命调理出来的。

看到妈妈，江眉影激动地抱住她，跟个小孩子一样忍不住哭，哭完之后红着眼睛和鼻子吃菜。

江妈妈对韩栋很好奇，问她："你说的那个韩栋，长什么样啊？"

江眉影跟妈妈讲过韩栋的事情，妈妈一直对他很好奇。

江眉影愣了一下："我没有照片。你看了电视了吗？电视里放过一档节目有他的店。"

"哦，看看？"

江眉影跑去找到那期节目的视频给江妈妈看。

看完之后，江妈妈咂舌："小伙儿盘儿真靓。"

"扑哧……"江眉影一听，忍不住偷笑。

江妈妈来得很急，就是出差顺路来浮城看一眼江眉影，给她做顿饭，吃完晚饭就跟着同事的车离开了。

临走前，江妈妈还不住地叮嘱江眉影："跟那个韩栋好好相处，我感觉是个好小伙子，既然能吃他做的菜，就拿下他！"

大概妈妈都是这种心理，江眉影哭笑不得，忙不迭将她送上车，挥手道别，生怕她又要多聊几句。

4

跟肖引章预约好的时间到了，肖引章亲自来接江眉影。

他看见江眉影因为加班略显憔悴的脸色，问："最近很忙？"

"嗯，这个月还有下个月，都要赶工，扎堆开播的几个综艺强档，有两个是我们公司做的，别的小网综就更别提了。"

江眉影很少谈及公司里的事情，但是来到浮城的总公司之后，她和其他同事剪辑节奏好，方可后期做得也很懂梗，视频网站的弹幕都对他们工作室赞赏有加。领导很看重她的综合能力，于是总喜欢把一些紧急节目和重要节目交给她，她工作压力很大，不知不觉话也说多了。

她感慨："还是做《寻味中国》这种平平淡淡伟光正的国家台节目来得好，都有模板去套。做综艺太考验找梗能力了，字效和表情包用错一个，就会被网友们吹毛求疵批评的。"

肖引章很少看综艺，对现在流行的弹幕文化还不是很了解，同情地说："我还以为你的工作很有趣呢。"

"是很有趣，还很有创造力。"江眉影低头轻笑，"我还是挺热爱我的工作的。"

接触到有趣的节目，比接触陌生人来得有意思，她只要待在电脑前，就能创造出一期期作品，仿佛一个个小世界一样。

肖引章看到她眼下的乌青，沉默着启动车子，往自己家驶去。

一路上，江眉影将韩栋回首都的事情告诉了肖引章，顺便将自己很想念韩栋……的菜的心情告诉了他。

车子驶进车库，肖引章低下头，挂P挡，手在挡位上略微停留，他低声问："这么依赖韩栋吗？"

江眉影歪了歪脑袋，觉得肖引章的问题略奇怪。

"我只能吃他做的菜啊……不依赖还能怎么办呢？肖医生，你加油，让我今天能吃下你做的菜吧！"江眉影说道。

肖引章苦笑道："我尽力。"

刚才他有一瞬间很后悔。

后悔为什么将江眉影的健康托付给韩栋，而且还瞒着江眉影。他不知道韩栋出于责任和同情心，会怎么对江眉影，但是，他已经开始有点后悔了。

江眉影与韩栋越走越近，而他，似乎越来越像个单纯的心理医生。

肖引章的家里还是如往常一样，干净整洁，很温馨，但是江眉影却觉得缺少了人气。

怎么算有人气呢？江眉影有一瞬间迷惘，大概是类似有间面馆里那种热闹嘈杂的环境，大家有说有笑的？

将思绪撇开，江眉影问："中午吃什么啊？"

肖引章打开冰箱将为自己处理过的一些菜先拿了出来："你现在尝试过的食物，我多多少少买了一些，到时候学着面馆的做法，看看你能不能吃得下。"

江眉影凑过来看，的确，这里有的食材面馆里都有：香干、豆腐、青菜、牛肉、虾仁之类的。

江眉影笑道："你可真有心了，没必要学着韩栋的做法啊，你有学过吗？"

肖引章摇摇头："试试看吧。"

江眉影忍不住道："还是别学了吧。"

"嗯？为什么？"

江眉影打击他："你学不会的。"

"你再说下去，我就煮杂煮了。"肖引章黑着脸开玩笑。

江眉影轻笑，忙摆手道："别别别，别浪费好好的食材，你随意发挥！有需要帮忙的就跟我说。"

肖引章说："怎么可能让客人帮忙，你先看电视吧，最近接了宽带电视。"

江眉影惊叹："你居然接了宽带电视！你有时间看？"

"……电信搞活动，就接了。"

肖引章因为工作太忙，经常不着家，在工作室直接有休息室，偶尔会住那里，家里的电视，入住了半年才接上数字电视，现在才接上宽带电视。

江眉影很惊讶："你……有看过吗？"

肖引章很愧疚："看了，最近都熬夜看。"

江眉影好奇："看了什么？"

"就《新婚燕尔》，两季都看完了。"肖引章说道，觉得看这种明星秀恩爱的综艺不符合自己的形象，尴尬地进了厨房以做饭为借口逃避江眉影的嘲笑。

江眉影果然笑得很开心。

"这是我们公司做的啊！第二季的剪辑和后期都是我们工作室做的！是不是做得很棒，比第一季精良了很多。"江眉影大言不惭地求表扬。

肖引章敷衍地点点头："嗯，嗯。很不错。"

江眉影靠在厨房门口，笑得开心，肖引章心里真正想说的话却没有说出口。

只要是幕后团队里有写江眉影姓名的节目和电视剧，他都看了。

他一边看，一边还会想象，江眉影神采奕奕、聚精会神地对着电脑做视频的时候的表情，一定比平时看起来有活力多了。

现在的江眉影，比以前看起来更加活泼、开朗。

虽然很不甘心，但他不得不承认，这也许真的是受了韩栋的影响。

汤面捞出锅，从另一口锅里舀出肉汤浇到面上，然后码上煮熟的青菜，再从肉汤里捞出酱牛肉，准备放到砧板上切片。

站在门口的江眉影声音虚弱地打断了他。

"肖医生……你别做了。"她的声音略带哭腔和愧疚，"我好像……还是不行。"

坚持到说完话，她就奔去了卫生间呕吐。

肖引章手上还拿着夹子，夹着牛肉。他面无表情地看着江眉影奔向卫生间的背影，他将牛肉轻轻放到砧板上，然后切成了片，码到面上。

扎心。

肖引章忍不住苦笑，以往好歹等面上桌了才开始跑卫生间，现在都没正式完成，就开始跑卫生间了。

这算是病情好转吗？

根本是恶化了吧？

5

江眉影坐在沙发上，埋着头，愧疚不已地一再道歉："我真的不是故意的。只是闻到味道，又看到那块牛肉，真的完全没办法克制自己，就想吐……真的对不起，肖哥哥。"

小时候江眉影就叫肖引章"小哥哥"，稍微长大点就喊"肖哥哥"。等后来江眉影一家仿佛逃避瘟疫一样逃出浮城，飞往首都，再次见面之后，江眉影已经学会了客气礼貌地喊他"肖医生"了。

这是重逢以来，江眉影第一次喊他"肖哥哥"，却是在这种情况下，带着羞愧歉意——让肖引章更心疼了。

江眉影就像一颗爬山虎的种子，在他童年的时候，在心里扎根，随着年龄的增长，渐渐长大，小姑娘也跟爬山虎一样肆意疯狂地成长，变成了一个小胖妞，眉眼清秀，却被肥胖禁锢在了肉嘟嘟的脸上。

等某一天，他大学放假回家，看到邻居家那个突然间瘦削下来出落得亭亭玉立的小女孩，满心惊讶。她浑身脏兮兮的，畏畏缩缩地蜷缩在家门口的墙角哭泣，他一探头看楼梯墙外，爬山虎已经爬满了整面墙，将整栋楼道的光线都遮盖了。

她带着自卑和无助的哭声，在影影绰绰的昏暗楼道里，破碎零乱。

爬山虎爬满的楼道阴凉昏暗，任何奇奇怪怪的生物都能蹿进来。在那兵荒马乱的年代里，他什么夸张的传闻都听到过了。他带着疑惑的眼神看向离开家门去上学的江眉影，她的眼睛仍旧红肿着，小心地看了他一眼。

漂亮的桃花眼瑟缩了一下，然后她仿佛什么事都没有一样，轻声喊道："肖哥哥，我……去上学了。"高中是没有暑假的。

爬山虎终于爬到了屋顶上。

如果可以剪掉爬山虎的主茎根部，那么整面墙郁郁葱葱的爬山虎都会枯黄，死去。它活着，纵然会有各种让人生厌的生物爬进来，他仍旧不忍心去剪掉。

关于江眉影，任何不堪的流言他都听过了，他却不敢去求证，以为这是保护。

然后江眉影在他埋头实习的时候，彻底地离开了浮城，离开了爬山虎爬遍的楼道。

冬天，爬山虎枯萎了。

再次见面，却是在冰冷的医院病房里，有别于爬山虎肆意生长的年代里，健康丰硕的小姑娘。她睁着死气沉沉的双眼，空无一物。

现在，江眉影喊他："肖哥哥。"

不经意间，他眼眶也红了，轻声说道："没事，不能吃我做的菜，还有韩栋不是吗？"

心里各种委屈和愧疚，复杂的情绪排山倒海而来。

某个令人生厌的夏天里，曾经有人在江眉影的耳边恶毒地说："不吃？要我给你塞嘴巴里吗？"

还有人说："是怕胖回原来那样才不吃吗？你是白痴吗？"

当时没有人说过："没事，你可以不吃的。"

包括最疼爱她的父母。

江眉影再也忍不住了，"哇"的一声大哭，扑进他的怀里，用他的衣领抹眼泪。

"谢谢你，肖哥哥。"

肖引章哭笑不得，拍了拍她的脑袋，低声说道："你我之间，不言谢。"

与此同时，远在首都的三味坊总部，韩栋坐在董事长办公室的沙发上，阴沉着脸。

韩父两个月前崴了脚，现在脚还有点疼，但是不影响走路。他觉得拄着拐杖有大佬的气势，于是也拄了根拐杖，此时此刻，那根顶部铜制握手部分镶了鸽子绿翡翠的拐杖，正"当当当"地被人敲在地砖上。

"明天就走几个意思啊！"

韩栋皱着眉，对自己父亲动不动就拿拐杖敲地砖的行为表示不赞同："地砖要裂了。"

"咳，别转移话题！不是让你多待几天吗？"

韩栋说："我事情办完了。"

"办完了就跟我聊聊天，你就这么不喜欢跟我讲话吗？"

韩栋摇摇头，无奈道："爸，我还要开店。"

"就你那破店，能有什么生意。"韩父嘟囔着。

韩栋点点头："上桌率和翻桌次数比三味坊生意最好的门店要高。"

韩父咕哝着："你们才多少营业额和利润率啊，啧。"

他又问："听说你把以前被冻结的账号都取消掉了？"

韩栋回答："嗯。就是账号太多不方便，集中一个账号了。"

韩父没在意这个问题，又扯回原先的话题："为什么这么早就要回去？"

"当当当……"拐杖敲着地砖。

韩栋被"当"得额头发紧，忍无可忍地回答："有人等着吃我做的菜。"

"……"韩父脸上有一瞬间的龟裂，他半晌才找回自己的声音，"啥？谁？"

"咳，就你那位眼线。"

韩父又"啥"了一声。

"你是怎么找到我的，你自己知道。"韩栋轻轻地瞥了韩父一眼，没再说
下去。

韩父："……"他怎么觉得，他更加不懂了？

● Chapter 7
优秀的他

1

韩栋回浮城，有间面馆休店四天重新开业。

江眉影觉得这个时间说长也不长，但是她真的等了很久。

当天她就去了面馆吃饭。

韩栋见到她，神色不变地点点头，等江眉影点完餐，他记好单，将记单本往胸口口袋一塞，一言不发地就进了厨房。

江眉影总觉得他这副高深莫测的模样像是要放大招，可是现在黄茹茹还没来，连找个人说话的机会都没有。

江眉影埋头玩了会儿手机，干净修长的手就端着碗拌面放到了桌上，发出了闷闷的"嗒"一声。

江眉影抬头看韩栋，韩栋背着光，垂着头与她对视。

看不清韩栋的脸，江眉影却看见了他有神的双眼，里面似乎总是有光。现在的他沉静又英气，整个人仍是沉默不作声。

江眉影疑惑地问："你有什么事吗？"

韩栋问："这里有人吗？"

江眉影："……"

正值周日，江眉影找的非饭点时间来吃饭，就江眉影一个客人。新招的员工都是小姑娘，还不太上手，跑来跑去打扫卫生，推开门去打扫门前满地的香樟叶。

门上风铃"丁零"一声。

江眉影抽了抽嘴角："如果我说有人，你是不是会吓死？"

韩栋没被逗笑，他坐了下来，与江眉影面对面。

江眉影皱着眉，眼睛都皱弯了，她疑惑道："你做什么，奇奇怪怪的……"

韩栋这才说正事。

"这次我去首都，顺便把以前所有关联了我原来的那个手机号的账号都销户了，还有一些水电费、缴费之类的账号。"韩栋说着，觉得这句话似乎太刻意了，便加了一句，"因为银行账号太多了很不方便，重新开了个账号集中管理。"

江眉影一时间没反应过来他话里的意思。

韩栋补充道："也就是说，你的手机号，自由了。"

江眉影疑惑："嗯？自由是指……"

她眼神里带着试探。

韩栋点点头："你可以去把自己的工资卡关联上这个手机号了。"

他还记得江眉影吐槽过，她的工资卡无法关联这个手机号，不得已关联了她妈妈的，结果每次发工资，她妈妈都知道，还来讨买衣服的钱。

江眉影睁大了眼睛，这个惊喜来得太快，她一时间都没反应过来。

"真的假的？你这么好心？"话音刚落，江眉影果然看见韩栋眉头微皱，急忙改口，"韩栋你本来就是个好人嘛。"

韩栋摇摇头："不用你说我也是个有责任感的人。"

江眉影点头点头再点头："很好很好。"

江眉影是典型的滴水之恩当涌泉相报的人，别人对她好一点，她就心里特别受用然后感恩戴德的。

她感慨："其实我们俩也算是孽缘了吧，你看，虽然我们是最近才见面的，可是我认识你足足三年了哎。"

韩栋点头。

在首都的各大银行和证券公司销户的时候，韩栋想得最多的就是和江眉影这段牵扯，或者说，他更愿意叫它"羁绊"。

2

韩栋嘴上说只是顺便，但是江眉影却仍旧很感激。

到了第二天，韩栋的父亲打来电话之后，这种感激变成了感动。

江眉影很久没有跟这位老先生联系过了，最近一次联系，也就是她收到游戏账号异地登录提醒短信的那次，她给韩父通风报信。

那之后，江眉影投身浮城总公司的忙碌工作中，再没有额外精力联系韩父。

接到韩父电话的时候，江眉影躺在储藏室的小折叠床上睡觉。

她跟方可可一个机房，六台电脑，辐射很强，两人都不愿意在工作室里睡午觉，于是方可可就搬了张折叠床放在隔壁储藏室里。

储藏室里空间很大，架子上放的都是一些办公用品，也连接了中央空调，还有一张备用的长沙发，也可用来休息。

方可可吃了一周的外卖，喊着要改善伙食，中午跑出去吃日本料理了。江眉影吃完蔬菜沙拉就拉开折叠床睡了。

手机响起来的时候，江眉影睡了有一会儿，被铃声闹醒，她迷瞪着眼摸到放在耳边的手机，一瞧屏幕，登时惊醒，腾地坐了起来，接起了电话。

"喂？您好。"

韩父的声音一如既往的中气十足，威严中带着一点点温和。

"好久不见啊，小江姑娘。"

原来的时候，韩父叫江眉影"江小姑娘"，因为江眉影比自己儿子都小六七岁，他觉得还在读大学的小姑娘都可以当自己孙女了。后来江眉影自己觉得别扭，他才改口。

江眉影很意外韩父会打电话来，轻笑道："我们本来就没见过呀，韩老先生。"

"说得也是。"对方也笑了。

顿了顿，他道："托你的福，我跟我儿子现在和解了。"

江眉影当然知道这件事情了，但是过程太奇妙，她自己都不敢信，只是说道："恭喜。"

韩父轻笑一声，问道："就没有什么要跟我说的吗？"

江眉影不知道他暗示的是什么。

她单手将毯子叠好，走出了储藏室，推开工作室的门，小声问："韩老先生指的是什么事情呀？"

韩父意有所指地问："我儿子厨艺不错吧。"他声音里带着骄傲和了然。

江眉影仿佛能看见一个因为自己儿子骄傲自满的老父亲的形象，忍不住偷笑。

她道："哦哦，您说的是这个啊，韩栋的厨艺是很不错。"

"真没想到，你跟他居然会遇到。"韩父感慨，"怎么，没有狠狠骂他一通吗？"

韩父的想法是，自己当年把江眉影当成了跟韩栋一伙的骗子，替韩栋掩护，还骂了她一通。这个委屈怎么也得从韩栋身上找回来。

江眉影很心虚，她还的确真的骂了，虽然是用文字。

"这个世界就是有这么小啊。很意外就进了他开的面馆吃饭。"

韩父说："嗯。前天，我还想让他多待几天陪陪我，那小子说要回来给你做饭，我好久都没反应过来，还在想是哪个我认识的小姑娘呢。"

江眉影坐到电脑椅上，"哈哈"轻笑两声，末了耳根都红了。

韩栋回来的理由居然是给她做饭？故意在老人家面前调侃自己吧？

心里是这样想的，江眉影却觉得有些害羞起来。

韩父仍旧继续说着："这次他回来也很奇怪，明明家里什么事情都没有，我身子好着呢，也不需要他来看我，突然就回老宅了。"

江眉影一愣，韩栋明明是说，老家有事情要处理才回去的。可是如果没事情的话，为什么还要回首都？

江眉影想不通，刚睡醒的脑袋还没有完全进入清醒的常态，工作室朝西，太阳渐渐移到西南，光线从朝西的窗口直射而入，窗帘中午就被拉上了，工作室里仍有些昏暗，只有几台电脑运转的声音和屏幕散发的蓝莹莹的光。

江眉影看着面前的电脑上，上午剪辑到一半的视频，那个节目在浮城的大学城拍摄的，很巧合的，其中一个嘉宾经过了大学城附近，有间面馆总店的门口，她正好将画面停在了那个镜头。

那位明星嘉宾的身后，是有间面馆的玻璃门，如果放大画面，就能看见面馆内穿着白色厨师服的高大男人正端着一盘菜出来。

江眉影无意识地将屏幕放大，脱口而出道："那为什么还要回去？"她只是喃喃地自问自答而已。

韩父轻笑一声，带着笑意的气息呼出，低沉又庄严。江眉影的心脏紧缩了一下。

他道："专程回来，一家家银行和证券公司来回跑，销户，也不知道是为什么多此一举？"

韩栋是银行的大客户，而且银行账户多半挂着证券账号，要销户必须得赶回开户行才行。

江眉影没想到，韩栋所谓的"顺道"其实是"特地"。屏幕上白色厨师服的人影，模糊不清，但是熟悉他的人却一眼就能够认得出来，这样清朗挺拔的身姿和气质是谁。

江眉影看着电脑屏幕，耳边听到韩父如是说着，心突然塌陷了一块。

韩栋他有自己的坚持和做法，外人看起来也许无趣、古板，她也因此很不理解他，最开始还跟他争吵过。

可是现在的江眉影已经逐渐对韩栋改观了。

拥有一颗匠心的人，做任何事情，内心都有一根轴在。他简单、寡言、认真而赤诚，不会掏出自己滚烫的心脏示人，大声宣扬自己的善意，更不会巧舌如簧地宣称自己伟大。

可是他的轴心会指引着他去做，不言不语，却能一点一滴地去侵入人心，霸占存在感。

江眉影一只手将手机摁紧，让它紧贴在耳边，另一只手用力捂住胸口，缓缓弯下腰，将额头紧贴在桌子上，闭上眼。

"这样啊……真是奇怪啊。"江眉影口是心非地说。

眼眶酸胀，鼻腔涌上一股酸痛，她轻笑一声，对韩父说道："韩老先生，韩栋真的是个很优秀的人呢。"

有句很俗套的话，相遇三次就能相爱。

江眉影跟韩栋相遇三次后就撕逼了。

她因为过去的经历，对不熟悉的人很戒备，与此同时，江眉影其实是个很自卑的人。

当她发现，自己被韩栋感动到心都开始沦陷的时候，她陷入了巨大的恐慌。

而且如果她没记错的话，韩栋是喜欢那个叫苗淼的可爱女生的。

江眉影作为一个女生，都觉得苗淼特别可爱，更何况韩栋这种性格闷闷的男人了。按照性格互补法则，韩栋应该最喜欢苗淼那类型的才对。

她这是一不小心，对一个已经心有所属的男人产生了好感了。

江眉影趴在桌子上，眼眶湿湿的，替自己悲痛了好久。

方可可迟到了两分钟，打卡失败，全勤奖没了。但是吃了一顿大餐，没有受到迟到的影响，心情仍旧很好，她哼着小曲进了工作室，发现幽暗的工作环境里，蓝莹莹的屏幕一台台亮着，一个乌漆墨黑的人影横在电脑前，顿时吓得差点窒息。

"嗬！你做什么啊！吓死人了！"方可可拍着胸口，气道。

江眉影脑袋转了个方向，视线微微抬起，看向方可可，哀怨地问："可可，想吃东西吗？"

方可可打了个饱嗝，摸了摸肚子："你认为我现在吃得下吗？"

"那我明天再给你带吃的吧。"

方可可一头雾水："你怎么了啊？"

江眉影摇摇头，直起腰，开始继续工作，解释道："就是……想下厨了。"

"我从精神上特别支持你的想法，为了支持你的工作，我可以帮你分担一部分剪辑工作。"方可可是纯后期工作人员，剪辑电影都能剪得跟 MV 一样。

江眉影纯当没听见她说的话，埋头看脚本。

此时此刻，她身体里像是有只小猫，在挠心挠肺。

她很想去见韩栋，可是她又害怕见到韩栋。

3

这种纠结的心情，一直持续到下班都没消弭。

江眉影最终仍是没克制住自己，踏上了通往高新商务区的地铁。

天气越来越暖和，一连两周没有下过雨，气温攀升到了将近30℃，江眉影瘦，体质很虚，怕冷。这个温度，她仍旧穿了双厚袜子，穿着件皮革料的黑色连衣裙外，还套了件亮银色的马甲。

黄茹茹正好在面馆，看到她的第一句就是："你是过会儿要去夜店蹦迪吗？"

江眉影回道："逛夜店是不会穿这么多衣服的。"

黄茹茹竖了个大拇指："这身衣服，很酷，很朋克。"

江眉影还戴着副墨镜，更加酷了。

她站在门口探头探脑的，黄茹茹说道："老板在呢，你怎么这么紧张？"

江眉影肩膀一缩，抿了抿唇，挑眉："我没有紧张，就是看看郑林天在不在而已。"

"他怎么可能在啊，现在分店正忙着呢。"黄茹茹笑道，"别以为提他就能镇得住我。"

郑林天虽然是个没皮没脸的愣头儿青，但是江眉影一看就知道他以后是个妻管严，人又厖又皮实，黄茹茹性子强，跟郑林天吵架的时候都敢直接上手拧耳朵的。

江眉影一脑补就想笑。

她找了个角落的位置坐下，点了一笼水晶虾饺。

面馆的菜，江眉影都吃了一遍，除了苗淼最喜欢吃的那几道辣菜，麻辣鸡丝盖饭之类的。她怕吃这么辣的东西，胃受不了。

虽然最近能吃的东西越来越多，但是量却没有增加，而且来来去去也就那几样。

江眉影想，跟减肥一样，大概是到了自己食疗过程的瓶颈期了。可是她还挺知足的，觉得现在这样就不错了。

但是，韩栋不这样认为，最近肖引章联系了他，意思是，想知道江眉影最近吃的东西的菜单。

韩栋虽然将记单本拍照发了过去，心里却不舒服，特别是肖引章看了照片之后说的话。

"她已经进入瓶颈期了。"

这一点，韩栋当然早就发现了。他也正在发愁，可是肖引章以江眉影的心理医生及青梅竹马的身份找到自己来视察情况的时候，他莫名地就带了敌意。

他很不喜欢这种感觉。

韩栋对肖引章说："那我做几道新菜。"

他是打算把江眉影的健身餐做点改良，专供江眉影，但又不能让江眉影发现自己对她的特殊待遇。这让他很发愁。

因此，当黄茹茹将江眉影的单子报给韩栋的时候，韩栋皱眉沉思了很久。

他在江眉影专用记单本上记上今天的菜，双手撑在橱台上，低头思考。

今天菜上得有点慢，江眉影托着腮玩了好久的手机，韩栋才端着笼屉过来。

水晶虾饺上了桌，韩栋没有回厨房。

江眉影来的时候，总会错开高峰期，现在韩栋没那么忙。他坐到江眉影对面，将厨师帽摘下，卡入腰带里。

他两只衣袖卷了上去，露出骨骼分明的腕骨，修长的十指交叉相握，两只拇指微微摩挲，似乎在思考着什么。

江眉影低垂着眼看他细微的动作，轻轻咬了口虾饺，抬头看他，问道："有事吗？"

韩栋措辞了许久，才问："你在减肥？"

水晶皮差点卡住喉咙，江眉影咳嗽了好几声，连喝几口大麦茶才缓过来。

"你在说什么啊，我再减肥，就只剩下骨头了。"江眉影对自己的体重很有信心，八十斤体重，风一吹就能倒。她哭笑不得。

韩栋不知道该怎么切换话题才能让她自己说出病情，他本身就嘴笨，这样他能够自然而然地推荐新菜给她。

另一方面，他也想知道，江眉影为什么会得厌食症，她除了怕生，以及在有陌生人的场合下畏畏缩缩之外，其实也没有什么特殊的地方，看起来也很健康。

韩栋想不通，这样一个健康的人，怎么会患上这么麻烦的病？

江眉影斩钉截铁还带着嘲笑意味地否认了，韩栋不知道该接什么话好。

江眉影眼睛滴溜溜地转了一圈，看到韩栋眼里的纠结和疑惑，她咽下第一个虾饺，然后开始吃第二个，这期间，韩栋一直都沉默地看着自己交叉相握的双手出神。

江眉影吃下了第二个虾饺，感到自己已经到极限了，她将筷子放到桌子上，然后敲敲韩栋面前的桌面，韩栋回过神来看她。

韩栋的浓眉大眼，有神又充满正气。江眉影抿着嘴角，微笑道："剩下两个，给你吃吧？"

韩栋没拒绝，一口一个就将虾饺吃掉了，吃完之后还回过味来反省道："是不是一个太小了，我要不要量做大一点？"

江眉影笑道："没见过店家主动要求加量的。你问我也没用，这个量我也吃不掉。"

韩栋暗自决定还是得加点量。

江眉影不知道，他已经知道了她的病情。

韩栋没想好该怎么跟她谈心，只好换了个话题："明天开始，两家店都会开始供应健身套餐了。"

江眉影很意外："这里也要吗？你之前不是说只放在分店吗？"

韩栋不能告诉江眉影，这是为了她能多吃点别的新菜才做这个决定吧。要知道做了这个决定，店里的运营成本和工作量都会大很多。

他点点头："因为一些原因。"

具体什么原因，他不说，江眉影也没有那么好奇想知道。

但是对江眉影来说，这是个好消息，她说道："明天有点忙，我后天过来吃你做的健身餐哦。"

韩栋点点头，让她放心。

韩栋做的试吃的健身餐，江眉影吃过几次，味道比自己做的好很多。但是韩栋后来在分店供应健身套餐，她就没再吃到过了。分店那边的健身餐，似乎也不是韩栋做的。

能有新的食物可以尝试，江眉影很期待，回家后还跟肖引章通了电话，聊了这件事情。

肖引章心情更复杂了。韩栋果真想了办法，可见韩栋对江眉影很上心，但是这种上心让他心中充满了敌意。

4

深夜，黄茹茹早就回学校了。

面馆打烊后，已经十一点多了。

郑林天开着小面包车来到总店接韩栋。韩栋的大切诺基停在了小区里，郑林天就自告奋勇地来送韩栋。

韩栋上了车，郑林天就开始喋喋不休地讲述今天店里发生的事情，话语里的意思基本上就是，今天我做得很好，师父，求表扬。

但是，如果没有黄茹茹，郑林天估计每天都在做亏本买卖。

于是，韩栋夸奖了黄茹茹："茹茹很精明，你还是缺了点。"

郑林天脸顿时垮了下来："我缺哪儿了？"

"缺心眼。"

郑林天哭丧着脸往两人住的小区开去。郑林天虽然是浮城人，但是他父母一直属于放养他的状态。郑林天高考连专科线都没上，偶然遇到新开业的有间面馆，当即死缠烂打了大半个月才让韩栋收他为徒。

现在两人一起合租了一套两室一厅一卫的公寓，住了三年之久。

韩栋于郑林天，既是恩师又是亲人，相差了近十岁，郑林天对韩栋言听计从，对父母都没这么乖巧过，而且他特别喜欢跟韩栋聊天。虽然韩栋听半天才会回一句，郑林天仍乐此不疲。

黄茹茹有时候觉得郑林天大概恋父，师父的"父"。

郑林天想到今天的事，对韩栋说："今天喵姐来店里了。"

韩栋扭头瞥了他一眼，路灯晦暗不明的光照在他的脸上，韩栋半张脸隐藏在黑暗中，神色莫名。

"正好茹茹来了，两人聊了好一会儿。"郑林天笑道，"喵姐夸我厨艺快赶超你了。"

他笑得特别嘚瑟，韩栋微微勾起嘴角："商业吹捧。"

郑林天撇了撇嘴："商业吹捧我也很受用呀。"

他一手拍在方向盘上，说道："哎，对了，茹茹来的时候，说师父你打算后天在总店也开始卖健身餐啊？"

"嗯。"

"那明天去采购的时候，得多买点食材了，现在这季节更迭，蔬菜价格一天天都在变。今天买的芥菜比上周买的难吃好多，太老了。"平时食材采购都是郑林天在做，他比较懂行。

这个季节的时蔬的确变得很快，韩栋说道："搭配的时蔬小菜，芥菜取消吧，再过一周就下市了，现在已经过老了，口感差了很多，不要买了。"

"嗯。"

韩栋迟疑了片刻，终究还是问："苗淼有什么反应吗？"

郑林天疑惑："嗯？"

"在总店也卖健身餐，苗淼有什么反应？"韩栋重复了一遍问题。

郑林天眼珠子滴溜了一圈，八卦地瞥了眼韩栋，贱兮兮地笑道："师父呀，你还放不下喵姐呀？"

韩栋没说话。

郑林天生怕他不高兴，小心翼翼地说："其实也没有什么特殊的反应啊。喵姐肯定很开心嘛，说终于不用跑大学城来买健身餐了，可以下楼就吃到了。她还说自己真的越来越胖了，愁死了。可是我看她没变化啊，她之前胡吃海塞也没怎么变胖，她就是吃不胖的体质嘛。"

韩栋点点头，郑林天猜不透他在想什么。

韩栋也不知道自己是种什么心情。他暗恋苗淼三年，但是她现在已经是别人的恋人了。他后悔过、伤心过，可是现在，当他听郑林天描述苗淼时，他脑袋里浮现出来的居然是江眉影的脸。

苗淼多幸运，爱笑爱睡，什么都能吃，还吃不胖。再一想江眉影，其实很热爱美食，也很向往能吃到美味，却很痛苦地不能得偿所愿。

韩栋还没意识到，江眉影在一点一点地占据他的大脑、内心，甚至心理的天平也一点点地向江眉影倾斜。

隔天，江眉影如约来了面馆。

韩栋递给她一张新菜单，这大概是面馆第一张纸质菜单，还是黄茹茹手写的，字很可爱。

一共五种套餐，江眉影没着急点，反倒问："生意好吗？"

韩栋点点头："点的人挺多的，存货不多了。你有想要的就早点下单。"

江眉影开着玩笑："我怎么也算是常客了，给你贡献了这么多的营业收入，给我打个折吧？"

韩栋一手轻轻地搭在餐桌上，侧着脸瞥了她一眼，沉吟片刻，道："我请你吃。"

"好啊。那我要这个金枪鱼套餐的。"江眉影笑弯了眼。

江眉影笑开的时候，桃花眼弯起来如月牙一般，很可爱。韩栋略一愣神，他轻咳一声，收回菜单，道："我去准备。"便回了厨房。

江眉影等他回了厨房，才捂住胸口，手心底下，心脏在"扑通扑通"快速地跳动着，让她万分紧张。一看见韩栋，她就无法控制心跳，这让她生自己的气。

如此没用。

大概是食材早就准备好了，韩栋上菜很快，端上桌，他还拿了两种沙拉酱上来。

"千岛酱和甜沙拉，随你喜好加。"

江眉影问："青柠汁有吗？"

青柠汁是江眉影最喜欢加在沙拉里的，虽然韩栋的健身餐不是沙拉，里面还有好几样荤菜，她仍旧尝试性地问了一句。

韩栋摇摇头："没有，你需要的话我下次去进货。"

"不用麻烦了，我家里有很多，下次我带来就好。"江眉影将千岛酱加进生蔬菜里搅拌。

门口的风铃"丁零"一声，门被人从外边推开了。

韩栋和江眉影闻声一同看过去。

现在已经快晚上八点了，以往这个点，来的客人就很少了，江眉影很奇怪，还有谁跟自己一样会这么迟才来吃饭。

"老板，我来吃饭啦！"

未见其人，先闻其声。说的就是苗淼了。

她的声音充满了元气十足的朝气，扬着大大的笑容进来，找了个位置坐下。

韩栋问："要吃什么？"

苗淼歪了歪脑袋，笑道："茹茹说，总店也要卖健身餐啦，我就过来啦。我看看吃什么好……"她接过菜单思索着。

江眉影偷偷地看向她，看到她代表着健康的粉色的脸蛋，再瞟一眼注视着她的韩栋，心里充满羡慕。

这么开朗可爱的女孩，全世界都应该是宠着她的。

比她这种阴郁胆小的人好太多了。

苗淼点了什么菜，江眉影没注意，低着头，用叉子扒拉着盘子里的金枪鱼块，有点走神。

倒是苗淼是个坐不住的，玩了会儿手机，四处探头看了看，发现了坐在角落的江眉影，双眼一亮，噔噔噔抱着自己的包坐到了她身边。

"那个，你是上次那个漂亮小姐姐吧？"苗淼惊喜地说道。

苗淼跑过来有些急，突然冲到她眼前，让江眉影吓了一跳，缩着肩膀往后靠，双眼眨了眨，发现是苗淼，她才松了口气，点点头。

"小姐姐叫……江眉影是吧？我是苗淼，还记得我吗，上次茹茹介绍过我的。"苗淼搭讪的技巧很差，但胜在她脸上的笑容很真挚。

江眉影被她灿烂的笑脸感染到，忍不住脸上也带上了微笑，点了点头："记得。"

江眉影一笑起来，眉眼就跟开了花一样，特别吸引人，苗淼看得惊艳，半张着嘴巴差点露出痴汉相，道："我们第二次见面了，很有缘呀。我叫你小影好不好呀，茹茹说你比我还小一岁呢。"

她对人热情又有善意，江眉影意外地没有平时跟陌生人打交道的缓冲期，接受得很快。这样一个阳光健谈、长着一张比自己还嫩的娃娃脸的女生跟自己搭讪，就算韩栋是暗恋她，江眉影也不太在意了。

她点点头："嗯，那我叫你淼淼？"

"好呀好呀。"苗淼点头点头再点头，掏出手机打开自拍软件说道，"我们就是朋友啦，来自拍一张吧。上次我跟方来阳说我在面馆见到一个比柳如蜜还漂亮的小姐姐，他说我就是惯吹，我拍张照片让他惊艳一下。行吗？"

柳如蜜是现在国内当红的一线女演员，长得很漂亮，演技虽然不怎么样，但是人气很高。

苗淼说了一大堆，江眉影压根抓不住重点，愣头愣脑地就被她抓过来，贴着脑袋，比了个"V"字手势拍了张自拍。

江眉影看着苗淼兴奋地将合影发给她口中的方来阳，有些无奈地笑了。她问：“方来阳是你男朋友吗？”

苗淼脸一红：“嗯。”

江眉影心里有一瞬间的小雀跃，但同时又对韩栋报以同情。

她跟韩栋是一样的。

韩栋把苗淼的套餐端了上来，看到苗淼离开了自己的座位坐到了江眉影身旁，他愣了一下，挑了挑眉。

“怎么坐这里了？”

苗淼道：“坐在漂亮小姐姐的身边，饭也能多吃几口。”

韩栋瞥了眼江眉影，正巧跟江眉影的视线撞上。江眉影听到苗淼夸自己，略羞涩地笑了笑，眼神里却有些自得。

韩栋心下觉得有趣，面上却不显，对苗淼说道：“别吓到别的客人吃不下饭。”

这话是对着江眉影说的，江眉影知道他是在调侃自己怕生，撇了撇嘴。

苗淼也觉得自己这样有点唐突了，对江眉影眨了眨眼，吐了吐小舌头，道歉道：“影响你吃饭了，对不起呀。”

江眉影摇摇头，反正她也吃不了多少。

苗淼趁面馆里没什么人，拉着韩栋聊了会儿天。

“老板你好诈哦，之前只在大学城的分店卖健身餐，害得我总得坐两站地铁去买。”

韩栋说：“分店可以送外卖，加五元送餐费。”

“好贵啊！地铁两站也只要四块钱！”苗淼喊道，“你就这样对如此忠诚的客人吗？”

韩栋被她逗笑了：“现在不是已经在总店卖了吗？”

苗淼噘着嘴，抱怨道：“之前太麻烦了呀。想减个肥还跑那么远。”

韩栋说：“可以不吃的。”

“不吃会饿啊！”

江眉影挨着墙角，听他们俩一来一往的对话。

韩栋由站着渐渐变成坐到了两人对面，摘下了厨师帽，心情愉悦地跟苗淼聊天。

一个语气跳脱、开朗有趣，另一个平淡稳重、语气没有起伏，但是江眉影却能听得出来他声音里的轻松。

这种轻松的喜悦她感触很深。

因为在苗淼来之前，她也是用这种带着喜悦的声音对韩栋说话的。

韩栋喜欢苗淼这个认知，在江眉影胸腔里不断来回地冲撞。

她轻声地插进话题："可以送外卖的话，以后送到东城区啊。"

韩栋立刻答道："太远了，起送费会很高。"

江眉影当然知道很远了不会送，但是他回答得也太快了，让她有点受打击。

苗淼笑道："老板你怎么这么精打细算啊，将健身餐单单放在分店卖也是这样，还说是因为大学城客户群体多，我们这一片区住的人少，怕卖不出去。这里是商务区哎，白领那么多，怎么会卖不出去啊？！"

韩栋回答得依旧很快："健身餐成本很高的，白领上班时间也紧，反倒不如大学生接受度这么高。"

的确，一份健身餐价格就要三十多块，苗淼吃着都觉得肉疼。

江眉影不太认同："白领才更需要健身餐，我公司的同事都很喜欢吃……"她做的健身餐。

意识到苗淼在场，她怕掉微博马甲，于是话戛然而止。

苗淼赞同地点头："对啊，一看老板你就是没上过班的人。"

韩栋："……"说得好像苗淼自己当过白领一样，她还不是一毕业就宅在家里画漫画了……

苗淼带着自己身为有间面馆多年元老级食客的责任感，开口问道："还有，明明是我最先询问你，能不能做健身餐的呀。老板你倒是整出来了，可是却不给我吃，好气哦。"

韩栋无奈地笑了笑，瞥了眼江眉影，正想开口回答，就听见"当"一声，叉子掉落在餐桌上的声音。

苗淼脸上的笑容一僵，疑惑地扭头看身边的江眉影。韩栋止住了要说出口的话。

江眉影低声说了句"对不起"，提起了包，对苗淼说道："抱歉，我有急事得先回家了，麻烦让一下。"

苗淼站了起来，给江眉影腾出位置，江眉影站起来，顺着苗淼原先的座位走了出去。

她将自己的双眼藏在刘海后面，对韩栋说道："韩老板，谢谢你请客，我先回去了。"

韩栋直觉她有些不对劲，刚轻声喊了一声："江……"

江眉影带着自己的包，快步出了面馆。

苗淼还愣在原地不知道发生了什么。

门上的风铃"丁零零零"发出杂乱无章的声音，门因为迅速被人打开关上，而前后晃动了好久。

空气有一瞬间的凝滞。

江眉影仓皇而逃的背影，快速融进夜色中，纵使昏黄的灯光早已亮起，也让人找不到她的身影，像一道漆黑的影子，回到黑夜中。

韩栋的心，刹那间变得如同坠入冰水中，突临寒冬。

● **Chapter 8**
突兀的告白

1

韩栋是个好男人，但是他的好都给了苗淼。

苗淼想减肥，韩栋想尽办法，搜索减肥健身餐，甚至花了钱来跟小圆警长买菜谱。一看见苗淼，韩栋脸上的表情就变得柔和。现在韩栋又不惜冒着亏本的风险，在总店卖健身餐，说不定也是为了让苗淼更加方便能够买到。

江眉影不知道自己是怎么离开有间面馆的。

她的离开一定突兀极了。但是她不敢再待下去，她怕羡慕的情绪淹没自己，让自己变得面目可憎。她甚至无法嫉妒。

嫉妒是在自己可以企及的时候才会有的情绪，而她不敢企及，只能羡慕苗淼。

感情有先来后到。韩栋跟苗淼认识很久，她比不过韩栋心里得不到的白月光。

一旦无助的时候，她就忍不住联系肖引章。于是在地铁上，她给肖引章打了个电话。

手机听筒里"嘟——"了好久，肖引章才接起了电话。

他声音迷迷糊糊的，似乎正在睡觉被吵醒了。

江眉影愣了好久，不知道该开口说什么。

"嗯？影子？怎么了？"他说完，打了个哈欠。

地铁车厢里，就三四个人，空调温度开得很低，江眉影坐在冰冷的金属座椅上，感觉浑身都冻得颤抖。

"肖医生。"江眉影低声喊道。

肖引章心里油然而生一阵恐慌："怎么了？"

江眉影弯下腰，脑门贴上膝盖，压抑着从喉咙里发出一道犹如哀号的声音，低哑而无助："我……好像喜欢上一个人了。"

肖引章的心沉到了底，再也浮不上来了。

"江门大桥到了，车门在列车行驶方向右边打开，到站的乘客请及时下车，注意安全。"

地铁内，广播毫无存在感地通知着。

江眉影耳朵里只听得见肖引章那从听筒里传来的迟缓的呼吸声，她在等着肖引章给的下一步指示。

什么是对自己好的，什么是自己要远离的，她生怕自己再次走错，于是很认真努力地遵医嘱，甚至于现在，她六神无主的感情，也下意识地寻找肖引章的帮助。

肖引章轻笑一声，声音温和但空洞，明明已经是仲春，江眉影却在温度过低的空调列车厢内，打了个寒噤。

"影子有喜欢的人了，不是好事吗？"肖引章违背自己的心说道。

江眉影抽了抽鼻子，闷闷地说："不好。一点也不好。"

"怎么不好？"

"他很好，很优秀。他喜欢的女孩也很可爱，很招人喜欢。"江眉影的声音微微带上了哭腔。

肖引章安静地听着她内心深处的自卑，他已经很久没有听到过江眉影这么自暴自弃的想法了。她明明恢复得很好，人也变得越来越开朗了。

"可是我什么都不行，什么都不好。他也不喜欢我。我不想喜欢一个不喜欢我的人。"江眉影声音沙哑，脸蹭在膝盖上的裙子上，留下一道水痕。

"我才不要，浪费我的感情在一个，不喜欢我的人身上。"江眉影哽着嗓子，努力地将话说完，又抽了抽鼻子。

肖引章笑了。

地铁"轰隆轰隆"地从地底下轰然钻上了地面轨道，上了高架轻轨。高架外面的夜景豁然开朗，江眉影住的小区就在前方不远处。

江眉影抹了抹眼泪，直起腰来，看到车厢外的城市灯火通明。她呼出一口气，眨了眨眼睛。

睫毛上带着泪，号称防水不晕染的睫毛膏有点粘连，江眉影怀疑自己用了一支假睫毛膏。

肖引章一直没说话，只是沉重的呼吸声昭示着他的存在感。列车又停靠了一站，车厢内其他的乘客都下车了，只上来了一对母子，小孩在车厢内跑了几步，被他母亲一把拉回来，坐到角落开始训斥。

江眉影看着那小孩撇着嘴不高兴的可爱表情，心情似乎已经从煎熬的海底火山钻到了海面一样，平静下来。外面在凝固冷却，内里却仍旧焦灼发烫。

这时，她终于听见了肖引章的声音。

他说："那么，要不要试着将感情寄托在我身上？"

江眉影被吓蒙了，打了个嗝。

她震惊的空隙，肖引章继续说道："我不会让你的感情浪费的。"

话音刚落，"啪"一声，电话就被江眉影挂断了。

肖引章一愣，随即无奈地笑了。

"真的是吓到她了。"他叹息一声。

江眉影捏着手机，浑身直冒冷汗。她一不小心挂断了肖引章的电话，他会不会生气？

可是如果拨回去又太尴尬了，怎么办？

为什么肖医生会突然说这么暧昧的话，这是在告白吗？

被肖引章这一闹，江眉影完全忘记了韩栋的事情了。

更何况，肖引章还发了条微信过来。

"你好好考虑一下吧。"

江眉影垂下头，无力地叹道："考虑什么啊——啊……"

她没有谈过恋爱，因此也没有这种经验。

当一个人失恋的时候，其实是最好的乘虚而入的机会，她不知道这个机会应该把握。但是肖引章有经验，于是他立刻抓住了机会。

只是，似乎效果并不好。

2

江眉影离开后，面馆一度陷入尴尬的气氛。

苗淼望着面馆的大门，轻声问："老板，我是不是说错了什么话了？"

韩栋回答："你没错。"

苗淼想不通："那……怎么好好的，眉影突然就跑走了呢？"

韩栋沉默了半天，才猜测道："或许……是我的错吧？"

他这样猜测，却不知道自己到底错在了哪里。

餐桌上，江眉影那盘金枪鱼套餐还摆着一口没碰，这说明今晚江眉影极有可能一口饭都没吃。

他发了条微信给江眉影，询问她："吃过晚饭了吗？"

没收到回答。

韩栋皱紧了眉，直到打烊都没松开过。

他翻看着江眉影专用的记单本，心情烦躁。他沉迷钻研厨艺，一直都心如止水，很少有心情烦躁的时候。然而认识江眉影之后，这种情绪经常产生，有时候焦躁，有时候坐立不安，有时还令他牵肠挂肚——生怕江眉影没吃东西饿坏身体。

这明明不是他的义务，可是受人之托，他却越来越习惯注视江眉影的一举一动，看到她脸上有一点血色，他心情就好。如果看到江眉影看起来圆润了一点，他可能还会有种老生欣慰的错觉。

回到住所，郑林天洗完澡出来，还看见韩栋坐在沙发上盯着手机愣神。

他疑惑地问："师父，你怎么还不去洗澡，已经快过十二点了呀？"

"哦。"韩栋回过神来，捂了把脸，长叹一口气，拍拍身旁的位子，"阿天，你过来一下。"

郑林天心里毛毛的，韩栋每次说这样的话，都是要开始训话，他瑟缩着不敢过去。

韩栋没说话，抬头轻轻瞥了郑林天一眼，强烈的威压让郑林天硬着头皮坐到了旁边的小沙发上。

"师父……有什么事吗？"

韩栋问："你跟茹茹什么时候在一起的？"

郑林天瞪圆了眼睛："噫！师父你咋知道的！"

"……"这家伙根本没有隐瞒的意思，全天下都知道了也不奇怪吧？

"就愚人节嘛，嘿嘿嘿……"郑林天不好意思地挠着后脑勺笑。

韩栋问："你什么时候喜欢茹茹的？都没看出来？"

郑林天挠挠脸，有些尴尬："其实我也不知道啊。就……莫名其妙的，茹茹不理我的时候，我突然恍然大悟，哦，我可能是喜欢她吧？就这样。"

韩栋垂下眼，对他的解释不置可否。

他原本也没有期望从郑林天这里得到什么有用的信息。

韩栋不知道自己想知道怎么样的答案，他甚至连想要问什么都不知道。

他所不知道的问题和答案，江眉影早已经知道了，并且此时此刻正在烦忧不已。

她从没想过青梅竹马的肖哥哥会对自己有那方面的情愫，她还以为，肖引章只是将自己当成妹妹一样疼爱。

该怎么办？

漆黑的公寓里，江眉影瞪着眼睛盯着天花板，一整夜都没睡着。

次日清晨，她连晨练都没爬起来，四肢无力、气若游丝地起床，顶着遮瑕膏都遮盖不住的浓重黑眼圈，行尸走肉地去上了班。

走廊对面走来一个跟自己一样有气无力的行尸走肉，名曰方可可。

"早上好呀……"方可可驼着背，眯着眼看江眉影，"你怎么了？"

江眉影见她比自己还惨，哭笑不得："我还想问你呢。"

方可可耸耸肩："隔壁公寓开'轰趴'，闹到了四点多，我满世界找电锯去闹场子。"

"所以上演《电锯惊魂》了吗？"

方可可摊手："这不是没过审嘛。"

"噗——"

方可可可怜兮兮地说："一整夜没睡，你呢？"

江眉影转了转眼珠子，抿着唇："春天来了。"

方可可顿时精神抖擞："嗷嗷？春天来了？来来来，跟姐姐讲一讲发生了什么？"

江眉影生活中没有什么朋友，方可可是她在浮城关系最好的一位同性朋友了，她拿不定主意，就将肖引章向她表白的事情跟方可可讲了。

而方可可的关注重点却在于："你暗恋的这个面馆老板……是不是有间面馆那老板？"

"嗯。"

方可可一摆手，笑道："拉倒吧，眉影，人家是三味坊的少东家哎，你还是答应你这位青梅竹马的心理医生吧，人家自己开诊所的哎，肯定有钱，知根知底，多棒。而且心理医生现在很赚钱啊，自由职业，高知青年，完美！"

方可可想的是很现实的问题，江眉影倒没考虑到，她现在丈二和尚摸不着头脑。

猛地摇了摇头，她拍拍自己的脸，振作精神："先不说了，开工吧。"

下班后，江眉影在公司楼下犹豫很久，去坐哪条线的地铁——回家还是去有间面馆?

她犹豫没多久, 一辆黑色奥迪 Q5 停在了她面前, 车窗摇下, 露出肖引章温和儒雅的脸, 戴着副时尚的黑框眼镜, 显得年轻了很多。

"去哪儿?"他问道。

江眉影做了个为难的表情, 挠了挠脸颊, 尴尬地说:"不知道。"

肖引章招呼她上车:"那我带你去看电影吧? 百达新开了一家自助沙拉店, 配菜可以自己加。"

吃草, 江眉影没有丝毫心理负担。肖引章也只字不提昨晚的事情, 她略松一口气, 没有拒绝, 上了车。

"这年头开自助沙拉店, 不怕倒闭啊?"江眉影想不通。

肖引章沉吟片刻, 说道:"这座城市里, 有很多跟你有着一样困扰的人。"

江眉影一愣。

"还有很多的素食主义者, 客户群不少的。"肖引章分析道。

江眉影点点头。

江眉影因为工作关系, 会看很多影视剧来当作样板, 肖引章眼光不错, 挑了一部剪辑特别出色的好莱坞电影, 江眉影看得很尽兴。

只是在沙拉店的时候, 她有些悲从中来。

这个菜量也太少了, 还不如她自己做。而且一份就要四十多大洋, 更别提压根就是全生全素的, 就两片水煮鸡胸肉。味道看起来寡淡不得了, 肯定比不上韩栋做的。

韩栋……

江眉影的脸垮了下来, 愁容满面。

肖引章一直关注着江眉影的神情, 看到她脸上变化的表情, 料想她想到了什么, 轻声问道:"不好吃吗?"

江眉影点点头, 塑料叉子扒拉着那几片可怜的生菜。

"为什么生意还这么好? 说起来我自己做沙拉的手艺比这个好多了, 为什么要花这么多钱来吃别人做的沙拉?"江眉影郁闷道。

肖引章哭笑不得："我的错。"

江眉影点头："嗯。对的。"

肖引章摇了摇头，无奈地笑了。

百达附近有一笔大单子需要外送，店里虽然招了新的员工，但是都不会开车，韩栋只好亲自开着车去送外卖。路过一家顾客盈门的新沙拉店，他下意识地往里看了看，想了解一下这种店的套餐情况。

结果一看店内，菜单和客人餐桌上的沙拉没看见，倒是一眼瞄到了坐在落地窗角落的江眉影……和肖医生。

两人有说有笑，显得特别亲近。

这是韩栋第一次见到两人相处的样子，自然熟稔，动作亲昵暧昧。江眉影的手轻轻拍在肖引章的胳膊上，皱着眉苦笑着什么，肖引章脸上的微笑温和包容，眼里带着满满的关注和笑意——这绝对不是什么单纯的眼神。

韩栋收回视线，强压下心底的不悦，往停车场走去。

她从没有这样对自己笑过，更别提跟自己有这么亲昵的动作了。

这一刻，韩栋承认，他嫉妒了。

3

晚上九点整，吃宵夜的食客不过三两个，还有一个来给苗淼买夜宵的方来阳。

韩栋靠在柜台旁，袖子挽到手肘，半抬着头，一手拿电视遥控器换台。

今天傍晚看见的场景让韩栋一整个晚上都不愉快，提不起兴致工作。

大学城的分店因为店员都是兼职的学生，八点钟就停止营业了，郑林天已经来到了店里帮忙，黄茹茹晚上要开班会，没来。

方来阳跟一尊大佛一样，双手环胸，阴沉着脸站在跟韩栋对立的另一头墙边，他的角度可以看见厨房门口摆着的那几口煮卤味的锅。郑林天正低着头在给他点的东西装盒。

"最近生意很不错？"方来阳百无聊赖地问。

韩栋点头："嗯。"

对方毫不配合的回答让空气沉默了五秒。

意识到气氛尴尬，韩栋侧过头瞥了他一眼，补充道："苗淼没跟你抱怨过自己要减肥？"

他很奇怪，苗淼整天叫嚣着太胖了要减肥，怎么身为恋人的方来阳还三不五时地买夜宵去投喂，居心何在？

方来阳点头，说道："这个点，她就喊饿。"

言下之意是不忍心饿着她。

韩栋"哦"了一声，抬头继续看电视，心说苗淼有方来阳这样的男友大概一辈子都不可能减肥了。

电视切到了一个最近开播的当红综艺节目，韩栋也忘记是从哪里了解到的，这个节目是电视台外包给江眉影所在的影视制作公司来制作的，说不定这期节目的后期剪辑就是江眉影。

韩栋对这节目突然产生了点兴趣，将遥控器放到了一边。

方来阳吐槽："没想到你喜欢看这种无聊的节目。"

韩栋瞥了他一眼："你不看？"韩栋自己的确是不看的，但是也不知道为什么，跟江眉影有点关系的，他现在都有兴趣。

像个小偷一样，在生活的方方面面，旁敲侧击地去了解她的一切，也不知道为了什么。

方来阳也心虚了，他当然看，陪着苗淼。

过会儿带着夜宵上楼去找苗淼，肯定又要被苗淼拉一起看了。

"不看。"方来阳挺直了腰杆，理直气壮地撒谎。

"哦。"韩栋对他的生活不感兴趣，收回视线，专心致志地看节目。

方来阳直觉韩栋有什么地方变得不一样了，但是他跟韩栋不熟，也说不出个所以然来。

郑林天将打包好的夜宵递给方来阳，说道："方先生，给，我放了很多汤汁，喵姐肯定会喜欢的。"

"嗯。"方来阳接过夜宵。

转身离开的瞬间，他突然想明白了韩栋有哪个地方不一样了。

以往，只要是苗淼的单子，韩栋都会亲自去料理，开小灶。这也是方来阳一直觉得很闹心的地方，自己的恋人哪里需要别人特殊照顾了。

可是这一次，韩栋却没心思自己亲自料理，而是交给了刚赶回来、风尘仆仆的郑林天。他显得心不在焉。

方来阳的好奇心也转瞬即逝，付了钱就离开了。

郑林天凑过来问韩栋："师父，怎么今天让我来做啊？那是喵姐的单子哎。"

韩栋看了他一眼，问："为什么苗淼的单子你不能做？"

郑林天一愣，支支吾吾半天说不出话来。他想说，原本就一直是韩栋自己给苗淼开小灶，可是这样一说又显得自己不尊重师父，还给失恋的韩栋扎心。

韩栋收回视线："没什么事你就去整理厨房。"

郑林天撇嘴："师父你心情不好啊？"

"没。"

郑林天凑到韩栋身边，小声问："师父，今天江小姐没来吗？"

韩栋无语地瞥了他一眼。

郑林天完美地诠释了什么叫哪壶不开提哪壶。

今天一整天，江眉影都没有出现。韩栋给她发信息也没回，他心里有些焦躁，而出门送个外卖就碰到了她跟那个皮笑肉不笑自己并不喜欢的肖医生有说有笑地约会。

她不忙，甚至有闲心跟别人约会，但是不回复自己的信息。

从昨天江眉影突然离开面馆开始，她就失联了一般，他原本还等着今天江眉影来店里，他好好询问一下她为什么突然离开的？

现在好了，人没出现，消息也不回。

韩栋心情糟糕极了。

他阴沉下来的脸，让郑林天胆战心惊，郑林天急忙喊道："我……我回厨房整理整理！"说完，他忙不迭地就跑走了。

韩栋重新抬头看向电视。

这节目剪辑得挺有意思的，韩栋不怎么看综艺，有些流行的梗他不是很懂，但是因为剪辑得巧妙，他看着也觉得有趣。节目不一会儿就接近了尾声，演职员表飞快地滑出来。

韩栋良好的动态视力，瞬间就抓住了后期工作人员的名单。

剪辑：江眉影……

果然是她剪辑的。

"买单！"店里最后一桌客人喊道。

韩栋喊："阿天。"

"来了！"郑林天慌张地跑出来，在围裙上抹了把手上的清水。

韩栋把单子扔过去，郑林天抬手接住，瞥了眼已经算好账的单子。

"一共五十三元，抹个零头，收您五十就好，现金还是支付宝？微信也行。"

客人离开后，韩栋叫住郑林天，抬了抬下巴示意他看还在放下期预告的那个节目："我们家电视有这个节目吗？"

郑林天一愣，随即反应过来："家里的宽带电视跟这台是一个系统的，这台有，那台也有。师父你找找？"

韩栋点点头。

"师父，打烊吗？"郑林天问。

"嗯，应该没客人了。"韩栋抬头看着电视，压根不回一个眼神。

郑林天原本的意思是，是不是要一起打扫卫生，要知道今天兼职的三个员工都提前离开了。师父这意思莫不是要他一个人打扫卫生？

韩栋还真是这个意思。

"你打扫干净，我结账。"

4

"想好了吗？"

肖引章这样问。

车里的空间很逼仄，昏黄的路灯下，小区里偶尔蹿过的野猫身姿矫健。江眉影靠在椅背上，双手交错放在膝盖上，低着头，呼吸迟缓。

该怎么回答？

这次不是可以回避的手机消息，可是就算是当面问，江眉影也不知道该如何回答。

她从没考虑过跟肖引章的可能性。

肖引章的脸藏在光线照不到的阴暗中，他侧过脸，侧脸渐渐露在路灯光照下，江眉影抬眼看他。

肖引章脸上的表情一如既往的温和、包容，江眉影最信任的就是这种包容。

"没想好也没关系，回答的期限很久。"

江眉影问："有多久？"

肖引章想了想："不知道，很久很久。"

江眉影垂下头没说话。

肖引章轻叹一声，摸了摸她的头发。

肖引章问："就那么喜欢他吗？"

江眉影喉咙一哽，委屈地说："我不知道。"

"有多喜欢，我不知道。我也没喜欢过别人啊。"江眉影弯下腰，脑袋靠在出风口上，轻声说，"可是我觉得我应该是喜欢他的。"

喜欢这种事情，特别玄妙。肖引章没有问那个俗套的问题："为什么要喜欢他？"

他轻笑一声，作为追求者反倒好心地提议："不去旁敲侧击一下，他是不是喜欢你？"

"他有喜欢的人了。"江眉影直起腰，仰着脑袋叹了一声气，"虽然那个女生已经有男朋友了。"

"那你就有机会了啊。"

江眉影不自信了："我跟他喜欢的那女生的类型差太多了，不行的。"

"你不试一下，怎么知道自己不行？"肖引章都要给自己发大红花了。

他居然在鼓励自己喜欢的姑娘去勇敢追求一下别的男人，他觉得自己真的像个圣人一样，佛光普照了。

江眉影看向肖引章，眨了眨眼，忍不住笑了："肖医生，你是不是傻？"

肖引章无奈地感叹："可能是真傻吧。"

江眉影无声地笑。

"看到你这样不自信，都不去努力一把，我就替你不甘心。"肖引章说道，"你看，明知道不可能，不还是想跟你告白了吗？"

江眉影红了耳根："别把告白什么的总挂在嘴边……"

"嗯。那么，给自己一个机会吧。"

江眉影没说话。

"给自己一个机会，如果成功了，那最好不过；没成功的话，也不亏。"肖引章想了想，补充道，"总之，我一直在这里。"

江眉影愣了许久，才点点头："我做不到去跟他表白……"

"但是，我不会逃避这段感情，这样可以吗？"江眉影小心地问，"我尽力。"

"很好。"肖引章点点头，轻轻拍她的脑袋，"只要踏出这一步，你的感情会有回应的。"

他跟韩栋接触不多，仅限于第一次见面，以及后来偶尔的信息联系，聊的内容都是关于江眉影的。肖引章是江眉影的心理医生，还是青梅竹马的邻家哥哥，关心江眉影不为过。

可是他跟韩栋接触下来，发现韩栋对江眉影的关心和负责甚至要超过自己了，这让他很疑惑，又充满了危机感。

敏锐的感知告诉肖引章，韩栋对江眉影绝对不是普通的厨师对待食客的感情。

他不忍心让江眉影难过。既然自己给不了江眉影幸福，那么他就做她坚强的后盾。

经过肖引章的鼓励，江眉影下定了决心，要保持原先的心情和节奏，继续去有间面馆吃饭。

带着壮志满满的心情回到家里，江眉影打开了电视。

她上周紧急剪辑的那期综艺正好播放到了最后。这期节目因为正好贴合目前国家的时政和政策，于是被放到了这周放映，算是做个正面宣传。江眉影剪辑的时候，为了保证趣味又不缺少教育意义，下了很大的苦工。生怕太重视教育宣传，而导致节目失去了趣味性。

她没看到完整的节目，就打电话问方可可看了没。

方可可从来不落下有自己参与制作的任何一期节目，此时此刻正嚼着苹果，瘫在沙发上看电视。

"看了呀，效果很不错呢，我刷了一下微博，热度第一了，棒棒哟。"方可可说完，又咬了口苹果。

江眉影看到演职员表里，剪辑一栏自己的名字，以及后面后期制作里方可可的名字，心里的成就感不言而喻。

"看到自己的名字真有成就感。"江眉影自豪地说，"无论多少次。"

方可可把苹果核扔到垃圾桶，嘲笑她："少说也做过十几个节目了，还这么愣头儿青啊。我们这种后期也就是给人做嫁衣，跟无名英雄一样，顾影自怜啦。"

江眉影觉得无名英雄也没什么不好的，她空有一张好看的脸，性格却一点都适合上台面。当初艺考的时候，老师一直劝她考表演系，她因为实在太怕生，显得很不自信，最后没办法了才选择的编导系。

她对现在在幕后创作的工作特别满意。

"做得好了也能很成功，也有属于自己的荣誉啊！没有我们，哪里会有这么优秀的节目？"江眉影说道。

对方可可来说，这不过就是一份工作，没有江眉影这么高昂的荣誉感，但是受到她感染，方可可也觉得心情不错。

"好啦好啦，小妹妹，你这是刚参加工作没两年，做的节目还是不够多。

等以后就会发现，其实到处都一样啦。"方可可说道，"不过，如果做得出色了，以后有机会，可以去做电影哦。那才是我们最大的愿望吧。"

江眉影当然希望去做电影。

"要怎么才能实现？"

"唔……不知道，但是至少得先把手头工作做到最好吧。做到了极致，以后无论什么工作，都有这种匠心，总会有机会的。"方可可难得说了句有用的话。

江眉影瞪大了眼睛，脑袋里面第一个浮现出来的却是韩栋的脸。

将工作做到极致，一言一行都充满匠心的人，她只想到韩栋。

从拥有百年企业文化的老字号出来的顶层人物，韩栋整个人就是极致的代名词，像件艺术品一样。

江眉影轻声对方可可说："嗯，我会努力的。"

"别努力了，累都累死了。"方可可歪着脑袋，对手机那头的江眉影打击道，"睡啦睡啦，明天还得加班。"

江眉影被她的没精打采逗笑了。

挂了电话，江眉影精神奕奕的。

肖引章告诉她，要去试一试。

方可可告诉她，要做到极致。

无论是爱情还是工作，江眉影都决定了，需要沉下心来，放手一搏。

5

这样加油鼓劲，让江眉影洗完澡前的这一段时间，都心情很好，甚至哼着歌洗完了澡。

等出了浴室，江眉影还收到了韩栋发来的信息。

这两天韩栋发的信息，江眉影都选择性的无视，不敢回复。

这一次，江眉影却打开来看了。

"《逃出无人岛》很有趣。"

简短的几个字，却让江眉影雀跃不已，比其他任何人的褒奖的分量都要重。

她将这条短信复制后，发到了微博上。

"当"一声，韩栋的特别关注组有更新。

韩栋打开手机一瞧。

小圆警长："《逃出无人岛》很有趣。"

他轻笑一声，默默地点了个赞。

电视上，一位以颜值蹿红的小鲜肉"鬼啊啊啊"尖叫着在深夜的沙滩上狂奔，身后几个工作人员扮演的鬼魂披着白色的布快速地逼近。一行人直往嘉宾们驻扎的营地跑去。

韩栋"扑哧"一声笑了出来。

郑林天已经被韩栋拉着连看了两集了，忙活了一天，眼睛都睁不开了，被韩栋这一声笑醒了，迷迷糊糊地问道："这帮明星还没出岛？比上一期来的还笨啊？"

韩栋说："这一集刚开始。"

"啊……饶了我吧师父，连看三集了！"郑林天哀号。

Chefcap："是很有趣，剪辑得很棒。"

被点了赞之后，江眉影又发现了这条评论。

江眉影抿着唇，又羞涩又甜蜜地笑了，不知道出于什么心理，她还截了图。

她翻着韩栋这两天发来的信息、微信，躺在床上翻来覆去的。

突然，屏幕上推送出一条信息，她不小心点了进去。

江眉影脸上的笑瞬间消失。

坠入冰谷。

"高中红包群"，这是这个微信群的名字。

何年何月何日被拉入这个群，已经不可考了。江眉影在被拉入的同时就选择了屏蔽。

此时此刻不小心点了进去，看到了推送出这条群消息的罪魁祸首。

解和金："神女也回浮城工作了，没人顺便喊一下她吗？@江眉影。"

江眉影脸上好不容易养回来的血色，全部消失，变得惨白。

全身战栗着，她颤着手指往上翻聊天记录。

一周前的聊天记录。

我是班长："5 月 28 日是端午假第一天，大家有空吗？同学会来一发。"

"好呀好呀。"

"附议，在浮城的都可以来参加！"

一连拉下去几十条。

一直到有个人提起了她。

"听说江眉影回浮城工作了。"

"她做什么工作啊？"

"不知道，在影视公司工作吧，总不至于当明星吧？"

"就她那样？还当明星？哈哈哈哈……"

解和金："神女也回浮城工作了，没人顺便喊一下她吗？ @江眉影。"

回到这条消息。

江眉影垂下眼。

短短几分钟，这条信息下面已经多了很多回应了。

"可以啊，高考后就没见过她了。"

江眉影在高中时候，关系好一点的朋友白鹦提出了不一样的议论："还是别了吧……"

"都是同学，有什么不能来的？"

……

江眉影将手机扔到了枕头底下，死死盖住。

她木着脸，如果可以，她想把过去所有的阴影都用枕头盖住，一辈子也不放出来。

● Chapter 9
同学会

1

江眉影整颗心都仿佛在冰水里浸泡着，又如同在火上烤一样焦灼。

她要怎么回答？

被人特地 @ 了，她像是被人摁着脑袋逼着看见了这条信息，还要装作不知道吗？

江眉影抱着双膝坐在床上发呆。

脑袋里面一遍一遍地回忆着高中的场景，那种让人几乎喘不过气的黑色的画面。

充满恶意和恶作剧的声音充斥整个脑子。

"哈哈哈哈，就你这模样，校草会喜欢你？"

"神女的一只杯子八万块哦！"

"你真恶心！"

……

江眉影深深呼吸一口气，感觉心脏因为窒息而开始发疼。

手机在枕头底下响了起来。

江眉影耷拉着脸，迟疑了许久才爬起来，盯着在床上振动唱歌的手机半响，小心地伸出手，将手机捡了起来。

屏幕上跳动着"白鹦"两个字。

这是高中毕业以来，她唯一还在联系的高中同学。

高中的时候，白鹦跟她完全就是两个世界的人。白鹦成绩好，是排全年级前十的学神，后来直接考入了全国 TOP3 的学校。她长得也漂亮，性格开朗，虽然看着有点高冷，但是跟熟悉的人，就变得很话痨有趣。

而江眉影呢？

成绩中等，毫不起眼，那时候的她还一身横肉，所谓的身高一米六，体重一百六的典型。看着让人油腻反胃，胆怯不自信，却特别爱面子。

她们两人为什么会成为朋友？

江眉影想，大概是因为白鹦人善良吧。

她接起电话，生涩的声音，带着沙哑："喂……你好。"

"江眉影？"白鹦的声音干净清脆，顿了顿，小心翼翼地问，"是……眉影吗？"

江眉影喉咙一哽，轻声应了："嗯。"

她跟白鹦偶尔会有联系，从首都调回浮城前，她在微信上跟白鹦联系过，白鹦也知道她的手机号。

白鹦似乎很仔细地斟酌着用词，小声地问："你……看到群里聊天记录了吗？"

喉咙的艰涩让江眉影说不出话来，她只是轻声应道："嗯。"

白鹦问："那……你怎么想？要来吗？"

要不要去？

江眉影心里当然是不想去的。

可是她骨子里的自尊又不容许她退缩，她逃避了五年，总想让过去的人后悔，得到惩罚。可是她又自顾不暇，从没付出行动过。

现在是一次机会，可是江眉影却又很害怕。

"如果你不想来，没事的。"白鹦生怕江眉影为难，忙说道，"不要太纠结，不想来就不来。有时间我们俩一起聚一聚啊，聊聊现在过得怎么样。"

白鹦还是这么善解人意，江眉影心下暖暖的，笑道："嗯，好的。不过……"

她停顿了很久，白鹦耐心地等待她的回答，心里越来越紧张。

"我想……去看看。"江眉影的声音像是从空中落到了地面一样，语气变得坚定了起来。

白鹦愣住了，一下子还没反应过来。

"我想去看看。白鹦……虽然我很害怕、很恐慌，可我还是想去看看，我和过去的自己是不是已经不一样……"她颤声说道。

白鹦被震住了，问道："真的可以吗？"

江眉影心里没底："我不知道……但是如果不行的话，我可以提前离开。你会帮我的吧？"

"嗯！"白鹦拔高了声音，坚定地说，"放心，我会帮你解围的，还有阿军在呢，他那体格，谁敢惹？如果你想走，他们不放你走，我让阿军护着你！"

江眉影忍不住笑了。

阿军是白鹦的男闺蜜，长着一张可爱的娃娃脸，但是高中毕业后去当了兵，现在练得高大健硕，简直就像是个金刚。

江眉影跟阿军不熟，因为白鹦的关系，两人的关系也算友好。白鹦去年大学一毕业就结婚了，阿军还是伴郎，江眉影在北京调理身体，没有去参加婚礼，一直挺愧疚的。

"那么，到时候见吧。"白鹦说道。

"嗯。到时候见。"

心情复杂而沉重地挂掉电话，江眉影做了许久的思想斗争。

重新打开微信群，同学们已经聊好了聚会地址。

话题已经不再涉及她了。

江眉影深吸一口气，开始打字。

江眉影："我会去的。"

一石激起千层浪，群里顿时像煮沸了的水炸开了锅。

"什么？"

"！！！"

"真的假的？"

……

江眉影知道这帮同学会是这样的反应，她将微信关掉，眼不见为净。

瞅一瞅时间，已经接近凌晨了。真是一群夜猫子……

料想作息规律的肖引章已经休息了，江眉影没再打电话给他。

明天吧。

不跟肖医生商量一下，她总觉得心里不踏实。

2

第二天一早，江眉影到了办公室，后天就放假了，积攒下来的工作还很多。

方可可已经快陷入疯魔了，蓬头垢面地盯着江眉影妆容精致的脸，一脸尖酸刻薄地说："小妖精，你居然还有时间化妆！"

江眉影笑了笑："我早上六点就起床跑步了，化妆不过十几分钟的事情。"

多年的化妆技巧磨炼下来，一套完整精致的工作妆，十几分钟足够了。

方可可捶胸顿足："你为什么要这么有精神，生活这么规律！你知不知道这样我会很自卑！"

江眉影说了句扎心的话："你可以试试看每天晨练啊。早上提前一个小时起床，跑半个小时，然后洗澡，一整天都会很精神的。皮肤也会变好，人也变得健康了，坚持一个月，就会发现像是换了一个人一样了。"

江眉影读的艺术类专业，身边多的是面容姣好、身材又好的女生。隔壁寝室是表演系的，四个女生为了保持身材，都特别克己，每天早上起床跑步。江眉影寝室跟隔壁寝室关系好，也一起被感化了被拉去跑步。结果最后，她们寝室是整个编导系里颜值最高的，江眉影其中一个室友甚至还去当了演员。

江眉影对于坚持锻炼这件事情，特别重视，也很感激自己能有这样的良好习惯。

因此她总是劝说方可可也去锻炼。

方可可颓得很，根本不想起那么早，捏了捏肚子上的赘肉，她心很大地摆摆手："再说再说，干活吧。唉，我感觉自己最近视力下降了，是不是得多买几盆仙人掌防辐射了？"

"……视力下降跟仙人掌没关系吧？"江眉影吐槽。

中午休息时间，江眉影吃完吐司，方可可去储藏室睡午觉了，江眉影窝在工作室里给肖引章打电话。

江眉影将要参加同学会的事情跟肖引章描述了一遍，末了很迟疑地问："我这样决定……是不是不好？"

肖引章的声音带着略夸张的感动，他笑道："不，怎么会不好！"

江眉影一愣。

"影子！你很勇敢！"肖引章夸奖道。

江眉影被肖引章夸得不好意思，羞涩地说："没什么啦……只是我想到了肖医生你说的，要尝试着多去接触过去，不然一辈子都走不出来。"

"嗯。"

"我觉得我现在已经很好了，所以我要尝试着接受过去，让心理更强大一点。"江眉影说着，语气平淡却充满能量。

肖引章声音温和地说："你已经很强大了。"

江眉影静静地听着。

"影子，你是我见过，最坚强的人了。"肖引章轻声说道。

他的声音仿佛带着言灵的力量，充满了鼓舞的力度，让江眉影的心一点一点地充满勇气。

江眉影握着手机，掌心里沁出汗来，声音里带着坚定："嗯。我会勇敢的。"

下了班，江眉影依照昨天的想法，去了有间面馆。

最近大学城都在期中考试，店里兼职的小姑娘总是缺一两个，人手不够，韩栋自己都出来收拾餐桌了。

看见江眉影进门，他愣了好一会儿，才如释重负一般，勾了勾嘴角，说道："来了？"

就仿佛两人做了什么无言的约定一样，一个眼神就确定了对方的想法。

之前江眉影突然离开的尴尬似乎在几天后就不复存在。

江眉影鼻腔里发出一声轻笑，垂眼微笑："嗯。金枪鱼的健身套餐，还有吗？"

"有。"韩栋将餐桌收好，刚好腾出来一个位置，他轻轻拍了拍刚收拾干净的桌子，"坐这里吧？"

江眉影点点头，坐到了那位置上。

江眉影今天没怎么加班，因此到有间面馆的时候也不过七点多，食客还有不少。不过在她之后，没什么人再进来了。

店里唯一的一个兼职的小姑娘忙着结账收钱，看到眼熟的江眉影，急忙礼貌地笑笑，问道："太忙了招待不周，请问你要茶水吗？"

以往黄茹茹在的时候，都会先上一杯大麦茶的。

江眉影见小姑娘忙得额头都沁出了汗，摇了摇头，轻声说道："不用了，你快去忙吧。"

小姑娘感激地笑了笑，急忙招待其他食客去了。

这个小姑娘大概是刚进入大学，第一次兼职，老练程度和黄茹茹差了很多。

韩栋把套餐端上来了，顺手从胸口口袋里抽出记单本，在靠中间的那一页上打了钩，下一行写上了两个字"结果"。

一般韩栋都会观察江眉影剩菜剩饭的情况，来判断她进食是否有进步，然后做记录。

最开始可能是因为责任感，还为了可以给肖引章汇报近况。可是现在肖引章很久没有来询问江眉影的情况了，他做江眉影的饮食记录却已经成了习惯。并且，有记载得越来越详细的趋势。

江眉影一手托着腮，好奇地问："韩栋，你手上那个本子，是记单子用的吗？"

韩栋把本子合上，举起正面给江眉影看："这个？是的。"

江眉影问道："哎……是不是你们店员人手一本啊，总不至于你一个人记单子吧？这本看起来用了很久了啊，店里生意这么好，应该很快就用光了吧。"

她问的问题让韩栋无法回答。

总不能告诉她，这本是她专用的记单本吧。

韩栋点点头："是人手一本，我记得不多。"

回答完后，韩栋心下还庆幸，江眉影没有心血来潮突然要求看内容。

江眉影没有那么重的好奇心，随口问了一句就收住了话题。

韩栋见店里已经没有新客人了，就坐到了她旁边的一桌空位上，侧对着她，随意地问道："今天下班比较早？"

江眉影点点头："嗯，今天工作效率高，端午放假前也没心情加班了，就盼着放完假再说。"

餐盘里的酱料碟里放了小半块青柠，江眉影有些意外，没想到韩栋还记得自己说的话。她心下微动，嘴角忍不住上扬，急忙将青柠汁挤到煮熟的金枪鱼肉和蔬菜上。套餐里搭配了鸡蛋玉米沙拉，江眉影尝了一口。

"好吃。"她赞道。

韩栋发现江眉影吃到食物的时候，脸上的表情越来越丰富了。

他很想问，为什么前天突然走掉，可是又怕自己太唐突。他不是江眉影的亲人，也不是什么关系特别好的朋友。万一江眉影是有什么私人的事情，他问出口，显得很没有礼貌。

韩栋一迟疑，就再也开不了口了。

3

韩栋问江眉影："端午小长假，有什么计划吗？"

"计划？"江眉影把叉子放到一边，苦恼地想了想，"没有，上次清明和五一放假，我还连加了两天的班。在浮城也没有什么亲人朋友的，没有什么出行计划。"

她看了眼韩栋，明知故问："你呢，要开店吧？"

出人意料的是，韩栋居然摇了摇头："不开，29号那天营业一天，然后休店两天。阿天工作也很辛苦，打算休假。"

"你们这样会损失很多生意的。"江眉影很惋惜。

"不差这两天。"韩栋看着她，"你看起来比我还在意店里的生意？"

江眉影急忙扯了扯嘴角，轻声笑道："我知道你不差钱，就觉得你们开店也挺任性的。"

江眉影实在不会伪装，她脸上的表情很僵硬，明显是在强颜欢笑，一看就对韩栋要休店表示很难过。

韩栋面上不显，却很受用她对自己厨艺的依赖，于是说道："29号那天你可以来。之后两天，如果你真的想吃我做的菜的话，可以给我打电话，我可以送过来，也可以直接来我家找我。"

江眉影急忙拒绝："不不不，我为什么要为了吃个东西，跑你家去？"她耳朵有些发红。

韩栋这才反应过来，江眉影不知道，自己早就知道她的病症了。他是认真在替江眉影考虑，却显得自己的提议很奇怪。

各怀心思的俩人，顿时尴尬地面面相觑，沉默不语。

江眉影吃了两口鱼肉，突然想到一件事，对韩栋说道："后天，也就是29号那天，我也来不了。"

韩栋表情不变，看着她的眼神里却带着好奇。

她解释道："我要去参加同学会。"

"同学会！"一个人突然大声惊呼道，伴随着门上风铃"丁零零零"杂乱无章的响声。

江眉影被惊到了，缩着肩膀回头，看到郑林天嬉皮笑脸地靠在一旁的桌子上。

他瞪大了眼睛，好奇地问："哎，江小姐，你要开同学会？你不是说你是因为工作关系，从首都调过来的吗？怎么在浮城开同学会啦？"

江眉影跟黄茹茹和郑林天聊天的时候，聊到过自己来浮城的原因。

江眉影眨了眨眼睛："咦……我没说过吗？"说完，她才意识到自己真没提到过自己的老家。

韩栋和郑林天疑惑地看着她。

"我的老家，就是浮城啊。"

郑林天说："哎？你没说过啊！你是浮城人？"

江眉影点点头，看到他惊讶的表情。

"我从小在浮城长大的，不过，高考后……"江眉影脸上的淡笑渐渐收敛，生硬地抿着嘴角表示自己仍旧在笑，韩栋看到她的表情，眸色渐深。

"那之后，我们家搬到首都去了，就没回过浮城。要不是因为工作调动，我可能也不会回来。"江眉影垂下脸吃饭，掩饰自己波动的情绪。

郑林天还咋咋呼呼地询问江眉影参加的什么同学会，在哪里读的小学、初中、高中，想蹭个学弟当当。

韩栋打断了他的话。

"为什么不回浮城了？"韩栋问她，"浮城不是挺好的吗？"

他喜欢这座城市，虽然是一线城市，却没有其他城市生活步调那么快，风景好，文化底蕴也好，在全国都名列前茅。更重要的是，这座城市包容，接纳一切异乡客，让他们能安稳地留下来，包括韩栋自己。

韩栋直觉，江眉影离开浮城的理由跟她的病有关系，他急切地想知道原因，又生怕揭开她的疮疤让她疼痛。

他随口询问，却希望可以从中窥探一二。

江眉影觉得自己已经吃不下了，蔬菜剩了三分之一，鱼肉只动了两筷子，倒是鸡蛋玉米沙拉，因为味道实在不错，她吃了一大半。

放下叉子，江眉影抬眼，与韩栋对视。面对自己喜欢的人，心里总是紧张的，心脏在怦怦直跳，她不愿意对着他撒谎。

她笑了笑，说道："因为这座城市，没有值得我留恋的。我的家人和朋友都在首都。"

这是实话，她没有撒谎。

江眉影讲得理直气壮，心里却一阵阵钝痛。

不留恋故乡，只有一个原因——

被自己的故乡伤害太深。

她不知道韩栋能不能理解这个原因。

韩栋看着江眉影黑色的眼瞳中，流露出深沉的流光，闪动着的却是死寂。

江眉影从包里找出零钱包，对郑林天说："我是东初毕业的。好了，买单。"

郑林天一怔，随即吼道："学姐！我也是东初毕业的啊！学姐！我们差三届啊！"

韩栋还在深思江眉影那话里的意思，就被郑林天一嗓子给吼回了神。他压低声音，低声指责："小声点，还有别的客人在！"

郑林天急忙压低声音，轻声继续跟江眉影攀亲戚："学姐，那你高中在哪儿念的呢？"

江眉影一挑眉，心渐渐沉了下去。

她不知道该不该告诉郑林天。她怕告诉郑林天，他会因为好奇，去所有关于她高中的论坛、贴吧，搜索关于她的事迹。

一个人来到了这个世界，有关于他的一切，都有迹可寻。只要他有名字。

江眉影把钱塞到郑林天手里，正想找个理由开脱，就听到韩栋对郑林天责备道："让你买单你开什么小差？"

韩栋的声音无比严厉，之前江眉影从没听到过，郑林天似乎很习惯，但是也很忙得慌，听话地接过江眉影的钱去柜台找零。

将零钱还给江眉影，郑林天还显得很遗憾："下次找个没师父的地方，我们好好聊聊嘛。"

江眉影无奈地笑了笑："好。"

她离开后，郑林天委屈地对韩栋抱怨："为什么不让我问清楚？江小姐那么神秘，突然发现我们原来是有缘分的，多么奇妙，多么有缘分！"

"有缘分"这个词，让韩栋听着就分外刺耳。"有缘分"，怎么着都不应该是跟郑林天。

应该是跟他……

"咳——"韩栋斜了他一眼,严肃地说,"都是浮城人,是校友的概率太高了,不算什么有缘。再说,你是有女朋友的人。"

"师父你说什么呢!"郑林天瞪圆了眼睛,觉得自己的品格受到了质疑,"我只是觉得江小姐可能是学姐,想套个近乎而已!还不是为了你吗?!"

韩栋一愣:"什么为了我?"

郑林天指着韩栋胸口塞着的记单本,不高兴地说:"你现在对江小姐的特殊待遇,对她还特别关心,还因为她去看以前从来也不看的综艺节目。我以前看综艺节目,你还要骂我不务正业的!你说,你对江小姐是什么想法!"

被郑林天质问,韩栋第一次发现自己无法辩驳。

他无从辩解。

他原本可以解释的。比如,因为江眉影有厌食症;因为江眉影跟自己有很多的缘分;还有,因为江眉影值得他的特殊对待。

韩栋思及此,不敢再深想下去了。

为什么值得,哪里值得?

因为同情,还是因为责任?

韩栋摇摇头,冲郑林天摆手:"你去整理厨房吧,今天也早点打烊。"

一般情况下,韩栋是不提前打烊的。但是最近兼职员工忙着考试,店里实在没人手,忙不过来。幸好因为要放假了,高新商务区外来人口多,很多人提前回了老家,食客不至于过分饱和。

于是韩栋决定提前半小时打烊。

郑林天觉得师父越来越口是心非,咕哝了一句"莫名其妙"。他不情不愿地进了厨房,张罗着打烊的事。

4

过去其实没什么见不得人的。

江眉影一直对自己这样说。

不是她的错，错的是别人。

可是整个高中生涯中，最懦弱无力的自己，却也被指责成了原罪。

她怕别人发现自己最狼狈的过去，更怕韩栋发现网络上，关于自己那带有误导性的传闻。

韩栋本来就不喜欢她，要是他了解到她的过去，听信了网上的传言，厌恶她怎么办？

"我好不容易才喜欢上一个人，我不需要回报，我只需要看着他就好。"

江眉影在知乎上用这句话回答了一个问题，问题是"我喜欢上一个人，但是对方不喜欢我怎么办"。

知乎上每天有几百上千条类似的问题。江眉影随便挑了一个，回答了。

她的知乎名是"school police"，校园警察。

她的微博名小圆警长，其实也谐音于此。

她在知乎上，回答最多的就是关于校园暴力的问题。

江眉影人生的两个目标：治好厌食症、给电影做幕后。

她还有两个梦想：第一个，让过去伤害过她的人向她道歉；第二个，希望这个社会上能有校园警察，专门抓校园暴力。这两者到底哪个更难，她也不明白。

她想，她好不容易才能从努力爱惜自己，成长成会爱上别人的人，就不奢求对方也喜欢她了。

她在成为更好的人之前，也不想要让韩栋知道她的过去。

万一连朋友都做不成，她就真的该后悔死了。

端午小长假的第一天，江眉影起了个大早，换上运动服去晨跑。

放假的第一天早晨，小区里较以往更加的安静，江眉影抛去杂念，静心跑步。

耳机里仍旧是摇滚乐，她的步调也与往常一致。

可是心里却藏了心事。

回到公寓，洗完澡，江眉影素着脸对着镜子发呆。

同学会从中午开始一直持续到晚上。

按照班长的安排，上午到方山集合，然后登山到半山腰烧烤吃午饭，下午就一直登到山顶，在山上的五星级酒店吃晚饭。

这一顿五星级酒店的晚饭，是谢和金提议的，他家是方山山顶的度假酒店，方山别苑的股东之一。一开始他提议自己请客，但是同学们都不好意思，于是他就说给打个折，然后从班费里出。

江眉影不喜欢谢和金这个人。

高中的时候，谢和金就因为家庭条件好，为人特别高调。那个时候 iPhone 刚上市，智能手机和 Wi-Fi 都是新鲜事物，他就第一个买了，班里的人整天都在跟他借手机玩游戏。

他很快就换了一部 iPhone4，然后用施舍般的语气对同学们说，那部 iPhone3 就留给大家借着玩好了。

江眉影当时只有一部最普通的诺基亚，有照相功能，这还是跟父母千求万求讨来的。为此，她母亲还责备了很久，说她不好好读书，想着玩手机。

江眉影本身性格就比较内向，为人也低调。她从没有跟任何人讲过，自己家里条件如何优渥，她低调避事的性格却被人当成了自卑怯懦，最后她强烈的自尊，却导致了更深的灾难。

再次要见到那群让她人生深陷泥淖的人，江眉影很忐忑。

化完妆，江眉影看了看自己的头发。齐耳短发长长了不少，她用卷发器给自己烫了个梨花头，褐色的梨花头显得很俏皮，今年的时尚杂志也流行这发型的模特。

内心的忐忑不安，得靠外表去努力掩饰。

她花了半个小时才挑好服装，每一件配饰都是国际大牌，又很休闲，适合登山。每天都在晨跑，她的体能很不错，但因为轻度厌食症的关系，体形过瘦而已。

江眉影想，今天自己应该不会出糗了。

心里是这样想的，可是等坐上出租车，她又紧张了。

快到方山的时候，白鹦给她打了个电话："眉影，你到哪里了，我和阿军已经到了。"

江眉影一探头，前方就是方山那四四方方的山顶，她回道："马上就到了，你们在那儿等一下我。"

"好的，就在卖纪念品那家店，我看到很多同学已经到了。"白鹦说着，声音有些嘈杂，似乎又跟阿军在对话，"哎，那个是不是班长？"

江眉影一下子紧张了起来，听到阿军低沉的声音在一旁应了一声。

车子停在了方山公园入口，江眉影下了车，低着头往纪念品店走去。

白鹦站在店门口，看到低着头往自己方向走来的女生，一时间都没认出来，等女生抬起头看向自己，她才惊喜地喊道："眉影！"

江眉影羞涩地笑了笑，冲她点了点头，再看到她身旁高大威猛，却顶着张可爱娃娃脸的阿军，也对他笑了笑。

阿军的眼里带着惊艳，他低声问白鹦："这是江眉影？那个又胖又矬的江眉影？"

白鹦白了他一眼："她高三第二学期就很瘦了，你别说你失忆了。"

"的确失忆了。高三最后一学期，读书都读傻了，谁去记那个。"阿军无语地说道。

"也是，你也不关心这些乱七八糟的。"白鹦笑了笑。

江眉影走到了白鹦面前，白鹦抓着她的胳膊捏了捏，感慨："还以为你胖了点，结果还是这么瘦。"

江眉影羞涩地笑："比起以前胖了很多了。"

"越来越漂亮了啊。"白鹦上下打量她，满眼羡慕，"幸好我结婚的时候你没来，要是让你当伴娘，我不得被你比得面子里子都没了。"

江眉影抱歉地说："你结婚我没去，抱歉啊。给你，迟到的结婚礼物。"

江眉影从包里抽出一本影集。白鹦还在奇怪是什么，结果一翻开，顿时倒抽一口冷气，阿军还想凑过来瞄一眼是什么，结果白鹦一把将影集合上抱在怀里，瞪着阿军。

"不给你看，这是我的宝贝！"

阿军莫名其妙，不给看就不给看，还这么凶。

江眉影哭笑不得。白鹦真的是从来没有变过，在不熟悉的人面前很高冷，然而在亲密的朋友面前又特别欢脱，一遇到自己的偶像，更是花痴得没边了。

这本影集是她知道白鹦结婚的时候就开始制作的。白鹦最喜欢的演员参加的节目，她偶尔有剪辑到，就特意将一些没有公开的镜头里，特别有意思的画面打印成照片，制作成册。顺便托人要了张签名照，塞进了影集，作为扉页。

大部分照片都称得上是绝版秘照，可以说是一本很有心的礼物了。

白鹦感动得快要哭了："眉影，我好爱你啊！"

阿军："……"

江眉影说："你喜欢就好。"

白鹦点点头："喜欢喜欢！"

又聊了一会儿这几年的情况，白鹦指了指方山台阶前聚集的十几个人，说道："我们过去吧，他们好像已经看到我们了。"

阿军个子太显眼，那群人里有人眼尖地发现了他，冲他挥了挥手。

阿军伸手打了个招呼，道："喊我们过去呢。"

话音刚落，江眉影就听见班长的声音喊着："阿军、白鹦，窝那里做什么呢，快过来！"

阿军比了个"OK"的手势。

白鹦体贴地看着江眉影，用眼神询问她。

江眉影摇了摇头："没事，我们过去吧。"

江眉影往太阳照射到的光亮处踏出了第一步，她鼓足了勇气，抬起下巴，看向那十几个高中同学。

这其中有不少人，曾经做了刽子手却不自知。

江眉影以为，自己可以像复仇归来的女王一样趾高气扬，但是她做不到。

然后谢和金看到她，惊讶地大喊了一声："神女，你真的来了啊！"

这一声"神女"彻底将她拉回了无边无尽的黑暗回忆中，让她的心顿时沉了下来。

她脸色变得惨白。

白鹦抓住了她的手，轻轻捏了捏。

江眉影看了一眼白鹦，白鹦给了她一个安抚的笑容。

阿军走在前面，挡住了江眉影。

以前阿军个子娇小，长相又可爱，经常被男生们当作吉祥物一样欺负，现在他当过兵之后，高大威猛，男生们都不敢小看他。

他往前一站，江眉影的身形一下子消失了。

有人冲阿军喊："阿军你走开，你这身形要让我们都自惭形秽，恨不得跳崖自尽了！"

其中的几个女生走到白鹦身旁，询问起她作为全班最早结婚的女生的心情。

白鹦哭笑不得地回答着，一直没松开江眉影的手。江眉影站在一旁，心情渐渐平复下来。

"哎，眉影你现在在做什么啊？"有个女生怕江眉影受冷遇尴尬，询问道。

刚问完，就被她同行的女生拉了拉衣角，小声念叨了几句。

江眉影忽视了这个小细节，笑了笑，轻声回答："在影视公司，做后期剪辑。"她声音很轻，只有站在她身边的人才能听得见。

那女生离得近，听见了，感兴趣地询问她工作上的事情，身边那女生拉都拉不住。

白鹦看到有女生善意地跟江眉影聊天，松了口气。

等人到齐了，大家已经自行组好了小团体，开始登山。

江眉影跟着白鹦，与其他女生聊了不少话。这些女生，是当年从不参与欺凌的旁观者，没有直接伤害过江眉影。

虽然，沉默也是一种伤害，但江眉影对她们并不反感。

如果，没有人再将过去翻出来，她觉得，自己可以参加整个同学会全程的。

但是，现实总是怕什么来什么。

● Chapter 10
他要和她在一起

1

夜里九点半，有间面馆最后一名客人结账离开。

郑林天急忙开始收拾餐桌。

大学放假，分店营业了一整个白天就休息了。

黄茹茹的家在浮城市辖区的小县城，一放假，她就回了老家。

郑林天一边整理大堂一边问："师父，我们要不要去黄茹茹家玩啊？墨县靠海，我听说海鲜很便宜啊。"

韩栋去过墨县，风景的确很好，可是他没有心情去。

"你想去我不拦着。"

"你不去，我去有什么意思呀。"郑林天口是心非地说道。

韩栋心知肚明地瞥了他一眼，淡淡地说："你不想过两人世界吗？"

听到韩栋调侃自己，郑林天夸张地"嗷"了一声，喊道："不想不想不想！"

"那我一起去。"

郑林天沉默了。

韩栋嗤笑一声，将柜台的抽屉锁好，说道："你要去就去，我不出门，首都那边还有一些事情要处理。"

自从去年韩栋父亲找上门来，父子和解后，他又开始接手三味坊的部门管理事务了。因此白天黑夜连轴转，都没有时间出门玩。

"噢——"郑林天满心雀跃，却又不好意思表现得太明显。

将店里的灯关上，两人走出店门，正想关门上锁，拉上卷帘门。郑林天打了个哈欠，歪了歪脑袋，余光瞥见角落里的一个黑影。

"哇！"他吓了一跳，往旁边跳了跳。

韩栋皱眉一瞧，愣住了："江眉影？"

郑林天弯下腰仔细一瞅，惊呆了："啊……真的是江小姐啊？"

江眉影蹲在阴暗的角落里，靠着墙，双手抱着膝盖，从胳膊间抬起脸。

那张脸，让韩栋心中一痛，心情特别复杂。

原先精致的妆面已经哭花了，失魂落魄的，双眼无神，带着泪水。他最喜欢江眉影的这双桃花眼，此时此刻却红肿着。

"不能迟点再关门吗？"江眉影用气音，小声地问。

她声音显得很虚弱，韩栋心里不安，头也不回地对郑林天说道："阿天，你先回家。"

"师父你呢……"郑林天慌张地问。

"我陪她。"韩栋说道。

郑林天踌躇不已，韩栋侧过脸安慰他："你明天要早起赶车去墨县，先回去睡觉吧。"

"这里有我。"韩栋想了想，声音温和地对郑林天说，"我会照顾她的。"

郑林天怔住了。

韩栋的语气和表情，前所未有的温柔和郑重，让郑林天很意外。

郑林天想自己是不是发现了什么不得了的事情。

"那……师父你好好照顾江小姐啊……加油！"说着，他鼓起勇气握拳给韩栋鼓劲。

韩栋斜了郑林天一眼，郑林天急忙开车走了。

等郑林天的身影消失，韩栋才蹲下来，与江眉影平视。

"站得起来吗？"韩栋轻声问。

江眉影不知道躲在这里蹲了多久了，腿都已经麻了，她从胳膊间露出她哭得红肿的桃花眼。

抽了抽鼻子，她闷声闷气地问："我想喝酒，能给我酒吗？"

那失魂落魄却又耍着脾气的模样，让韩栋笑了，抿着唇，他问："大半夜喝酒？"

江眉影一皱眉，点了点头。

"那有什么故事要分享给我吗？"韩栋问。

江眉影心脏一抽一抽地疼。

"我才不告诉你。"她的声音里带着浓浓的委屈，似乎还将脾气发泄在了韩栋身上。

韩栋没有生气，朝她伸出手："起来，我们店里，酒有的是，你能喝吗？"

江眉影从小到大就没喝过酒，她不知道自己能不能喝。只是在同学会上，那帮人觥筹交错，把酒言欢好不热闹，还以她不喝酒为名义，调侃她。

她不说话，盯着韩栋干净修长、宽厚而温暖的手掌许久，随后抬眼瞥着韩栋的表情，发现他没有不耐烦，而是默默地等着自己的回应。

江眉影垂下眼，伸出手，小心地放在韩栋的手里。

她冰冷的手瞬间就被他的包裹住了。

温暖干燥，充满了宽慰的坚实力量。

江眉影的心脏仿佛被这只手抚慰了一般。

韩栋微微用力，拉着江眉影从地上起来。

江眉影蹲了太久了，腿已经麻了，刚一被拉起来，双腿就发软，往前摔去。

韩栋眼疾手快地揽住她的腰，托住她的身子，低声问道："还行吗？"

江眉影的手掌心贴在韩栋的胸膛上，感受到掌心下的硬朗，心跳逐渐加快。他揽着自己的双手也像是烙铁一样，滚烫，几乎透过衣料要烧灼她的皮肤一样。

"可以。"江眉影离开韩栋的怀里，蹬了蹬脚，轻咳一声强调，"还行的。"

韩栋推开店门，打开灯。大堂的日光灯闪了两下，亮堂了起来。

江眉影站在门口，有些犹豫。韩栋走到了冰柜旁边，回头看她还在门口，招呼道："进来，随便坐。"

江眉影进了门，找了个墙角的位置坐下。

"冰的可以吗？"韩栋打开冰柜，问江眉影，"喝哪种？"

江眉影说："可以……我也不知道喝什么，都行。"

一看江眉影就是不会喝酒的人。韩栋想了想，将冰柜关上了，对江眉影说了句"稍等"，转身就进了厨房。

江眉影在大堂坐着，心情复杂焦虑。

她从方山下来的时候，就一头扎进出租车，一路上面无表情，心里什么想法都没有。

司机问她想去哪里的时候，她想都没想，脱口而出就是："汇都公寓。"

等出租车将她送到了有间面馆门口，江眉影全身的力气瞬间就被抽走了。

店里，韩栋和郑林天朝气蓬勃地忙碌着，米黄色的墙面配合着灯光显得特别温馨。

江眉影站在昏黄的路灯下，半个身子在灯光找不到的黑暗中，像在泥淖中挣扎的腐朽生物。

她拖着沉重的步子走到角落，听着店里传来的热闹的聊天声，心渐渐地平静下来，她蹲下身子，将脸埋在胳膊间，眼泪什么时候流出来的也不知道。

此时此刻，韩栋将她带进了面馆，就他们两人。

江眉影却开始心慌了。

她是不是不应该来？更不应该一时间赌气就说想喝酒。

骑虎难下，可是江眉影又不愿意放弃现在这么温柔的韩栋。

她一犹豫，韩栋就拎着一大瓶米黄色的酒出来了。

韩栋给江眉影介绍："这是阿天从进口超市买的。日本的柚子酒，度数很低的果酒，微苦，口感很清爽，适合女孩子喝。"

他微微一荡酒瓶子，江眉影才发现，米黄色是果酒的颜色。

很漂亮，仿佛一块蜜蜡。

韩栋给江眉影倒了小半杯，示意她品尝一下。

江眉影轻轻抿了一小口，入口有浓郁的柚子的香味，微苦，但是回甘清甜，酒味慢慢弥漫开来，酒中还有果粒，跟饮料一样。

很好喝。江眉影又喝了一小口。

"今天不是同学会吗？"韩栋给自己倒了一杯，却没有喝。

江眉影低下头以掩盖自己的神情。

"就那样吧。"她轻声答道，又喝了一大口。

韩栋抬起手想制止她，欲言又止，可是她已经喝了下去，只好作罢。

2

柚子酒虽然度数不高，但是后劲大，只能慢慢喝。一口喝太多了，很容易就微醺，酒量差的甚至直接醉倒。

韩栋仔细盯着江眉影，生怕她突然睡过去。

她状态倒是正常，并没有睡着，低着头，双手捧着杯子，一直沉默不语。

韩栋不知道她今天遇到了什么事情，心情会这么糟糕，人也变得这么狼狈。

韩栋抽了几张纸巾递给她："要不要先擦一下脸？"

江眉影接过了纸巾，却只是捏在手里。

她的声音很飘，带着气音，给人一种触不到地面的虚浮感。

"呼——"江眉影呼出一口气，抬眼看韩栋，嘴里说道，"我今天，去参加同学会了。"

韩栋点点头，他记得这件事情，因此今天他没有等她来。

韩栋垂着头寻找被刘海遮挡的江眉影的双眸，看不清她眼里的神色。

江眉影轻笑一声："我其实，一点都不想去参加。"

"嗯。"韩栋问，"为什么？"

"呵……"江眉影嗤笑，"你有没有尝试过在网络上，搜索自己的名字？"

　　韩栋一愣，不知道江眉影为什么突然提到这个话题，但他还真没做过这种事情，于是摇了摇头。

　　"我做过。"江眉影坐直了身子，将刘海撩到脑后，露出了她通红的一张脸，眼里带着泪光，看起来有些激动。

　　"你醉了。"韩栋低声提醒她。

　　江眉影却没有听见，自顾自地说："你可以搜一下哦。搜一下江眉影，会出来很多信息的。虽然过去四五年了，但是历史信息不会被删掉的。"

　　韩栋皱紧眉头，察觉到她情绪上的不对劲："你喝醉了。"

　　江眉影脑袋里像是有烈火在燃烧一样，混沌不清，双眼滚烫生疼，可是她却越来越亢奋，话越来越密。

　　以至于，一开启了话匣子，就一发不可收拾了。

　　"你为什么不搜一下呢，会发现很多事情哦？"江眉影站起来，脚步虚浮，人却没有头重脚轻，她脚下还是很稳地走到柜台前，靠着柜台，大声地说，"你会发现，江眉影是个多么龌龊、恶心、下贱的可怜虫！"

　　"够了！"韩栋听得心里直冒火，站起来抓住江眉影的手，"我送你回家吧。"

　　江眉影甩开他的手，抬头看着他的双眼，突然轻声自白："我有病。"

　　韩栋一愣，手不自觉地放开了。

　　江眉影看着他松开的手，眼里一闪而过的受伤，快得让人抓不住。

　　"你知道我为什么总是来你这里吃饭，却只能吃几口吗？"江眉影冷静地说着，若不是她发红的双眼和绯红的脸颊，韩栋难以相信她已经喝醉了。

　　韩栋没有说话，江眉影默认他是好奇，自问自答："我有厌食症。"

　　江眉影的声音像是破碎开的珍珠项链，清脆却凌乱地散落一地。

　　纵然是早就知道了这个秘密，韩栋心里仍旧像被刀割一样生疼。

　　"高三第二个学期，我的体重，从一百六十斤骤降到七十斤不到。高考结束后就被送到北京治疗了。因为重度营养不良和焦虑症，差点进了 ICU。"自己揭开伤疤，并没有想象中的疼。

江眉影眼中已经看不到韩栋了，她像是对自己自白一样，坐到一旁，低着头轻声说着。

韩栋沉默不语，双手几度抬起，想要去拥抱她，可是都没有鼓起勇气，怕唐突了她。

空气里，带着磨人的躁郁。

江眉影的声音仍缓缓地传来。

高中毕业后，江眉影不仅仅患有重度焦虑症和精神性厌食症，她还因为心理创伤，有严重的社交恐惧症。在病房里，拉上窗帘，不肯见人，连父母，她都不愿意见到。

"我感觉自己就像一只蟑螂一样，不能见到天日，也让父母丢脸。"江眉影苦笑，"真好奇，我那时候是怎么撑过艺考和高考的。"

大概是最后几个月，父母强制灌进来的营养液，和她最后自持的一口气，无论如何，也得在高考后才能垮。

韩栋只知道江眉影现在有轻度的精神性厌食症，却不知道她过去曾那样狼狈。

一度失语，韩栋许久才找回自己的声音，哽咽着问："为什么……会这样？"

江眉影的表情凝固住了，双眼睁大，泪水在眼眶里徘徊着却不掉落。

她渐渐皱起眉心，疑惑地自言自语："为什么？我也想知道为什么？我什么都没做错……为什么要这样对我？"

3

时间回到今天中午，跟着女生小团体，爬到半山腰，江眉影觉得自己找到了安全感，心情放松了很多。

午饭烧烤的时候，男生们和女生们互相调侃着，聊高中读书时候的各种八卦和往事，热热闹闹，一派祥和。

当年快乐的高中生活，不是属于江眉影的，她插不上话，坐在一旁默默地吃自己的吐司。

怕被人看见自己不吃烧烤，江眉影还特地躲在阿军身旁。

几个男生开白鹦和阿军的玩笑。

"白鹦，你当初跟阿军走那么近，大家都以为你们俩在一起呢，怎么你跟别人结婚了？"

"对啊，我不信阿军没追过你！"

白鹦哭笑不得，解释道："他真没追过我。为什么他跟我走那么近，你们自己问他吧。"

那几个男生问阿军，阿军一脸无辜地说："受人之托。"

"什么人？"

阿军瞥了眼白鹦，白鹦脸一红，轻咳一声说："别问那么多啦。"

"哦……说说看嘛。"

"我哥们儿。"阿军在一旁回答。

男生们都愣了好久。

"就是白鹦老公。"

大家许久都没反应过来，白鹦生怕大家再刨根问底，急忙转移话题："阿军自己有女朋友了，你们都不问一问，他身材这么好，找什么女朋友你们不好奇吗？"

一群人嘘声一片，开始八卦起阿军的事来。

躲在阿军身旁的江眉影觉得压力很大，揣着半块吐司，偷偷挪到了远离人群的石凳上。

环境安静了一些，江眉影稍微没那么紧张了，便飞快地啃完了剩下的吐司。

拍拍手上的残渣，她觉得有点渴，正打算去倒杯水。

一盘烤串突然被摆到了她面前，她抬头一看，谢和金正带着探询的笑容盯着她。

"我看你都没吃什么东西，不饿吗？"他眼里满是试探，脸上油腻的笑容中透出别有用心，讨好之意过重让人有些反感。

江眉影摇了摇头："谢谢。我现在不饿，还是拿去给同学们吃吧？"

"拿着吃嘛。"谢和金笑眯眯地说着，自己拿了一串烤羊肉啃了起来。

在韩栋那里吃了两个多月的饭，调理了这么久，江眉影对其他人做的食物，已经不再一见到就生理性反胃了。但是大油大荤的烤串摆在眼前，她还是觉得有些不舒服，极力避开视线。

江眉影侧着脸不愿意看到烤串，也避开了谢和金的视线，这让谢和金心里恼火。谢和金自小就被宠坏了，为人高调且完全不顾别人。

江眉影又说："谢谢。但是我真的吃不下。"

谢和金脸色一暗，端起那盘烤串，起身便走，拔高了声音对江眉影说道："呵，不吃就不吃！"

往人群里走的时候，江眉影还听见了他略带不屑的声音："给脸不要脸！"

江眉影看得懂谢和金看自己时的眼神。

惊艳，打量，好奇，或许还带有一些出于男人对女人献殷勤的好意。他家庭条件优渥、心高气傲，江眉影脸色不好地拒绝他的好意，让他心情瞬间变得极差，话也说得难听。

如果用直白点的话来说，就是小心眼。

记仇又小心眼的富二代。

江眉影反感极了。

白鹦注意到江眉影这边的情况，在午餐休息后，大家继续登山时，白鹦凑过来问江眉影情况。

江眉影摇了摇头："没什么。"

白鹦知道谢和金不是什么好相与的，江眉影的情况，她或多或少也知道点，心里很担忧。

"要不要找个借口先回去啊？"白鹦生怕谢和金记仇，还要出言不逊，"那家伙我高中就不喜欢了，万一他又来烦你。"

江眉影铁了心这次要自己一个人勇敢走完这一场。

她摇了摇头："没事，就当是只苍蝇。"

白鹦咬了咬牙："那好吧……你有什么事尽管跟我说哦。"

江眉影点点头，感激地道谢。

白鹦真的是她高中时期唯一的一段美好的记忆，人善良，也从不对别人抱有偏见。也难怪她的初恋能对她念念不忘十年，早早就找到真爱，结了婚。

谢和金走在队伍前列，气喘吁吁地登山，他人不瘦，浑身虚肉，又不运动，偶尔爬一次山很煎熬。

他心里有些在意地回头一看落在队伍最后的江眉影，看起来瘦弱娇小的女生，爬起山来居然脸不红气不喘，如同在平地散步一样，跟她身边的白鹦形成鲜明的对比，让人很意外。

等下午到了山顶，大家都瘫在山顶的露天椅子上休息了许久。

谢和金带着大家穿过树林，进入方山别苑的包厢里聊天休息，等着吃晚饭。

包厢里，还没上菜，同学们倒是先开始喝酒。

江眉影不会喝酒，也没喝过酒，白鹦陪着她喝椰子汁。

原本大家聊得好好的，突然一个男生随口问江眉影："哎，江眉影，你现在怎么变得这么漂亮？"

江眉影一愣，还没反应过来，就听见一个女生说道："你问这个做什么？人家那叫天生丽质！"

这句话听着像是在维护她，却带着恶意的语气，就差没阴阳怪气地指着她的鼻子说她是假脸了。

江眉影当场脸色就变了。

她没有回话，大家却开始将话题矛头都指向了她。

一个男生说道："真没想到，高一时候的大肥婆，现在出落成大美女了！"

一众男生附议。

这虽然是在夸江眉影现在长得漂亮，可是一口一个当年的"胖子"，仿佛刀子一样扎在江眉影心上，让她越来越不舒服。

谢和金的一句话，彻底打开了大家的话匣子，也彻底将江眉影心中拼命想要压住的潘多拉的魔盒给打开了。

"谁能想到，当年的浮高神女变成真女神了啊！"

江眉影突然耳鸣了一样，周遭什么话都听不见了。

后来同学们的嬉笑附和，她一概听不进去。

她低着头，整个人都在微颤，直到白鹦轻轻拍了拍她的肩膀，担忧地问："眉影，眉影？你还好吗？"

江眉影这才回过神来，刚一回过神来，就听到了其中一个男生，用一种缅怀而有趣的语气，描述着过去的事情。

"谁还记得，当时阿金打破了神女的一只杯子，阿金都说了要赔偿了，神女当时说的话了吗？"

说完，那男生"哈哈哈"地笑了起来。

回忆起来的同学都笑得很放肆，隔壁的隔壁，一个男生甚至还伸长胳膊拍拍江眉影的肩膀，笑道："神女，你当年可真好笑啊。"

他们把那件事当成有意思的笑料，以为不过是个笑话，无伤大雅。

可是在江眉影心中，却是一刀一刀地凌迟。绵长的痛楚，从没有停止过。

江眉影看着谢和金，眼里一点情绪都没有。

"我说什么了？"她的声音仿佛飘浮在空中一样，空洞没有生气。

谢和金被她看得一愣，心下发慌。

旁边的男生举手说道："我记得我记得，江眉影说，我那杯子要八万块钱！你赔得起吗！哈哈哈哈！"

所有人都爆笑出声，江眉影低着头，刘海遮盖住了她面如死灰的脸色。

空气仿佛凝固之后，被人从中搅拌，扭曲了一样。江眉影余光里的人脸，一个个都面目狰狞，变得扭曲可怕。

她听见的声音带着回声，低沉诡异。

白鹦察觉到江眉影的不对劲，伸手握住江眉影的手，发现江眉影的手掌像是从冰水中捞出来一样，冰冷到凉手，偏偏手掌全是冷汗。她心下咯噔一下，还没抓稳，江眉影却用力甩开了她的手。

"以前江眉影多胖啊，哈哈哈，跟球一样！"一个男生站了起来，双手做了个球的姿势，鼓起了脸，学江眉影最胖的时候的模样，学得跟小丑一样。

众人嬉笑着，但也有人觉得这种拿别人的伤疤开玩笑的做法有些过分了，沉默不语。

谢和金接过话茬问江眉影："哎，神女，你到底怎么瘦下来的啊？高中最后一学期就见你瘦了，别是想跟校草谈恋爱，拼了小命节食减肥吧？这样可伤身体了。"

他用恶意的猜测调侃江眉影，以为这不过是开个玩笑，但这句话却偏偏戳中了江眉影最痛苦的回忆。

"砰"一声，江眉影双手重重拍在餐桌上。

装着椰子汁的杯子被她的手撞到，翻倒在桌面上，椰子汁流到了她手掌上。

包厢内一下子安静了下来，众人都一脸莫名又战战兢兢地看着她阴沉的脸。

江眉影苍白着脸，正红色的口红也挡不住她此时糟糕的气色。

空洞的眼神，随着脸抬起，对上谢和金带着惊异的双眼。

谢和金发现，江眉影并没有看向自己，而是直接掠过自己看向他身后。她的眼里根本就没有谢和金的存在。

"我怎么瘦下来的……"江眉影抬起下巴，居高临下地睨着所有人，眼里却没有一丝感情。

白鹦轻轻拉住江眉影的衣角，低声喊她名字，江眉影毫无察觉。

"我怎么瘦下来的，你还不知道吗！垃圾！"江眉影将面前摆着的，打开了盖子的小罐椰子汁往谢和金身上甩去，大声地吼道。

"啊！"

四座惊呼。

椰子汁洒出了不少在餐桌上，最后精准地落在了谢和金刚做的韩式发型上，饮料淌满了他油腻红润的脸。

他浑身狼狈，瞪大了眼，一脸震惊。

扔完之后，江眉影愣了一会儿，心里的郁气和怒火却仍旧熊熊燃烧着。她深吸一口气，大声地对所有人说："我是个什么样的人、我长什么样，不需要你们对我多加评判，你们没有资格！也别喊我'神女'！没人会喜欢侮辱性的外号！"

说罢，趁着所有人还在吃惊愣神，她拎起包就往门口走去。

快到大门的时候，坐在靠门主位上的谢和金，顶着一脑袋乳白色的椰子汁，站起来伸手拦住了江眉影，面目可憎，充满了戾气。

江眉影整个耳朵还在耳鸣般轰鸣着杂音，根本没有感觉到丝毫的恐惧。

谢和金正要伸手去抓江眉影的胳膊，一堵巨大的人墙挡在了身前。

阿军居高临下地盯着谢和金，波澜不惊地说了一句："借过，我要去趟卫生间。"

"你！"谢和金气得快要吐血。

等阿军离开，江眉影也早就没影了。

4

饭局最后会变成什么样，江眉影不知道也不想理会，她仿佛游魂一样，一个人晃晃荡荡地下了山，坐上出租车，一直到了有间面馆她才反应过来，自己一不小心又来到了这里。

然后现在，她喝醉了正在发酒疯。

严格意义上来说，也不疯，韩栋觉得还在可控范围内，只不过话多了点、密了点，还喜欢讲故事。

虽然这个故事让韩栋很生气。

江眉影的声音越来越微弱，她带着哭腔，说道："我觉得我没做错。我没有揍他已经很好了。"

韩栋感觉自己呼出的空气都是冰冷的，为人性的卑劣而心寒。

他的心脏仿佛被人撕裂了一样生疼。如果可以，他很想去把江眉影口中的那个谢和金给揪出来狠狠揍一顿。

可是他能做的，只是走到江眉影身旁，蹲下来，将她脸上的泪水抹掉，然后轻声地安慰她："你没有错，错的是他们。"

错的是这个莫名其妙的世界。

　　韩栋不知道，高中时期的江眉影会被人当成小丑一样嬉笑、欺负。如果说只是单纯因为肥胖就受到这种待遇的话，那么那些人的眼界真的太过狭窄可笑了。

　　况且江眉影后来已经瘦了下来，他们仍旧在嘲笑她。

　　江眉影是被这群人，逼得生病的。

　　一想到这一点，韩栋更加心疼和难受。

　　江眉影似乎有些累了，迷迷糊糊地眯着眼看他。

　　韩栋轻声问："我可以抱你吗？"

　　江眉影点点头，靠在他肩膀上。

　　韩栋蹲着的姿势一下子受力，他深呼出一口气，一手托住她的脑袋，直起身子，坐到江眉影身旁，将她搂进怀里。

　　江眉影脑袋渐渐沉入他的怀中，呼吸缓慢悠长。

　　韩栋感觉江眉影像他的女儿一样，他又得照顾她吃，又得照顾她心情，现在还得想办法安顿她睡觉。

　　但是他甘之如饴。

　　他想让江眉影不再为过去而苦恼，能够宽心看向未来——和他一起。

　　保持着一只手搂着江眉影的姿势，另一只手找出手机，韩栋给肖引章打了一个电话。

　　此时已经接近晚上十一点了。

　　保持良好作息习惯的肖引章早就准备睡觉了，正在培养睡意，接到来自情敌韩栋的电话，他心里还很不情愿，但是面上仍旧保持客气，问道："你好，韩先生，请问有什么事吗？"

　　这人无论什么时候都保持一副精英冷静的模样，真令人讨厌。一想到江眉影对着肖引章能够笑得那么开怀，韩栋觉得心态不平衡。

　　韩栋将江眉影的事情，言简意赅地跟肖引章表述了一遍。

　　肖引章的冷静自持顿时被抛到了十万八千里之外，他着急地问："她现在怎么样？在你那里吗？我现在就过来。"

"不用了。"韩栋打断他。

肖引章一噎，没反应过来。

"肖医生，以后，江眉影由我来照顾。当然，你是她的医生，我会遵医嘱的。"韩栋语气坚定地说道。

肖引章听得咬牙切齿。

"你什么意思？"肖引章努力让自己的语气听起来友好。

韩栋说："我喜欢江眉影，我会照顾好她的。"

韩栋的声音跟往常一样波澜不惊，但是肖引章这一次却从中听到了庄重和仪式感。

要不是现在江眉影比较重要，肖引章真想质问韩栋，他怎么这么自信江眉影就会喜欢他。

韩栋补充道："而且，现在只有我做的菜，她才能吃得下。"

"……"还真是。

更加郁闷了。肖引章还是觉得不放心："我还是去看一下，万一她有什么心理创伤……"

"她已经睡了。"韩栋又一次打断他的话，解释道，"我打电话来，第一，是想将事情跟你报备一下，明天你可以跟她聊一聊；第二，是想问一下你，眉影家住哪里？"

这就"眉影""眉影"地喊上了，还问她家住在哪里。

肖引章不耐烦地说："过会儿我发地址给你。她真的没事吗？"

韩栋低头看了眼睡得正香的江眉影，将她脸上晕染开来的眼线和着泪水抹掉，随意地擦拭在自己的裤子上。

"没事。"韩栋回答道，"你放心，我会好好照顾她的。"

肖引章跟护雏的母鸡一样，仍旧不放心，一再叮嘱："你别看影子睡着了就乱来。"

韩栋觉得无奈："不会的。"

"你保证？"

"嗯。"

肖引章再三嘱托，才挂了电话。

其实他是信任韩栋的。肖引章知道，韩栋是个善良正派的人，多次接触下来，韩栋这个人也的确是很值得信任的正人君子。

肖引章知道韩栋不会乱来，但是他总觉得不甘心。

再不甘心……江眉影还是喜欢韩栋啊。

两情相悦，多好。肖引章想了想，还是笑了出来。

他只要江眉影幸福就好，他能做的，就是尽全力让江眉影摆脱病痛，远离过去的阴影。

"叮"一声，手机上传来江眉影家的地址。

韩栋小心地托着江眉影的身子，让她靠着桌子睡觉，将桌上的东西整理了一下，把柚子酒放回冰箱。

路过江眉影，韩栋轻轻摸了摸她的脑袋，小声地叮嘱："别乱动。"

然后快速地跑到店外，将车子启动，停到门外。

大切诺基的车座很高，韩栋将江眉影小心地抱到车后座上躺着，怎么都不放心，生怕她摔了。只好将她安置在副驾驶座上，用安全带固定着。

往江眉影住的公寓驶去，韩栋的心情居然有点紧张。

带着自己喜欢的女孩往她家而去，而这个女孩还在睡梦中。

韩栋觉得，如果被郑林天知道，一定会怂恿自己做点坏事。

抱着江眉影上了楼，用她包里的钥匙打开门。

江眉影的房间很小，一室一厅一卫，三四十平方米的单身公寓，干净整洁，还有一个小阳台。壁纸是浅绿色的，韩栋不知道，这是肖引章建议江眉影贴的。

这种颜色是能让人心情愉悦，平静下来的法宝。

单人床上，被褥整齐干净，床旁边挨着的是电脑桌，电脑桌对面则是满满一架子书。床头的墙上，还贴了许多便利贴。

韩栋换上拖鞋，把江眉影安置到床上，抬头瞄了一眼。

全是各种菜谱，用最简洁的言语描述的菜谱。韩栋眼尖地看到了不少眼熟的菜谱。

电脑桌的墙上，则贴了一张大大的工作进程表。

这个月的工作安排，哪个节目的截止日期在哪天，标得一清二楚。

厨房在进门左手边，狭窄但明亮的空间，餐具一应俱全。这就是小圆警长想出了多少充满趣味又美味的健身餐的地方。

冰箱上有十几个别致可爱的冰箱贴，贴了不少菜谱和照片。

韩栋凑近一看，那些照片，居然都是自己微博上贴出的，他制作完成的菜肴，旁边附带着的菜谱则写了由这些菜肴作为基础改良的健身餐的构思过程。

韩栋心里涌出一阵阵暖意，对江眉影的爱意中，油然而生一股敬意。

江眉影，在用自己的方式，努力奋斗着，不断地想挣脱束缚她的黑暗记忆的枷锁。

她活得这么认真、努力。

可是……居然还有人，看不到她优秀的一面，而一味地对她的过去评头论足，拿来当笑料。

韩栋想好好抱一抱江眉影。

● **Chapter 11**
我们在一起

1

梦里一片嘈杂。

地上是打碎的玻璃杯。

这杯子是住在北京的舅舅从日本带回来给她的，是她很喜欢的日本组合的周边，因此她很珍惜。

眼前的人都长得一样，看不清脸，但是五官都扭曲模糊，诡异可怕。

"不就是一只杯子吗，有必要哭成这样吗？"

"你这杯子金子镶的啊？这么金贵？"

"丑人多作怪。"

充满恶意和不屑的声音从四周不断地逼近自己。

江眉影捂着耳朵，浑身战栗。

直到一个属于自己的声音大声地吼："我这个杯子就是金贵！这杯子值八万块，你赔得起吗！"

江眉影记得她说的这句话。

自尊让她憎恨被人指指点点，她梗着脖子，吼出了这句话。

其实，杯子不过八千日元，但是舅舅从日本带回来的礼物，一起花了八万日元。

她随口一说，只是因为女孩子的自尊心作怪，没有别的恶意。她看不惯谢和金的炫富和高调，看不惯同学们对胖子的歧视，欺软怕硬，一味迎合谢和金。她更加反感他们对自己的鄙夷不屑。

江眉影在梦中，捂住耳朵，闭上眼，不想听不想看。

因为她知道之后会发生什么。

昏暗的空间里，一张张扭曲的人脸，颤抖着，疯狂地大笑。

嘲笑声不绝于耳。

"哈哈哈哈，八万，吓死人了。"

"真厉害，你是神经病吗？"

"八万的杯子，哎哟，需要我买只一模一样的还你吗？"

谢和金带着笑意的声音中透出残忍："神经病女，简称'神女'。"

"哈哈哈哈——"

空间越来越扭曲，嘲讽的讥笑声却越来越响，直接要震破她的耳膜和心脏。

"眉影？眉影？"

江眉影倒吸一口冷气，猛然睁开眼惊醒，一个男人的声音依稀在耳边喊着她的名字。

她深呼吸着，整个人都保持着惯性的颤抖，半晌都没回过神来。

男人的声音越来越清晰，就在耳边响着，还很耳熟。

她……在家？

江眉影眨了眨眼，在床上一动不动，眼睛往四周转了一圈，最后确定了，嗯，是自己的小窝。

"眉影？你醒了？"

江眉影一惊，急忙坐了起来，扯着被子捂住自己的肩膀，只露出脑袋。

韩栋穿着粉色蕾丝围裙，手上还戴着粉色袖套，站在床尾关切地看着她。

江眉影松了口气，然后猛然回过神来，指着他问："你……你怎么在这里？"

韩栋解释道："昨天你在店里喝醉了，我就送你回来了。"

"那你怎么现在还在？"

韩栋的理由非常充分："喝醉了的人必须整夜照看，不然很危险。"

这话让人挑不出毛病。

江眉影抬起被角，看了看，发现自己仍旧是穿着昨天的那身衣服，完好无损，她不知道是遗憾还是放心，心里挺不是滋味的。

不过换句话说，韩栋这个人，也不像是会对不喜欢的女生出手的样子。

江眉影郁悒地想。

"洗漱一下，吃早饭吧。"韩栋提醒她。

江眉影这才闻到，公寓里弥漫的蛋香。韩栋亲自下厨做的早饭。

她趿拉着拖鞋，找了换洗衣服进卫生间，末了，探出脑袋来对韩栋说道："不准偷看。"

韩栋木着张脸，觉得江眉影这小动作特别可爱，嘴里说道："没兴趣看。"

并不是没兴趣看，韩栋一边把荷包蛋放到吐司上，开始做培根鸡蛋三明治，一边心说。

只是甜头已经尝到了，就见好就收。他从来就不是急功近利的人。

昨晚，江眉影迷迷糊糊地在床上喊渴，韩栋在阳台边的小沙发上缩了一晚上都没睡着，听到她的声音立刻就爬了起来。

端茶倒水，结果托着江眉影脑袋起来给她喂水，她却怎么也喝不进去。

明明是自己喊渴，但是最后却醒都醒不过来，她闭着眼和嘴，皱着眉头哼哼唧唧。

韩栋一咬牙，将水含在嘴里，低头吻上她的嘴唇，渡了一口水过去。

唇舌压着她的，艰难地让她咽下了一口水，还流出来一半，韩栋觉得这水挺甜的，喂了好几口。

江眉影脱了衣服，抱着昨天的旧衣服闻了闻，一股汗臭和酒臭。她印象里自己也没喝多少酒，怎么会这么难闻？

进了浴室，热水迎头而落，江眉影感觉太阳穴还在突突地跳动着。

她昨天到底做了什么事情了？一点印象都没有了。

断片？有喝了两口果酒就断片的人吗？

江眉影怎么想都觉得自己应该是被同学会气到脑子爆炸，然后失去理智做了糊涂事。

到底是做了缺德事还是丢脸事……她拍着脑袋怎么也想不起来，反正肯定不是什么好事。

江眉影额头贴在瓷砖墙面上，后悔不已，恨不得钻到下水道里去。

她洗完澡，换好衣服出来，餐桌上摆了两盘三明治、两杯牛奶。

"牛奶要加热吗？"韩栋见江眉影出来，问道。

江眉影头上还盖着浴巾，看见韩栋还穿着自己的粉色蕾丝围裙和粉色袖套，感觉跟个充满少女心的金刚一样，看着滑稽。

她抿着唇憋笑："加热一下吧。谢谢。"

韩栋脱掉了围裙和袖套，跟江眉影面对面坐着吃早饭。

江眉影问他："你昨天晚上睡哪里的？打地铺？"

"沙发上。"韩栋言简意赅地回答。

江眉影难以置信地回头看了眼那张两个人坐都嫌挤得慌的懒人沙发，再看一眼韩栋起码得一米八五的大高个子，瞪大了眼睛。

韩栋点点头："没睡着。"

江眉影愧疚了。

"不过今天不营业，没关系。"韩栋喝了口牛奶，好整以暇地说道。

跟韩栋一起面对面吃饭，也只有那次分店试灶的时候。像这样一起吃早饭，更是头一遭。

窗外的阳光已经斜射进入室内，小区里的老土著乌鸦落在阳台的栏杆上，半分钟内换了七八种鸟叫声。

静谧美好的时光太像在梦中，江眉影想，要是时间停止在这一刻该多好。

韩栋煞风景地问："还记得昨晚，你做了什么吗？"

江眉影洗完澡，脑袋里已经依稀有一点记忆了，她硬着头皮问："不是……很清楚。我……对你做了什么吗？"

"嗯，是做了点事情。"韩栋一脸平静地回答。

江眉影："？"

她瞪大眼睛，不太懂他的意思。

韩栋看着她疑惑不解的表情，眼里噙着笑意。

他想，要跟江眉影在一起，这一道坎总是要一起迈过去的。他要让江眉影知道，他是可以接纳她的全部的，无论是她头疼的病症，还是她糟糕的过往。

韩栋不觉得这有多麻烦。

厌食症？没关系，江眉影就喜欢吃他做的菜，他是个厨师，他乐意给江眉影做菜。高中的时候受校园欺凌？更没关系，他是要跟现在和未来的江眉影在一起过一辈子，而不是过去。

而过去的江眉影，他也会当成宝贝一样，好好收藏。

他爱上的从来都不是这副皮囊。

只是这个人。

2

江眉影心里很慌，她依稀回忆起昨晚的事情，但都是零零碎碎的片段。这给她的感觉已经很不好了，绝对不是什么好事。

而且韩栋刚才那句话是什么意思，她不好意思问下去，这人也很闷，她不问就真的一个字都不往外蹦了。

她做了什么啊！她不知道啊！

江眉影偷偷打量着正在洗碗的韩栋的侧脸，心里揣度他在想什么。

大概是江眉影的视线太集中又太过炽热，韩栋感觉一道火辣的眼神盯着自己不放。

他将洗干净的碗筷放到水槽架上，头也不回地问："有什么问题？"

江眉影抱着双膝坐在电脑椅上，光着脚踩在椅子坐垫上，含糊地问："你打算什么时候走？"

韩栋回头瞥了她一眼，挑起一边眉毛问："赶我走？"

江眉影急忙否认："没有……我很谢谢你啦，昨晚上照顾我，今天又给我做早饭，还帮我洗碗……"

韩栋擦干手，一手撑在橱台上，似笑非笑地看着江眉影扭扭捏捏的模样。

"就是好奇……你这两天休假有没有事情。有事情……你可以先走啊，不用在我这里浪费时间。"江眉影口是心非地说着。

其实她心里并不希望韩栋离开，她回浮城这大半年，这间公寓，除了父母，没有别人进来过，现在自己喜欢的男人在这间公寓里为她洗手做羹汤。

江眉影当然不愿意他离开了，恨不得能跟他相处一辈子。

韩栋走到阳台旁，在昨晚磨合了一夜都睡不着的懒人沙发上坐下，整个腰身陷入柔软的沙发垫里，找不到可以支撑的着力点。就是这一点，让昨晚上的韩栋，彻夜未眠——太难受了。

他深沉的双眸盯着江眉影，问道："你真的要我走吗？"

江眉影眼神游移着："为什么不让你走啊？"

韩栋的手肘撑在膝盖上，挺直腰杆，直白地问江眉影："眉影，你有男朋友吗？"

江眉影瞪大了眼睛，整张脸瞬间通红。

韩栋曾经因为太沉默寡言，不肯表达自己的心意而错失过曾经喜欢的人。但是他不傻，江眉影对自己有好感，他感觉得到。

因此他毫不掩饰自己的意图。

江眉影从耳根到脖颈都红透了，就差脑袋冒烟了。

"没……"她低声回答道，声音细若蚊蚋。

韩栋勾起嘴角，正想问下一句话，他的手机跟催命符一样，突然响了起来。

韩栋额头发紧，一看来电显示，是郑林天的，他又看了眼江眉影，往阳台走去，接起了电话。

江眉影顿时松了口气，双手捂住滚烫的脸，平复心情。

韩栋突然问自己有没有男朋友，是什么意思？

韩栋走到阳台，接起电话，刚对郑林天说了一声"喂"，就听见郑林天在电话那头"哇啦哇啦"地大叫。

韩栋将手机拿离自己的耳朵，皱紧了眉，等那头声音小了下来，才问道："你这么激动做什么？"

郑林天冷静了下来，喘着粗气小声地问韩栋："师父，你昨晚没回来，在江小姐那里吗？"

"嗯。"

郑林天声音紧绷着，显得很紧张："师父，现在江小姐在你身边吗？"他问得小心翼翼，声音很轻，似乎怕手机漏音被别人听见。

韩栋回头看了眼屋内，江眉影坐在电脑椅上，正聚精会神地玩着电脑。

"没。"

"呼——"郑林天松了口气，然后神秘兮兮地对韩栋说，"师父，之前不是跟江小姐聊过，她在浮城读的什么学校的事情吗？"

韩栋没回话，静静地等着郑林天说下一句话。

"师父你吱个声啊！"郑林天焦急地说道。

"哦。然后呢？"韩栋无语地接茬。

"就……昨晚上，江小姐在我们店门口那样子，她不是参加同学会回来的吗？我就很好奇啊，为什么江小姐这么狼狈呢？"郑林天说完，又一阵沉默。

韩栋等了半天，知道郑林天希望自己给个回应，只好"嗯"了一声。

郑林天这才继续往下说："然后啊，我就好奇嘛，我一好奇，就在百度上搜索了一下江小姐……"

韩栋感觉额头有些发紧，郑林天真是无聊。在百度上搜索别人名字这种无聊的事情，他二十多岁的大人了居然还做得出来。

"我发现了好多关于江眉影这个名字的帖子！"郑林天的声音一下子拔高了。韩栋将阳台拉门合上，怕郑林天声音太响，手机漏音真被江眉影听见。

江眉影在屋内，疑惑地看了眼阳台，韩栋背对着她，不知道在聊什么。

郑林天的声音忽地又变得很微弱："你知道都是什么帖子吗？"

韩栋突然回忆起昨天晚上，江眉影喝醉了之后说的话。

"你有没有，尝试过在网络上，搜索自己的名字？"

"我做过。"

"你可以搜一下哦。搜一下江眉影，会出来很多信息的。虽然过去四五年了，但是历史信息不会被删掉的。"

韩栋不知道是什么样的信息，但是他隐约猜到了。

能让江眉影崩溃、生病，甚至差点进 ICU 的东西……有多让人绝望。

郑林天没等韩栋回话，叽里呱啦地继续说道："真的，师父，吓我一跳啊，搜索江小姐的名字居然会有这么多吓人的……"

韩栋轻声说："不需要告诉我。"

"东西……咦？"郑林天愣住了，许久，才小心翼翼地问，"师父，你不好奇吗？"

韩栋胳膊靠在栏杆上，仰起头看天空。今天天气很好，空气温暖，湛蓝的天空里，飘浮着棉花糖般的云朵，阳光正好，不刺眼。

韩栋仰着头，低声对郑林天说："好奇。"

他当然好奇，但是他不想从郑林天嘴里听到任何关于江眉影不好的话。

"但是我不想听你告诉我关于她的事情。我想自己去了解。"

郑林天吓得一愣一愣的，战战兢兢地问："那……师父，我把网址发给你？"

韩栋想了想："嗯，发我吧。"

"哦……主要是浮高贴吧的旧帖啦……七年前的帖子了。真的很可怕！还有……我找到知乎上一个叫'school police'……是这样发音吧？就这用户的帖子，可能跟这些事情有关系……看着让人挺难过的，师父你都看看吧。"郑林天说出蹩脚的英语，然后声音越来越低沉。

韩栋应了一声，用严肃的语气告诫郑林天："无论你看到了什么信息，希望你都能用自己的所见所闻、所感知的真实的一切，去理性客观地看待他人和事情。"

郑林天虽然为人不着调，但是在韩栋的培养下，三观倒是很正。他认真地回答："嗯，我知道的，师父。我还希望你看了这些帖子之后，不要对江小姐有偏见呢……"

"你把我当什么人了？"韩栋嗤笑一声。

3

挂了电话，韩栋立刻就收到了郑林天发过来的网址。韩栋看着这两个网址，犹豫着要不要点进去看。

阳台的拉门被人打开了，江眉影从屋内探出脑袋来，问韩栋："打完电话了？"

韩栋将手机收好，转过身，点点头。

江眉影眼神游移着，紧张地问："你……要离开了吗？"

江眉影很紧张。她既不想韩栋这么快走，又怕韩栋留下来要继续谈刚才的话题。她不知道韩栋想对她说什么，期待紧张着，又担心事情不是自己想的那样。

她或多或少回忆起昨天晚上她做的糗事了。

她把自己最糟糕的那一面都展现给韩栋看了，昨天同学会发生的事情和她的病……韩栋如果好奇，大概立刻就能找到关于她的各种黑料。

在韩栋心里，她大概是没有翻身之日了。

韩栋挑眉，早晨的阳光下，明明背着光站着，他的双眸却仿佛带着光，让人移不开眼睛。

"你希望我离开？我们刚才的话题还没聊完。"韩栋的声音没有波澜起伏，淡定得和往常一样。

江眉影的心提到了嗓子眼。

她扯着嘴角，明知故问："也不是希望你离开……还有……什么话题？"

韩栋深吸一口气，招呼江眉影走到阳台来。

江眉影不明所以地走到阳台上，跟他并肩站着。

韩栋指着正对着阳台的一棵树，对站在树梢上不停换着各种声音鸣叫的黑色的鸟问道："那是什么鸟？"

　　因为这只鸟每天早上都对着自己阳台鸣叫上十几分钟，江眉影还特地去查了资料。

　　韩栋转移话题，她就跟着回答："乌鸫啊。这种鸟特别聪明，跟乌鸦、喜鹊是亲戚。"

　　韩栋低头，看着她带着笑意的脸，聊到她感兴趣的话题，江眉影脸上总显得很温暖。

　　这个笑容是那次他看见的，江眉影跟肖引章约会时带着的笑，真的很美。他也有能力让江眉影这样温暖开怀地笑了。韩栋眼里带上了不自知的温柔，江眉影仍旧盯着那只乌鸫，没有回头。

　　"因为每天早上都在阳台上鸣叫，我特地查过。这种鸟很记仇，如果我赶走它，以后每天我只要站在窗前，它就要丢鸟屎过来，是真的跟喷射机那样喷过来哦，特别特别可怕。"江眉影说着都笑出了声，"至死都要报仇那种，我在网上找了一些帖子，看过图片。现在我不敢惹它，恨不得烧高香供着它。"

　　江眉影其实挺喜欢乌鸫的。它的叫声有十几种，变幻莫测，虽然黑不溜秋的，但是嫩黄色的鸟喙跟琥珀一样，很漂亮。她挺佩服这种鸟的，敢爱敢恨，记仇也是一个优点，怎么也不吃亏。

　　韩栋认真地听着，嘴角渐渐带上了一个好看的弧度。

　　见江眉影放松了警惕，等她话一说完，韩栋又回到了最开始的那个问题上。

　　"你有男朋友吗？"

　　江眉影愣住了，怎么回到这里了？

　　她愣愣地回答："刚才问过了……"

　　"嗯？"

　　"没……"

　　"你还记得你昨晚上做了什么吗？"韩栋又问。

　　江眉影已经回忆起了大部分，顿时整张脸红得要滴血一般，她垂下头，支支吾吾说得含糊。

"嗯。"

"你跟我表白了，你准备什么时候跟我在一起？"韩栋带着笑意的声音轻柔，低声问。

江眉影抬头看他，整个人都呆住了。

她怀疑自己听错了。她怎么没印象自己跟韩栋表白了？可是一抬眼就能看见韩栋深深凝视自己的眼神，脸上是那种认真严肃，等着自己的答复的表情，她又开始怀疑自己只是忘记了。

韩栋为什么要问这个问题？他喜欢自己吗？

"我……昨晚……真的跟你告白了吗？"江眉影话都快讲不全了。

"没有。"

"……"江眉影心一松，又觉得更加紧张了。

"但是你昨晚让我知道，我喜欢你。"韩栋低声说道。

"……"江眉影抿着唇，怀疑自己耳朵有问题。

"你喜欢我吗？"

"……"

"你应该喜欢我吧？"韩栋双眼带笑，眼底里有光，吸引着江眉影移不开眼。

她不应该看着韩栋的，她看着他，大脑就无法思考了。

"你不是喜……喜欢苗淼吗？"江眉影结结巴巴地问。

韩栋眉头一皱："以前的事，你怎么知道？"

江眉影的心蓦地一沉。

"这是过去了。"韩栋说道，"重要的是当下和未来。"

江眉影皱着脸，摸着自己耳垂上的耳钉，小声地说："为什么想在一起？"

江眉影整张脸从耳根到脖子都红透了，声音越说越轻，移开视线，眼神游移就是不肯再与韩栋对视。韩栋很确定她也喜欢自己。

韩栋指指自己："我喜欢你。"

江眉影抬眼看他。

他又指了指江眉影："你也喜欢我。"

韩栋顿了顿，伸手握住江眉影的手，轻轻捏了捏："我们俩，应该在一起。"

与此同时，他也垂下眼，两人的视线相触，目光所及，交缠炽热着。

江眉影张了张嘴，心脏一丝丝的钝痛中又有甜蜜蔓延开来，不知是欢喜还是惊讶，但是她此刻却有些害怕。

幸福来得太突然，以至于她有些患得患失。

"真的吗？"

韩栋笃定地说："真的。"

他第三次问："你愿意跟我在一起吗？"

在一起，就是谈恋爱，处对象，搞不好还会结婚。

思及此，江眉影发愁了。

在一起就意味着，她要尽力不跟对方有所隐瞒。可是她不愿意说的事情太多，她以前的狼狈，她是一点都不想让韩栋知道的。现在的她多好啊，又漂亮又苗条，工作也体面。过去的江眉影，一点都配不上韩栋，她很自卑。

心有顾虑，脸上就显现了出来。

韩栋知道江眉影在想什么，握住她的手，干燥温柔的大手一裹住她冰冷纤细的小手，韩栋被她冰冷的指尖凉得微颤。

他呼出一口气，轻声说道："我喜欢你，我会包容你的一切。当然，请你也能包容我的所有不足。"

江眉影闷声道："嗯……你是有很多不足……"

韩栋说道："对，我无趣、木讷、脾气也不好。生活中除了做菜，没有别的兴趣爱好，不会讨好你，也说不来情话，可能还会惹你生气，吵不来架，也许就会冷处理，是个很糟糕的人。这样的我，你会包容我的一切吗？"

江眉影睁大了眼睛，双眼渐渐浸上了泪水。

"可以吗？"韩栋低声问。

江眉影抬手捶上他的胸口，带着哭腔小声喊道："你哪里糟糕了……"

韩栋轻笑一声，将她搂进怀里。

江眉影的脑袋埋入韩栋的怀中，韩栋轻轻拍了拍她的脑袋。

"你包容我的缺点，我也包容你的一切，好不好？"

江眉影哭着说："你很好，不包容也很好。我太差劲了，我真的太差劲了。"

韩栋下巴贴在江眉影的头发上，柔声安慰："你也很好，江眉影是世界上最可爱、最坚强的人，无论变成什么样我都喜欢。"

江眉影哭得更凶了。

韩栋无奈地拍拍她的肩膀，叹道："好了，进屋里继续哭吧，那只乌鸦在树上盯着我们看呢。"

江眉影噗笑一声，从他怀里露出一只眼睛打量着在树上蹦跶着叫得正欢的黑不溜秋的飞鸟，笑道："它知道什么，一只傻鸟。"

"很记仇的。"

"哼，我也很记仇的。"江眉影闷声闷气地说道。

4

江眉影懒得出门，也不想韩栋离开。韩栋自然也不想走。

两人就窝在懒人沙发上，挨着肩聊天。

江眉影总想知道昨晚具体聊了什么，她知道不是什么好事，可还是想了解韩栋知道了多少。

韩栋沉默了片刻，问她："你还有多少印象？"

江眉影揪着头发苦恼："大概知道跟你讲了什么方面的事情……可是具体讲了多少……不记得了。"

韩栋说："都讲了。"

江眉影身体有一瞬间的僵硬，她尴尬地笑了笑，笑得很难看。

"啊……这样啊……你什么想法？"江眉影声音越说越低，"我有厌食症……我曾经是个胖子，还是个被人欺负不还手的胆小鬼……"

韩栋将她搂住。

江眉影继续说："我还性格冲动，拿椰子汁去扔同学，让同学们尴尬……"

韩栋一只手搂住她，另一只手捂住她的眼睛，波澜不惊地轻声说道："可以了，不用说了。"

江眉影抬起脸看着他，脸上是可怜兮兮的表情，哑声问："韩栋，你会不会讨厌我啊？"

韩栋感觉自己手心毛茸茸的睫毛渐渐湿润。

他轻笑一声，江眉影顿时紧张起来。

"为什么会讨厌？"韩栋反问。

"你有厌食症，我却因此与你相识；你性格如何，我一直都知道；你长什么样，都是江眉影。我喜欢的也是江眉影。有什么不对的吗？"

韩栋的话中没有华丽的辞藻，只有认真朴素，江眉影感动得快要大哭出声。

"至于你拿椰子汁去扔同学……"韩栋顿了顿，松开手，捧住江眉影的脸，两只大拇指轻轻擦去她眼角的泪水，笑道，"你做得很好，不过下次不要跟别人动手，并不是所有男人都会绅士地不跟女人动手的。"

江眉影破涕为笑，她抿着唇，扑进韩栋怀里。懒人沙发很软，韩栋差点被扑倒摔下沙发，急忙撑住身子，将她抱住。

懒人沙发上方有一台投影仪，正对着一面空墙。江眉影作为编导专业毕业生，仍旧保持着大学的习惯，每周都至少看两三部优秀影片，做影评剖析，分析镜头语言和剪辑技巧。

这台投影仪是她租这套公寓的时候，跟房东千求万求才争取来安上去的，因为要在墙上留洞，房东还为此在第一个月房租基础上，多跟她要了两百罚金。

韩栋问："要不要找部电影看？"

江眉影双眼一亮，将电脑抱过来，从抽屉里翻出移动硬盘，连上电脑。

"我的存货很多的，有几千部电影，都分好类了，你想看什么，尽管找。"

韩栋空闲的时候也喜欢看电影，对江眉影这么大量的影库如获至宝，道："那以后，我们不用去电影院约会，直接在你家就好了。"

看完一部电影，韩栋用江眉影冰箱里的食材，照着"小圆警长"发过的食谱做了个健身餐。江眉影心情好，吃了一大半，剩下的韩栋都包圆儿了。

吃完饭，韩栋又从自己口袋里掏出那本眼熟的记单本。

江眉影好奇地问："你怎么不开店也带着记单本？"

韩栋把记单本摊开来给她看："这本不是记单本。"

江眉影凑过去，翻了几页，发现每页都只记了一道菜，上面还写了时间，菜名底下还写了一行小字。

"剩……四分之三？嗯？"江眉影抬头疑惑地看韩栋，"什么东西？"

韩栋把记单本收回来，解释道："记的都是你每次来的饮食情况。"

"嗯？"江眉影一头雾水，"为什么要记我的？"

韩栋虽然不好意思，但是他不想瞒着江眉影，便将肖引章的委托，告诉了江眉影。

听完韩栋的话，江眉影怔神了许久，才找回自己的声音，她声音都变得沙哑了。

"啊……肖医生……对你这么放心？"

韩栋说："他真的很关心你。"

江眉影很感动。

她的心里涌出一阵阵的暖流，觉得自己大概是世界上最幸福的人了。

虽然高中时遭遇校园欺凌，可是仍有关心她的同学白鹦，以及装酷寡言的阿军；身边还有青梅竹马，一心为她幸福和健康考量的肖引章；为她提供了优渥的生活条件，体谅她心疼她的家人。

现在，她还有愿意包容她一切的恋人。

"我知道。"江眉影咧嘴笑了，一脸的得意。

江眉影不笑的时候，嘴角微微下垂，总显得不是很高兴。可是一旦当她绽开大大的笑脸的时候，就如同桃花盛开一样。她漂亮的桃花眼，会弯成一个月牙的弧度，长而浓密的睫毛微微盖住眼睑，投下毛茸茸的阴影，小巧挺翘的鼻子显得特别可爱。同时，她的嘴角也上扬，扬起一个漂亮的弧度，露出干净整齐的八颗牙齿，可爱而治愈，让人也不自觉跟着微笑。

韩栋勾起嘴角，现在的江眉影仿佛发着光。

"肖医生，是对我最好的人了。"江眉影冲韩栋眨了眨眼。

韩栋佯怒道："那我呢？"

江眉影无辜地睁大双眼："我不知道你以后会不会一直对我好啊。"

"我会给你做菜。"

江眉影顿时动摇了。

韩栋将记单本打开，念叨着："刚才还没记录。"说完，他将今天这两顿饭，记了上去。

江眉影问："肖医生让你给我做饭吃，你就对我跟普通客人一样就好了，为什么还要这么认真地单独记个本子？"

"因为肖医生经常会问你的情况。"韩栋诚实地回答，"出于责任心……"

虽然是真心话，但是江眉影还是有点失落："哦……责任心啊……"

"但是后来就不一样了。"韩栋接着说，"人很奇怪的，当习惯了对某样事物专注的时候，渐渐地就会爱上它。"

"哦……你是被逼着喜欢上我的，真抱歉哦！"江眉影大声说道。

韩栋哭笑不得地解释："但对一件事物专注的前提是，我本身就对它有兴趣。对人也是如此。"

江眉影撇着嘴，不情不愿地听着。

"眉影，你懂我的意思吗？"

"怎么会懂啊？"

"我的意思是，我从一开始就被你吸引，而你也一样。我们俩，从最开始就被对方互相吸引。"

江眉影默默地直视他的双眼，眨了眨眼，没有说话，脸上的笑意却越来越浓。

他们的缘分从三年前就开始了，在半年前才一点一点地发酵、爆发。

从最开始，就是互相吸引。

到现在，便是天作之合，谁也离不开谁。

郑林天去墨县找黄茹茹约会去了，韩栋不回家也没事，便赖在了江眉影的公寓里。

吃完午饭，江眉影习惯性睡个午觉。韩栋昨晚没睡好，虽然很困，却睡不着，他坐在餐桌旁，趁江眉影午睡，犹豫很久，还是将郑林天发过来的两个网址打开了。

如同郑林天形容的一样——

可怕、难过。

浮城高中的贴吧里，有一个帖子，回复堆了十几页之多，大概是浮城高中贴吧里最红的一个帖子了。

帖子的标题是：《你们谁知道高一（2）班的江眉影，当真浮高神女啊！》

小孩的兴趣点不分善恶，只要有趣、可笑，他们就会肆意地用各种讥讽的语气去抨击一个人，不管被抨击的人的想法和心情，大家开心就好。

这也是从众心理的一种。

这个帖子，让韩栋见识到了，什么叫作人性最丑恶的一面。

江眉影曾随口提到过的"八万块的杯子"是全校欺凌江眉影的导火索。

主楼贴了江眉影最胖的时候的照片，肥胖的小姑娘缩着肩膀，束着一个马尾辫，怯生生地站在一群同学中，盯着镜头。照片里只截了她一个人，很不自信的小胖妞。虽然胖，但是五官仍旧跟现在一样，很漂亮、端正，特别是那双眼睛，干净澄澈。

但是，高中生看不到江眉影身上的美，只看到了她的胖。

对着她的身材大肆抨击，以及她出于自尊心大吼的一声"这只杯子值八万块"这件事，什么谣言、恶毒的咒骂，都用上了。

"恶心死了，我听说她家里穷死了，家里还有两个弟弟，爸妈都是农民，死要面子，什么八万块，那破杯子免费给我我都嫌脏。"

韩栋听肖引章说过，江眉影的家人都在首都工作，虽然不是大老板，但都是高级知识分子，母亲是出版社主编，父亲则是摄影师，家境优渥。

不知道这条谣言是怎么传出来的。

"丑人多作怪，我昨天早操时看见她了，胖得都走不动道了，我踢了她一脚，哈哈哈，半天都没爬起来。"

"她暗恋校草！她亲口跟我说的！那满是横肉的脸上还带着羞涩，太可怕了！是得多自不量力，居然喜欢校草！心疼校草，被这个丑女人看上。"这大概是最开始，跟江眉影关系不错的所谓"闺蜜"传出的。

后面真真假假的所谓爆料和咒骂太多太多，韩栋看得头皮发麻。

这一个帖子，持续了两年多，一直都有人在上面各种爆料，或者炫耀他们欺负江眉影的过程和愉悦的心情。甚至外校都有人来发帖，称自己在放学路上堵住江眉影，扇了她几巴掌。

韩栋深呼吸了好几口气，感觉自己快要窒息。

难以想象，自己光只是翻翻帖子，就感觉绝望，江眉影那两年多是怎么撑过来的。

帖子最后几层，有个叫"是金子一定在发光"的人发了个新帖地址，韩栋发现他也是这个帖子的楼主。

就是他……开启了全校疯魔般欺凌江眉影的始端。

新帖子的标题很醒目：《惊呆，浮高神女居然瘦成这样了（爆照）》。

一打开帖子，就是一段鲜红的文字。高三第二学期放完寒假回来，这个"金子"作为江眉影的同学，发现江眉影瘦了很多很多，变漂亮不少，简直判若两人，于是拍了照片传上来。

然而瘦下来，并没有让同学们停止对她的造谣和欺凌。

反而变本加厉。

关于江眉影"节食减肥，为了勾引校草""花钱整容，被大老板包养"之类的谣言甚嚣尘上，甚至还有人说江眉影绿茶婊，跟一大堆男的都有染……

韩栋想不通，为什么一所重点高中，所谓品学兼优的学生，会对一个普普通通的女生，用尽毕生所有的恶意去揣测、欺侮，只为了心中那一点优越感和爽快。

而江眉影却努力避开所有缠上来的人，不敢爆发，最后活活憋出病来。

韩栋浑身都在战栗，有一种冲动，想要替江眉影，把所有欺负过她的人都揍一遍。

● **Chapter 12**
你用美食拯救我的不开心

1

韩栋颤着手将贴在江眉影唇边的头发撩到一旁，低下头在她额上亲吻。

江眉影浅眠，颤着睫毛醒过来，发现韩栋近在咫尺的脸，愣了愣："韩栋？"

"嗯。"韩栋用前所未有的温柔语气应道。

江眉影撑着身子坐起来，迷迷糊糊地问："怎么了？"

韩栋回答："没事，就是想看看你。"

摸了摸自己的两颊，江眉影疑惑地问："我怎么了吗？咦……是不是因为没化妆，不认得我了？"

江眉影自认为妆前妆后，她的差别不算大。虽然最近工作忙，黑眼圈比较重，肤质也不是很好。

韩栋凝视着她，摇摇头："没有。你长什么样，我还不知道吗？"

"我长什么样哦……"江眉影斜视他，眯着眼问。

韩栋木着脸，掰着手指细数昨晚江眉影的表演。

"你昨天晚上蹲在面馆门口，一抬起头，脸上的妆都花了，睫毛膏和眼影都糊在下眼睑，跟《午夜凶铃》一样……"

"够了够了！"江眉影跳起来，扑向韩栋捂住他的嘴，"够了够了，咱们别说话了，行吗？"

韩栋无辜地眨了眨眼，江眉影小心地松开手，他立刻接上话题："头发还乱……"

江眉影又捂住了他的嘴，哀求道："大佬，韩大厨，咱别提昨晚的事了，行吗……我知道我很糗。"

韩栋伸手将江眉影的手抓到掌心，眼里带着笑意："有条件。"

"什么条件？"

韩栋握着江眉影的手，用她的手指轻轻碰了碰自己的嘴唇。

江眉影脸腾地红了，左顾右盼，就是不好意思看他。

韩栋耐心地等着，见江眉影从脸颊一直红到耳根还没动静，他又接着说："你昨天晚上喝了酒之后……"

"好啦！"江眉影闭着眼大喊一声，拉过韩栋的衣领，直起腰，抬起头就吻了上去。

韩栋坐在床沿，眼疾手快地在江眉影的唇瓣贴上自己的瞬间，就搂住她的腰，让她跨坐在自己腿上，更加贴近自己，然后认真地深吻。

乌鸫从树梢飞到了阳台栏杆上，挪了挪爪子，开始扬着小脑袋对着屋内啼叫。

江眉影闭上眼，感觉到前所未有的温暖。

韩栋的呼吸，均匀而温和，轻轻地呼在脸上，带着淡淡的香皂的味道。没有厨房的烟火气，这个男人也不抽烟、不酗酒，干净踏实。

真难想象，他的家境这么好，却如此自制。

江眉影伸出胳膊，搂住他的脖子，抬高身子，捧住他的脸，居高临下地反客为主。

韩栋低沉地轻笑一声，仿佛大提琴一样在耳边轻唱。

腻歪了许久，韩栋出门买晚饭需要的食材。

　　江眉影趁韩栋不在，给肖引章打了个电话。她知道韩栋肯定清楚，肖引章对她的感情。韩栋提起肖引章的时候，满眼的不愉快都快蹦出来了。

　　肖引章接起电话，就轻笑一声，调侃道："我还以为你今天一整天都不会打电话给我了。"

　　韩栋跟江眉影说过，昨晚他跟肖引章报备了她的情况。

　　不知道韩栋跟他说了什么，但是听肖引章的语气，江眉影大概也明白过来，肖引章一定知道自己跟韩栋的事情了。

　　江眉影不好意思地说："别笑话我……"

　　肖引章问："告白了？"

　　他其实一开始只是试探，但是听到江眉影扭捏的声音，他立刻就明白过来了。

　　韩栋真的是个行动快于语言的人，速战速决，完全不给他这个情敌一点喘息的机会。看起来明明木讷古板，怎么在感情的事情上，这么迅速？

　　江眉影轻声回答："嗯。"

　　"你看，你还不自信地说自己不行，他一定不喜欢你。结果呢？"肖引章替江眉影高兴。

　　"我哪知道他做了这么多事，一声都不吭的。"江眉影停顿了一下，轻声埋怨他，"肖医生你也一样……"

　　"嗯？"

　　"你帮了我这么多，还特地请求韩栋给我做饭……你都不告诉我……"

　　肖引章笑道："当然不能告诉你。我是你的心理医生，你的情况我得保密，但是为了你的身体着想，我只能把情况告诉韩栋，请他帮忙。"

　　"有兴趣看一眼韩栋签的保密协议吗？"肖引章问。

　　江眉影笑了："还真签了这东西啊，那他不是毁约了？"

　　肖引章调侃："是啊，我正在考虑，要不要告他毁约，请求赔偿呢。"

　　江眉影听着有趣，肖引章说道："你说，要赔偿什么才好？"

　　"我会问他的。"江眉影回答道。

"记得赔偿金的红包包大一点。"

"哈哈哈，好的。"

又聊了几句，肖引章才问到同学会的事情，他小心地问江眉影："昨天，还是闹了不愉快吗？"

江眉影打开门，走到阳台上看斜阳，她穿着长袖家居服，虽然不冷，但是天色渐晚，已经有些凉意了。

她低头看小区的草坪，抬头又看了一眼晚霞，叹道："跟脑残能有什么愉快的。"

江眉影很少骂别人。

聊到过去那些事和人，江眉影从来都是避而不谈、讳莫如深的样子。若是回忆起一些过分的场景，她甚至还会喘不过气来，很痛苦。

可是似乎是物极必反，见到那些仇人一般存在的人，被刺激了一遍，她反倒看开了。再加上跟韩栋在一起，让她心情愉悦，她居然用无所谓的语气说那些人"脑残"。

说得倒是不错，的确是"脑残"。

肖引章说："听说你昨天失魂落魄地到面馆门口蹲了很久。"

"其实……我没什么印象了。"江眉影窘道，"我那时候真的脑袋都是蒙的，气极之后，整个脑袋都嗡嗡叫，不知道自己在做什么，全凭本能做事。上了出租车，下了车都发着呆，等到了面馆门口才意识到自己莫名其妙地过来了。"

"又不好意思见他……就蹲在角落躲了很久……"江眉影轻声说道。

短时间记忆紊乱，受到巨大刺激或者强烈撞击的时候有概率发生。比如车祸、坠楼，而精神刺激也有可能造成这种情况。

江眉影就是如此。

"肖医生啊。"江眉影对肖引章感叹，"我真的很烦这帮坏蛋哎……有什么办法，让我真的能够摆脱过去的阴影吗？我怕我再见到他们，还会这样……"

花了多少勇气和力气，支撑自己的精神恢复过来，然后一点点重新融入社会，恢复健康。江眉影虽然仍旧脆弱、胆小，但是她的心脏却没有过去那样不堪一击了。

她愿意鼓起勇气直面过去，就是最大的进步。

肖引章沉吟许久，沉声说道："你没有错，你是你，他们是他们，以后不会再有关系的人，趁早拉黑了。你还在那个群里吗，退群吧。"

江眉影睁大了眼睛："这……"

"都已经敢当面砸别人一脑袋饮料了，还怕退个群吗？"肖引章笑道。

江眉影回过神来："也对……那我就退群吧，眼不见为净。"

"有时间，多回学校看一下，故地重游一下，也许你会发现心情完全不一样了。"肖引章建议，"有一个活性刺激，才能知道自己是不是在进步。"

2

肖引章的这个建议，江眉影犹豫了很久。

韩栋回来后，做好晚饭，两人有一搭没一搭地聊着天。

江眉影一直都心神不宁的，韩栋一直注意着江眉影，发觉她在走神。

他问江眉影："眉影，怎么了？"

江眉影回过神来，抿着唇笑了笑："没事。"

"菜不好吃吗？"

韩栋今晚特地回面馆带了一碗卤汁回来，煮了牛肉粉。往常在面馆里，江眉影也能吃好几口，今天却吃了一口就犹犹豫豫地不吃了。

"不……很好吃。"江眉影放下筷子，叹了口气，问，"你明天有事吗？"

韩栋摇摇头。

"那……要不要……陪我一起去学校？"江眉影顿了顿，强调道，"浮城高中。"

浮城整个市区内，大大小小的普通高中就有十几所，浮城高中作为其中最老牌的省级重点高中，成绩显赫。曾经连续五年，省高考理科状元都出自浮城高中，在全国百强高中，排在前五十名，每年考上清华北大的学生，有二三十名，高考上线率高达百分之八十以上。

就是这样一所全国闻名、学霸层出不穷的名校，让江眉影的人生陷入了混乱之中。

江眉影对韩栋说："我不恨我的母校。没有人会恨这么一所优秀的学校，相反，我很感激它。我在初中披荆斩棘，好不容易考上一所这么厉害的高中，我的父母都替我骄傲。在学校的培养下，经过老师的指点和帮助，我也顺利考上我心仪的学校，学了我最喜欢的编导系。就算那里只有痛苦的回忆，我也爱浮高。"

江眉影的语气平淡，冷静而客观地描述她对母校的感情，韩栋很心疼。她受了这样的欺凌和非议，却仍旧保持着客观的角度、良好的心态去看待自己的母校，韩栋很佩服。

"为什么想回去？回去不觉得心里难受吗？"韩栋问。

江眉影撇着嘴，苦恼地说："我也不想回去。但是肖医生建议我有时间就去看看，刺激一下自己，也许会发现自己已经走出阴影了。"

她想象了一下："真是太刺激了……"

韩栋说："如果不想去，那就别去了。"

韩栋跟肖引章毕竟不一样。肖引章和江眉影虽然是青梅竹马，但他更是江眉影的心理医生。在江眉影有期望想解开心结，彻底地解放自己的食欲的时候，他会不断地建议江眉影在可控范围内去接触自己曾经一直排斥的人和事物。

但是韩栋不赞同。当他知道江眉影过去遭受到的伤害，他只想把江眉影护在自己的羽翼之下，不再让任何人欺负她。

韩栋这样一说，江眉影反倒下定了决心。

"不，我还是想去。"江眉影双手撑在桌子上，站起来，认真严肃地对韩栋讲道，"肖医生说得对，我要不断尝试，迈出去，也许会有意外的发现。"

韩栋仍有些犹豫。

江眉影笑道："你想保护我，我很高兴，但是我也要学会自我保护。再说……我也真的想去找一找，过去的自己。"

韩栋点头："好，我陪你去。"

江眉影释怀地笑了。

洗完碗，韩栋跟江眉影出门一起夜跑了半个多小时。

江眉影看着瘦，但是因为坚持晨练，体力比大多数人都好。这让韩栋备感意外。

她很得意："是吧，你捏捏，都是腱子肉。"

她横起胳膊，让韩栋捏自己的肱二头肌。

韩栋伸手捏了捏，手指捏到结实的肌肉，虽然不大，但是证明这姑娘确实体质很好。跟苗淼那种看着瘦，其实全是软绵绵的婴儿肥完全不一样。江眉影是很克己的人。

他满意地说："再接再厉。"

江眉影说："还需要什么再接再厉，我这么苗条。"

她骄傲地挺直腰杆。

路灯下，韩栋从上到下打量着江眉影。

天气渐暖，她换上了短袖修身的运动服，整个身材曲线一览无遗。瘦归瘦，曲线倒是都有。

"没肉。"韩栋叹了口气，往前跑。

江眉影跟了上去，愤愤不平道："你什么意思？什么没肉？嗯？"

韩栋脸不红气不喘地跑着步，嘴里念叨："多喝豆浆，多吃坚果。"

"嗯？你在说什么？"

"丰胸。"韩栋直白地说。

江眉影脸顿时红了，气道："你几个意思！我告诉你，我这个体重，有这样……很不错了！"江眉影一边追着韩栋跑，一边说，手里还试图比画一下自己的上围。

韩栋轻笑一声，加快了跑步速度，江眉影气喘吁吁地跟在身后，纳闷得不行。

这个看起来高高瘦瘦，整天守着家面馆的厨师，哪来这么充沛的体力和爆发力，跑得这么快。

她不知道，厨师切菜颠锅，臂力自然好，进了厨房，弱鸡如郑林天都练出了扎实的腹肌，更别说韩栋了。况且韩栋也有晨练的习惯，他的体力，一般人都跟不上。

次日早晨六点半，韩栋就摁下了江眉影家的门铃。

江眉影穿着一身运动服，打开门，看见韩栋，心里高兴，面上却不悦地说道："你还真的绕过大半个城市来找我晨跑啊。"

"换洗衣服都带了。"韩栋提着衣服袋子。

江眉影打量了他一身的运动装，心里暗暗咂舌。

她极少见到韩栋穿私服。韩栋穿着厨师服，本就别有一番风味了。偶尔见他穿一次私服，就足够惊艳了。现在他一身蓝色的运动装，很显嫩，他平时早出晚归也很少晒到太阳，皮肤也白，看着更加清朗英俊。

一想到这家伙都快三十岁了，江眉影就嗤笑一声："装嫩。"

"本来就不老。"韩栋答道。

乌鸫又来江眉影家阳台蹦跶，但是家里已经没有人了。黑色的乌鸫跳了两下，看向阳台下，小区跑道里跑过去的两个人。

跑完步回来，江眉影先洗了澡，换好衣服从浴室里出来。

韩栋做好了早饭，招呼她先吃，自己拿着衣服和浴巾进了浴室。

江眉影的脸有些发烫。

浴室里还热气腾腾的，一想到自己刚洗完澡的地方，韩栋又进去了，她就觉得难为情。

韩栋看起来却波澜不惊的。过了一会儿，他顶着湿漉漉的板寸头出来，身上带着江眉影熟悉的柚子味的沐浴露香味，跟自己身上的一样。

江眉影吃得很慢，等着韩栋一起吃。

吃完早饭，韩栋给江眉影湿淋淋的头发吹干，江眉影盘着腿坐在沙发上，歪过脑袋问韩栋："你不吹头发？"

韩栋抹了把自己的板寸："已经干了。"

江眉影不信，抬手去撩韩栋的脑袋，韩栋关上吹风机，低下脑袋任她摸。江眉影一摸到扎手又跟洗脸刷有异曲同工之妙的手感，忍不住来回摸了好几把。

韩栋黑了脸："摸够了吗？"

江眉影说："哈哈哈，手感真好，感觉可以玩一天！"

"哪里手感好了。"韩栋吐槽，摁着她的肩膀让她坐好，"吹头发。"

江眉影头发长了不少，已经及肩了，发根处的黑发已经长出来了，与原来的褐色形成了鲜明的颜色分界线。吹风机温暖的风吹到耳后，把湿漉漉的头发吹到耳洞里，江眉影歪着脑袋，一只手摸了摸耳朵，另一只手刷着手机，找发型图片。

乱蓬蓬的头发，让江眉影原本精致高冷的气质荡然无存，显得软软的、毛茸茸的。

韩栋忍不住低下头在她头顶干燥的头发上，亲了一口。啃了一嘴毛，大概就是这个意思，他嘴上贴上了好几根江眉影的头发。

江眉影没发现他做了什么，只觉得他摸了摸自己的脑袋，于是抬头，把手机递给他看："我想换个发型，哪个比较好？"

拿这种问题问韩栋这种直男，简直就是要命了。他哪知道哪种发型好，他觉得江眉影什么发型都好看。

但是看江眉影期待的眼神，韩栋又不忍心说"随便"。

于是韩栋指指江眉影给他看的第一张图片，按照一般人的心理，让别人帮自己做选择的时候，潜意识里，给那个人看的第一张照片就是自己最想要的。

江眉影果然很赞同："我也想留黑长直很久了，不过我底下染过的头发还有很多，再留一段时间再剪。"

"你高兴就好。"韩栋松了口气。

3

浮高在东城区，离江眉影原先的家很近。

江眉影一直都是走路去学校的。肖引章大她五岁，在本地读 B 大，一直读到了研究生。

从江眉影的公寓到浮高，要经过江眉影家曾经住过的房子。十九年前，是很高档的市政家属楼。肖引章的父母仍旧住在那里，江眉影家却早就卖掉了。

江眉影的父母在她读初中的时候，就一直在首都工作，直到高三生病前，照顾江眉影的人一直都是邻居和保姆。

"我当时心里挺缺爱的。"江眉影看着那栋绿色墙面的家属楼，轻声说，"我理解我爸妈，他们对我很好，也很重视我的教育，每天都会跟我通电话，聊我每天发生的事情，每个月都会回家来看我。但是……"

"还是不一样吧。"她轻叹一声。

在学校被同学欺凌的事情，她一句都不敢跟家里人说。

从小家长教育得最多的就是："凡事要从自己身上找原因，看看是不是自己错了。"

江眉影就找啊找，她想，是不是自己错了，所以才会有这么多人讨厌她，欺负她。

可是她怎么找都找不到原因，她觉得自己没有错，于是她更不敢告诉父母了。

她找不到错误的错误，就是原罪。

"最开始的时候，我很喜欢的杯子被摔了，我跟我妈说过。我妈说，要原谅别人，要大度。我也照做了。"江眉影低下头，苦笑一声，"但我没想到，我出于自尊说出口的一句胡话，却被人当成了笑料，从此以后，我就变成了可以任人欺凌的小丑。"

韩栋的车子里空调声音很响，江眉影在吹风的声音中，说的话都零零碎碎似的。

"生活中我的朋友和亲人都对我很好。"江眉影微笑，"保姆阿姨也对我很好，她现在还在首都家里照顾我爸妈呢。只不过……我高中的时候，人也比较偏执，想不通，为什么偏偏是我遇到这种事情？"

"后来高三第一学期期末考的时候，我开始吃不下东西、呕吐、失眠，体重减了二十多斤，看起来仍旧胖。考试的时候还昏过去了。那时候考了全班倒数，又被一阵讥笑。"江眉影努力地回忆着。

"放假，阿姨带我去首都找我爸妈。看我精神状态不对劲，她实在担心，就送我去了医院，然后我爸妈就来了。一整个寒假，他们都陪着我。我妈不停地哭，一直都在问我为什么，问她自己，是不是她做得不对。阿姨也很自责，觉得都是她照顾不周。我让我身边的人也受到这样的伤痛，有时候我想，是不是我真的做错了什么？"

回忆起自己母亲当时的伤心，江眉影眼里带上了不忍，她回头看向韩栋，问他："我可以告诉我妈妈，我跟你在一起了吗？"

韩栋点点头，伸手抚上江眉影的脸颊："当然可以。"

"肖医生跟我说，她没错，"江眉影哑声说道，"我也没错。我希望，他们都知道我现在很好。"

韩栋探过身子，将她搂进怀里，轻轻安抚她："我会让你幸福的。"

江眉影点点头。

她继续回忆道："我爸问我要不要转学，去首都。我整个寒假，短短一个月，瘦了四十多斤。我以为我瘦了这么多，应该不再是肥婆了，可以被人看得起了，于是我就坚持高考后再去首都。"

韩栋知道这结果。

江眉影想错了。她瘦了下来，漂亮了起来，但是原先看不起她的人，却嫉妒起了她，对她的态度就更加的恶劣，然后疯狂地变本加厉。

"我强撑着考试的念头，到高考结束后，我才七十斤。"江眉影抬头看韩栋，吸着两颊，用手指将两颊的肉戳进去，"脸像这样……"

"好了。"韩栋将她双手握住，轻声叹道，"要走吗？"

江眉影点点头："缅怀够了，走吧。"

车子重新启动，缓缓地离开那栋绿色墙面的破旧家属楼。

江眉影回头，看见一个穿着东城初中校服的女生，扎着一个马尾辫，一蹦一跳地进了楼道。

像是看到了自己的过去一样，江眉影勾起嘴角，回过身子，长长地叹了声气。

韩栋的大切诺基有蓝牙音箱，江眉影连上了她跑步的歌单，车内的空气里爆裂着激烈的鼓点。

江眉影晃动着脑袋，节奏卡得精准，小脑袋一前一后地晃着，很兴奋的模样。

韩栋知道，她这是在掩饰刚才回忆时候的心伤和紧张。

离浮高越来越近，音乐切换到了下一首歌曲，《Wherever You Are》。音乐顿时轻柔下来，江眉影安静下来，轻轻地哼着歌。

车子拐过一个弯，行道树被甩在身后，露出了学校里最高的砖红色墙面的行政楼。

学校旁边的一条小巷子，江眉影多看了几眼。

韩栋注意到了，问她："怎么了？"

江眉影笑着摇了摇头："没事，就是想起了一些事情。"

韩栋开着车，没有看她，眼里却浮现出疑惑。

江眉影解释道："那巷子口原来有家面馆，拆了。我以前……在那巷子里被职高的人勒索，出来后又饿又怕，身上没钱，是那个面馆的老板主动请我吃了一碗牛肉面，特别温暖。可是拆了……"

韩栋听到她的遭遇，握着方向盘的手紧了紧。

江眉影突然想到一件事，笑道："说起来，也是因为你做的牛肉面味道有点像那面馆老板做的，让我感觉很温暖，能安抚人心，我才会对你做的菜有好感呢。"

韩栋笑了："我深感荣幸。"

江眉影"喊"了一声，她知道，韩栋就是这样一个能温暖别人的人。

韩栋在浮城三年时间，来浮高附近的次数屈指可数，但是对这所漂亮的名校印象很好。

学校的整体建筑规划很精妙，据说是找了清华建筑系来设计，设计图纸就花了两百万。

每栋教学楼都不超过六层楼，四栋教学楼，鳞次栉比，学校里还有三栋学生公寓和一栋教师公寓。

　　江眉影安静了下来，看着气派宽敞的正大门。

　　浮城高中四个楷体大字，被雕刻在青石墙面上。

　　韩栋在校门口的停车位上停好车。两人下了车，江眉影小心翼翼地看着大门，近乡情怯的情绪在胸口翻腾。

　　"要进去吗？"韩栋问。

　　校门开着，按照五年前的规矩，假期是可以进出学校的。

　　江眉影深呼吸一口气，郑重地点头："好。"

　　门卫大爷还是那一位，但是他不可能认识江眉影这个毕业了五年、长得与以前不一样的学生。

　　只不过看到两人，他仍旧惊讶了许久，好奇地问道："你们是要来拍电视的吗？"

　　江眉影一愣。浮高因为校园漂亮，的确一些青春偶像剧会来取景，但是门卫大爷这句话的意思……

　　是在说他们长得像演员？

　　江眉影顿时心情大好。

　　韩栋面无表情地摇摇头："不是。"

　　门卫失落地垮下脸："我又不认识是你们是哪个明星，又不会说出去。"他小声嘟囔。

　　江眉影听得一清二楚，也觉得忍俊不禁。

　　他以为两人是来幽会的小明星吧？谁来地方中学约会啦。

　　学校的门面很气派，大大的草坪，用花卉铺成的"求是开拓，学以致用"八个字的校训映入眼帘。草坪旁还有两口大大的喷泉水池，里面现在种了荷花，正在出芽。

　　"我在这里，被人推到水池里过。当时正好也种着荷花，底下淤泥可臭了。"江眉影真正走进学校里面，却觉得心情意外平静。说起过去的事情，她反倒觉得像在说别人的故事一样，心中毫无波澜。

　　韩栋握紧她的手。

江眉影带着他逛遍了学校的每一个角落，在每一个自己有印象的地点，都讲述了一遍自己遭遇过的欺凌。她语气平淡，看似无所谓，有时候说到好气又好笑的事情时，还发出几声笑来。

韩栋却感觉心脏像被人凌迟一样，脸色越来越糟糕。

回到车上，江眉影看他脸色不好，反倒回过头来安慰他："你别想太多，我现在很好，也看淡了。你反倒别比我更在意。"

韩栋皱着眉："这怎么可以不在意，这不能原谅。"

江眉影笑了笑："我没原谅啊。你看，我多记仇，陈年烂谷的事情，芝麻大的小事我都记得一清二楚呢，再跟你讲，简直跟当众处刑一样羞耻。可是，不讲就容易忘呀。"

"只有记住，才知道自己应该成为怎么样的人来保护自己。"江眉影拍拍他的胳膊，叹道，"原谅，是不会原谅的。只要他们不要再烦我，我可以选择不追究。但是如果他们再来烦我，加倍奉还。"

她像是真的想开了，并且走出来了。韩栋的心受到了极大的震撼。

江眉影的眼里闪烁着坚定的目光，韩栋握着她的手，感觉到她掌心泛开的温暖，心里像是受到感染一样，轻声应了一声。

4

江眉影在肖引章提议后，就退出了同学群。她不知道这之后同学群里发生了怎样的腥风血雨，她也没兴趣知道。

从浮高回来后，江眉影跟韩栋的关系变得更加契合了。两人之间不再有一层秘密隔着，变得更加亲昵。

江眉影将她和韩栋在一起的事情告诉了她的父母。

江爸爸工作太忙，从江妈妈那边间接知道韩栋的事情，沉吟片刻说："如果他欺负你，就告诉爸爸，不要怕他是三味坊的少东家。"

江眉影哭笑不得："爸，他人很好啦，不会欺负我。"

江妈妈吃味："不久前刚建议你抓紧好男人，没想到这么迅速，还这么快就不要爸妈了。"

"哪有啊。"

下了班去有间面馆吃饭，韩栋给她上完餐，坐在她对面看着她吃。

江眉影被盯得都快食欲不振了："你别盯着我，我吃不下。"

"别管我。"

"怎么可能不管。你眼睛这样直勾勾地看着我，我怎么可能没有压力？"江眉影无语地摆手，"你看，客人来了，你快去烧菜。"

"不要，不接单了。"韩栋面无表情地说道。

江眉影忍不住翻了个白眼："我看你大概是想倒闭了。"

"最近营业额很不错。"

跟韩栋讲道理没用，江眉影撂下筷子，威胁道："你再看着我，我就回去了，不吃了。"

话音刚落，韩栋就站了起来，将手中的厨师帽重新戴上，滚回了厨房。

郑林天跟黄茹茹在墨县玩了一圈之后，师父都不要了，每天从分店回来都临近打烊，最近都是其他兼职的小姑娘和江眉影一起帮韩栋准备打烊的工作。韩栋每天都要送江眉影回家，他那辆巨大霸气的大切诺基在市内和小区里开便成了问题。江眉影的小区车位紧缺，他的车子太大，根本没地方可以停。

韩栋因此都没办法将车子停好送江眉影上楼。

韩栋迅速地买了辆奥迪 A6，江眉影想着 A6 也不便宜，也不小，买辆小车子不更好吗？她这样问韩栋。

然而韩栋坐在 4S 店的贵宾席上，撇过脑袋不肯回答。

江眉影将他的脸扳过来跟自己对视："说。"

"……肖医生。"

他半晌才吐出三个字。

江眉影一愣，往身后一看，没发现有肖引章的身影。

等回过头再瞪韩栋，江眉影才明白过来他的意思。

肖引章开的是奥迪 Q5。

他只是单纯想要跟情敌比数字大小而已。

韩栋这个幼稚的家伙，平时看着成熟稳重极了，一涉及情敌这方面，就跟个小孩一样，不当面较量，偏偏在这些莫名其妙的小事情上较真。

"肖医生表示不想跟你计较。"江眉影替肖引章说话，"幼稚鬼。"

韩栋听着左耳进右耳出。

他感谢肖引章让如今的江眉影如此坚强健康。但是今后的江眉影，会由他来照顾保护。

肖引章见证了她最狼狈不堪、最可怜的时期。江眉影不知道他对自己的喜欢，有几分是多年的情谊，有几分是愧疚。但他仍旧是自己生命中最重要的人之一，没有肖医生，她就不可能得到重生。

而现在，江眉影也庆幸，在劫后余生的现在，她遇见了韩栋。

她对韩栋说："你不用担心我会喜欢上别人。因为世界上再找不出一个人跟你一样，三年前就与我有交集，影响了我三年的生活，却用美食拯救我的不开心。"

幸好，跟韩栋相遇的，是现在的江眉影，早一秒晚一秒都不一样。只有现在的江眉影，才有心情爱上他。也只有现在的她，才能得到韩栋的爱。

● **Chapter 13**
陌生来电

1

端午节后，郑林天觉得自己彻底被师父抛弃了。

一大早醒来，师父早就不在家了，他孤零零地一个人去采购，送到总店，师父已经在店里了，再哭唧唧地一个人开着小面包车去大学城开店，他觉得好孤单。最近分店工作很忙，打烊迟，等去了总店早关门了，师父早就送江眉影回家了。

他对黄茹茹抱怨："师父不要我了。"

黄茹茹黑着脸："你是小孩子吗，快去炒菜。"

郑林天撇着嘴被赶回了厨房。

大学城的分店生意好起来之后，休息时间比总店还少，学生们经常会在午后点一些小吃送外卖。大学城的外卖业极其发达，韩栋也将有间面馆分店加盟了外卖平台，营业额翻了好几番。郑林天忙得要吐血，天天跟韩栋诉苦自己快忙炸了，要死了。

韩栋思索了好几天，最后决定，招学徒。由郑林天带学徒，他要挑选资质好的亲自带一个。好为有间面馆的品牌线扩张打好基础，并入三味坊的时候不至于太过于弱势。

郑林天的性格不适合当店长，但是如果给他几个学生，他跳脱不着调的性子倒可能压一压。

午后闲暇的时间，韩栋又点开了知乎。

上次郑林天发过来的两个网址，韩栋后来回家，将第二条网址打开了。就是郑林天所说的，可能跟江眉影有关的知乎答主。

"school police"，翻译过来就是校园警长，跟江眉影的微博名"小圆警长"发音一样。

韩栋知道，这应该就是江眉影了。关注她的人不少，她回答的问题不多，但是都有关于校园暴力。

用冷静平淡的语气讲述自己遭遇的事情，或者给其他正在遭遇校园暴力的学生建议和帮助。

她最长的一条回答有将近上万字，还发过自己当年生病时候的诊断书照片。

在不为人知的时候，江眉影做过常人难以想象的努力，这也是韩栋心疼并且深爱的她的模样。

今天是周末，江眉影说好下午早一点过来，韩栋本来想去接她，但是店里总是偶尔会来一两位客人，他实在抽不开身。

在等江眉影来的过程中，韩栋就坐在椅子上刷手机。

他心里带着好奇，搜索了一下江眉影的名字。

如同郑林天所说，搜出来不少信息，排在首页的就是触目惊心的浮高贴吧的帖子。

"浮高神女"几个字，听着以为是女神之类的夸奖之意，但是一旦细究，就觉得恶意满满，嘲讽之意很浓。就如同当年的"芙蓉姐姐"一样，当成笑料一样的称号。

已经看过是怎么回事了，韩栋不想看第二遍。

但是搜索结果页面里却多了一个新结果，也是浮高贴吧里面来的。

题目很吸引人：《2018 年，浮高神女重回人世！》

韩栋心里"咯噔"一下，知道肯定不是什么好事了。

他抬头看了眼大门，没有客人来，呼出一口气，他捏了把掌心的汗，点开了帖子。

帖子的回帖堆得很多了。

主楼帖一打开就是江眉影最胖时候的照片，过去的手机照片像素不高，但是也能看清她清秀的五官。那时候江眉影胖得跟球一样，束着马尾，白色校服被撑得很紧。

照片下面两行红色的大字加惊叹号："神女镇楼！还记得享誉海内外的浮高神女吗！楼主前段时间参加聚会见到了神女！现在的神女简直判若两人，你们肯定不敢认！"

韩栋缓缓将页面下拉。

从侧面偷拍的江眉影的照片，大大地横在手机屏幕上。

江眉影及肩的褐色短发、小巧挺直的鼻子、微翘的红唇，以及长而浓密的睫毛，身上是参加同学会那天穿着的破洞牛仔裤，上身一字肩的宽松藏青色线衫，整个人娇小清瘦，因为宽松的线衫，又显得毛茸茸的。

这张照片上，江眉影正低着头，在包里找什么东西，一侧的头发被撩到了耳后，耳朵上还戴着红色的耳钉。这正好给偷拍的人可乘之机，拍到了侧脸。

虽然照片拍得角度诡奇，画面也不算清晰，但是江眉影通身的气质和穿着搭配，加上她的颜值，给人以为是杂志街拍一样。

看到江眉影被偷拍，韩栋心里一阵窝火。

下面的文字更让人恼火。

"这是浮高神女现在的模样，你敢信？也太漂亮了吧？大家猜猜花了多少钱整成这样的？ PS，爆料一下，浮高神女被人包养了，性格特别高冷傲慢，看不起老朋友，聚餐的时候我就提了句神女这两个字，就被她甩了一脑袋饮料。"

"……"韩栋将整张帖子都截图了，然后点了举报。

张口就是造谣，谁跟他是老朋友。

"丁零零……"

大门上的风铃互相撞击，韩栋抬眼看去，江眉影正好进门了。

江眉影的习惯是，在家怎么不修边幅都可以，只要出门，就一定要打扮得漂漂亮亮的，心里高兴。

天气越来越热，前两天下了小雨，骤然降了温，但是今天温度又稍微攀上去了。江眉影出门的时候太阳还有点火辣，她最近身体越来越好，也不体虚怕冷了，就穿了件露脐上衣、短裙，蹬着双白色球鞋就出门了。

韩栋看得直皱眉。

江眉影摘下墨镜的时候，手一抬起来，白嫩纤细的小腹和腰线都看得一清二楚。

韩栋冲她招手："过来一下。"

江眉影疑惑地走过去："做什么？"

韩栋站起来，一声不吭地将自己身上的围裙解下来，在她腰上一围，在腰后打了个死结。

围裙挺大的，本来在韩栋身上也只到膝盖差不多，但是到江眉影身上，直接盖到了小腿。

江眉影一头雾水。

"你做什么啊？油腻腻的，脏死了。"她摸了把围裙，嫌弃地说道，双手绕到腰后想解开扣子，无奈打了死结，根本解不开。

韩栋说："到回家前，都这样穿着吧。"

"你干吗啊？"江眉影莫名其妙。

韩栋把手机里的天气预报界面打开："今天 20℃ -30℃，冷。"

"可是现在30℃啊，而且我也不冷啊。"江眉影低头打量了一下自己的穿着，才明白过来，顿时哭笑不得，"你好烦哦，我有穿安全裤啦。"

韩栋指了指自己的腰。

"不就露个肚脐嘛，显得腿长！"江眉影说着摆了个 Pose 显摆自己的小细腿。

韩栋面无表情地打击她："本来就腿短了，再怎么制造视觉错觉也是自欺欺人。"

"……闭嘴，去做饭。"江眉影黑着脸瞪他。

2

江眉影已经不点单了，也不付账了。

韩栋看江眉影心情，随机发挥，然后光明正大地做记录。

江眉影考虑过要不要给韩栋买一本漂亮点的手账，毕竟是记录自己的饮食情况，怎么都得有个漂漂亮亮、充满少女心的和纸胶带做陪衬，用彩笔记得富有艺术感。

韩栋对此嗤之以鼻："没时间。"

"你晚上回去写一下不行吗？"江眉影身为编导专业毕业的科班学生，对于美感的追求异于常人，她拎着韩栋现在用的记录本，每张薄得可以看到下一面写了什么的纸张，抖了抖，"你看看，你现在用的都软不啦唧的了！太不符合我的气质了。"

韩栋把本子收回来，小心地放进胸前的口袋，冷静地说道："符合我的气质。"

"……"

"我不会画画。"韩栋说得很诚实。

江眉影不为所动："去学。"

"那我跟苗淼……"

"我教你啦！"江眉影气得要拍桌。

江眉影跟苗淼偶尔会聊天，也知道苗淼是最近爆红的漫画家，韩栋这话让江眉影又气又好笑。这人绝对是在故意惹她生气。

她赶他走："快点上菜，饿死我了。不然要投诉了。"

韩栋点点头，进了厨房。

等到打烊，韩栋没等郑林天来，江眉影帮着一起整理完卫生，两人手拉着手一起将玻璃门外的拉门拉下来。韩栋个子高，先拉下来，等江眉影一起够到拉门底部，再一起喊着"一二三"，一起用力将拉门拉到脚边，最后用脚踩实。

江眉影很享受这个过程，将上锁的任务也一并包揽了。

拉上门，一天的营业就结束了，美好的一天又过去了。

江眉影牵着韩栋的手，撞撞他的肩，笑道："什么时候在我公司楼下开一家分店吧，你这里太远了，舍得我跑这么远？"

韩栋苦恼道："这里的租期还有两年。"

"嗯？"江眉影没反应过来。

"等郑林天把学徒带出来，这家店交给别人，我把总店开去你公司附近。"韩栋是认真考虑过这件事情的，为此他还找了几家房产中介，考量过选址，"你觉得是你公司附近方便，还是你家小区附近方便。"

江眉影愣愣地张了张嘴："啊？你真的考虑了？"

韩栋皱着眉看她："你以为就你心疼你自己吗？"

他说完话，径自打开了副驾驶车门，让江眉影先坐进去。

韩栋考量了很多因素，回去的路上还一一给江眉影阐述了一遍。

"各个分店之间的距离，你住的地方到你公司的距离，以及地铁是否方便，我这家分店，是不是能折个中，在公寓和公司都比较方便来回，这些因素都得考虑。"韩栋说得江眉影一愣一愣的。

江眉影听得就头疼，一抬手："要不还是算了吧……"

"不行，这么下去不是个办法，再说，我跟我爸约好了，接下去两年都不要求我回三味坊，看我能将我自己的店打造成怎么样。如果能有业绩，我就可以打造我自己的品牌了。我得打造一个属于我自己的品牌，所以分店还是要开出去。"韩栋坚定地说道。

江眉影不知道韩栋跟他父亲还有这一出，她哭笑不得："你们父子俩真是太偏执了。你跟你父亲好像啊，讲话语气也很像，一板一眼的。明明是善意的话，但讲得就不是很好听。"

韩栋很少听江眉影谈到她跟他父亲的"战友情"，他不禁好奇了，问道：

"我爸平时会跟你聊什么？"

"聊你啊。"江眉影笑道，"我这个不肖子，有多笨，切个萝卜拉花都花了两个月才学会啦。情商还低，跟哪家千金交往了三个月被人家劈腿了都不知道吧啦吧啦的。"

韩栋黑着脸："他怎么什么都跟你讲。"

"这是关心你嘛。没有人可以倾诉，就跟一素不相识，但是跟你用过同一个手机号的人倾诉嘛。"江眉影看到韩栋脸上难得的尴尬，凑到他胳膊旁调笑道，"你真的被别人劈腿都不知道啊？"

韩栋木着脸："别凑过来，我开车。"

"你说说嘛。"

韩栋叹了口长气："我忙，没时间搭理那么多。"

说起那个谈了三个月还让他戴绿帽的千金大小姐，韩栋连她长什么样都不记得了。只知道是他父亲要他去相亲的，这大概是五年前的事情了。

他读小学的时候，母亲就去世了，在一个父亲包括师父加起来七个大男人的环境下长大，韩栋跟女性交往的经验很欠缺。相亲了之后，那大小姐对他的长相和家世都很满意，于是他也没拒绝，两人开始交往。只是当时他管着三味坊总店，每天忙得根本没时间看手机，更别提出门约会了。

那位大小姐在与他交往两个月之后，持续两周没见到韩栋，就劈腿了。韩栋是过了整整一个月，才发现那位大小姐劈腿。韩栋和善地询问她的时候，她还一脸无辜地问韩栋："我们不是已经分手了吗？"

韩栋："……"

这些细节，韩栋并没有仔细跟自己的父亲聊过。但是他想不明白，自己的父亲怎么知道的，还告诉了江眉影，重点是现在江眉影是自己的恋人。

讲完这段经历，韩栋的脸沉得可以滴墨了，车子已经停到了江眉影公寓楼下。江眉影笑得不行，拍着韩栋的胳膊嘲笑他。

"'我们不是已经分手了吗？'你太可怜了，哈哈哈，被分手了都不知道。"

韩栋无奈地叹气："那个时候只知道厨艺、工作，别的什么都不懂。"

"现在就懂了？我看你也很忙啊，你要是也跟我两周都不见面，我也和你分手了。"江眉影调侃道。

韩栋脸色立刻黑了下来："不可能的。"

"嗯？"

"你不可能两周不跟我见面的。"韩栋笃定地说道。

"你怎么这么肯定？"

"你愿意两周吃不到我做的菜吗？"韩栋反问。

江眉影沉默了。

她还真的不敢保证自己能忍住。

韩栋轻笑一声，将她鬓角的碎发撩到耳后，说道："那也是五年前的事情了，现在我跟以前不一样了。别说你，我也受不了这么久不跟你见面。"

江眉影耳根红了。

"以后要是再听到我爸跟你讲我以前的事情，听一半信一半，别太当真。"谁知道那老头在背后说了他多少坏话。

他当时在排解想儿子的情绪，诉说给陌生人听，但是韩父万万没想到，这是在未来给韩栋挖了个坑。把儿子的坏话讲给未来儿媳妇听，以后夫妻闹矛盾，首当其冲就是这位老父亲了。

江眉影笑道："放心吧。其实伯父真的很关心你的，很多小事他都记得，虽然是在跟我抱怨，但其实都是因为想你，不然，怎么连你不喜欢吃香菜这种事情都告诉我了。"

连这都说了。

韩栋已经习惯了，木着脸反驳："我现在会吃香菜了。"

江眉影拍拍他僵着的脸："谁管你哦。我下车了啊。"

"别走。"韩栋抓住她的手。

江眉影回过头看他："怎么了？"

"明天周日。"

"嗯？"

"休店一天。"

每个月有三天休店时间，每个月的 4 号、14 号、24 号三天都例行休店。明天 4 号，恰好江眉影也不上班。

江眉影算了算日子，还真是。

"要不要去哪里玩？"韩栋问。

"你是想说约会吧？"江眉影眉眼笑眯眯的，桃花眼弯成月牙，里面带着愉悦的光。

韩栋说："我没约会经验，你教我。"

"别说得我就很会一样啊，大家彼此彼此，别客气。"江眉影摆摆手。

韩栋握住她晃着的手，欺身上前，亲吻她的嘴唇，然后低声道别："那明天见，我不上去了，早点睡。晚安。"

江眉影红着脸点点头，拉开门，等下了车，才回过神，弯腰对车内的韩栋挥手："晚安啊，不肖子。哈哈哈……"说罢，趁韩栋没回过神来，她立刻跑上了楼，没了影。

韩栋哭笑不得地看着她矫健的背影，无奈地摇了摇头。

黑暗中，路灯影影绰绰地在韩栋侧脸上留下光影。他收起笑容，神情变得严肃。

他不能让黑暗重新湮没江眉影。

他要想办法，让威胁江眉影现在的快乐的人，都闭上嘴。

不要再来打扰到她的生活。

3

江眉影洗完澡，趴在床上，跷着腿玩手游。这是郑林天推荐她玩的游戏。郑林天自从《山海经传》的情缘，被韩栋冷血地分了之后，就心灰意冷，再也提不起兴致玩网游了。

现在他转向了手游，并且励志于将师娘的手游热情也培养起来，这样师父就不会再说他玩物丧志了。

他每天晚上都跟江眉影约好几点开始带她打。

当然前提是瞒着韩栋，他可不敢让韩栋知道。

江眉影刚打完一盘，在微信上跟郑林天还没聊几句，微信聊天界面就被一个陌生来电界面给霸占了。

来电显示的号码不像手机号，一串没有区域号的乱码，也没显示区域，江眉影以为是广告或者诈骗电话，就没接，退回微信界面继续跟郑林天聊游戏。

刚没聊两句，手机又被拨通了，仍旧是同一个号码。

江眉影无语地接起来，想教训一下骗子。

结果接起来之后，对方并不讲话，江眉影轻声地试探："喂？哪位？"

对面是一个低沉沙哑的男声："神女？"

江眉影心脏猛地一缩，"啪"一下，将手机摔了出去。

等手机落地了，江眉影在床上缩手缩脚，许久才回过神来。她整个人都是冰冷的，心脏剧烈地跳动着，焦灼又仿佛被浸泡在水里。

安静的房间里，就自己一个人，突然接到一个伪装过的号码打来的陌生电话，一接起来，一个诡异沙哑的男声喊自己"神女"。是个人都得吓出病来。

江眉影急促地喘着粗气，良久才平复下心情，将手机小心翼翼地捡起来。电话已经挂掉了。

她一看屏幕，裂了。

大概是角度不对，右上角磕出了一道裂痕。

偏偏这时候韩栋还发了微信过来，屏幕右上角那一块似乎颜色都不对了，泛着蓝光，触摸也不灵了。江眉影回信息的时候各种出错，急得她直接打电话过去。

"怎么了？"韩栋大概在等她回复，接得很快。

江眉影不高兴地说："明天去手机城。"

"怎么了？"

"手机坏了。"江眉影心里很委屈，"屏幕摔裂了。"

"你怎么做到的？"韩栋瞥了眼正在沙发上跷着腿，偶尔抠抠脚，玩手游玩得正嗨的郑林天，心说刚才两人不是还正在组队玩手游吗？

他早知道郑林天暗搓搓带着江眉影玩游戏了，只不过江眉影玩得开心，他也不会责备郑林天，只要这家伙能够认真工作就行。

江眉影心有疑虑，不想把刚才接到骚扰电话的事情告诉韩栋，让他担心，只随口说道："就刚才没拿住，摔碎了。"

"……把屏幕摔裂了？"这得用多大的力。

"对啊，角度不对，就摔裂了嘛。现在打字都有影响。"江眉影在电脑桌的格子里翻找备用手机，"明天来接我去修手机啦。"

"直接买部新的吧，修一修不合算。"

江眉影工资虽然高，偶尔还能拿到参加节目的明星给的红包。但是因为在浮城是自己一个人打拼，她还是很省钱。

"如果换屏幕的费用超过一千，我就换部手机了。"

"嗯。"韩栋总觉得江眉影在瞒着什么，他心里也有事，在江眉影道了晚安，要挂电话前，又喊住了江眉影。

"怎么了？"江眉影疑惑地问。

韩栋叹了声气："没事，你早点睡，手机坏了就别玩了。"

"嗯。"

韩栋这样叮嘱，江眉影却阳奉阴违。睡前，她总想看看手机屏幕到底坏到什么程度了，就又玩了一会儿手机。

知乎"叮叮当当"推送了不少话题出来，点开知乎，她发现通知栏里多了一大堆的新信息。

江眉影的知乎账号粉丝不少，原本她并没有当回事，结果点开通知栏一看，她曾经回答过关于校园欺凌问题的答案下，多了不少恶意辱骂的评论。

"你这个浮高的垃圾，污蔑我们浮高！"

"可怜之人必有可恨之处，答主被欺凌一定也有自己的不对，别装白莲花。"

"骗子，鉴定完毕。"

"……"江眉影无语得很。

她在整篇回答里，只字没提到浮高，她也没有特别详细地描述自己被欺凌的始末。

突然多了这么多莫名其妙，一看就不符合知乎用户风格的评论，江眉影意识到一个问题：她掉马甲了。而且，对方是买了水军有备而来。

说不定刚才的骚扰电话也是出自同一个人之手。

江眉影有些担心自己的微博是不是也掉马甲了。

要是被人说，自己瘦下来不是靠健身餐和运动，而是靠厌食症瘦下来，她的粉丝们一定会责备她是骗子。

江眉影抚着额头觉得头疼。

她的确是个骗子。小圆警长一直塑造一个克己、乐观向上、热爱生活的正能量形象，但是她知道，自己不是这样的。

虽然她没有靠小圆警长这个微博赚过钱——韩栋的除外，但是她仍旧不想让那些因为美味富有创意的健身餐从而喜欢上她的粉丝伤心。

到底是谁？

江眉影心里隐约有了个猜测。

心思太重，脑袋里又闪回不少过去的事情，江眉影被现实和过去的记忆交叠，折腾得一整晚没睡好。

韩栋来接她的时候，江眉影顶着浓重的黑眼圈打开门，还带着起床气。

"才六点半。"她嘟囔一声，躺回床上睡。

"不晨练？"

"不要。"江眉影把被子一踢，被子飞起，落在身上，她翻了个身，将被子裹住全身，"别吵我，我要睡回笼觉。一晚上没睡好。"

"手机屏幕坏了，就这么伤心？"韩栋问。

"别吵我！"江眉影起床气犯了，喊了一声，用被子盖住了脑袋。

韩栋无奈地笑了笑，捡起沙发上的 iPad，安静地看书。

等江眉影终于醒过来，已经八点多了。

一醒来，江眉影还迷迷糊糊的，韩栋便对她说："醒了？把你家备用钥匙给我一把吧。"

"嗯?"江眉影迷瞪着眼,一头雾水。

她醒了跟备用钥匙有什么关系吗?

"方便一点。"韩栋解释道。

江眉影没睡够的时候,起床气挺严重的,韩栋之前撞到过一次,今天是第二次,真的一点好脸色都不给,理都不理打开门就躺回去睡。为了防止以后,江眉影没睡好的时候,他又影响她睡眠,他决定还是跟江眉影拿把备用钥匙。

江眉影没有备用钥匙,一把在父母那里,另一把在方可可那儿,自己手上就一把钥匙。

她洗完脸,人精神了一点,对韩栋说:"要不过会儿去配一把,要不就是等周一了,我去跟同事方可可那儿拿回来。"

"男的女的?"韩栋问。

江眉影嘴角一抽,斜他一眼:"我都说了,她叫方可可,怎么可能是男的?"

"哦。那我去配一把就好。"

"嗯,你去做早饭,我洗澡了。"江眉影把韩栋往厨房推过去,自己飞快地钻进了浴室。

手机落在了床上。

韩栋打开冰箱找食材,翻出不知道冻了多久的鸡胸肉,查了一下没过保质期,就放入微波炉里解冻。

手机在床上疯狂地炸开声音。

不仅仅是屏幕摔坏了,大概连音响都坏了吧。

韩栋无奈地走到床边,捡起手机,正想喊江眉影,却发现手机屏幕上的来电显示是一串凌乱的数字,心里不禁存了疑虑。

4

江眉影洗完澡,换上要出门穿的衣服出了浴室,神清气爽地长舒一口气。

韩栋坐在沙发上,一脸严肃地盯着她。

江眉影拿着毛巾正在擦头发，看到他的表情，心里有股不好的预感，将毛巾往脖子上一挂，问道："怎么了？"

韩栋脸色凝重地问："你最近，有没有接到什么陌生人的电话？"

江眉影心里"咯噔"一下，慌了。

她扯了扯嘴角："怎么了？"

韩栋原本想，网上帖子的事情，他解决就好，江眉影不需要操心。但是现在看起来，不能瞒着江眉影了，对方已经开始骚扰她了。

"有没有？"韩栋又问了一遍。

江眉影僵着脸，嘴角垮下来，侧过头不敢看韩栋。

"嗯。"

"什么时候？"

"就……昨晚。"

韩栋脑子转得很快："昨天晚上手机摔了是因为接了个电话？"

"嗯。"江眉影不情愿告诉他，让他担心，但是瞒不下去了，她就一并说了，"那个人声音很诡异，突然喊了我一声'神女'，我吓了一跳，就把手机扔出去了。"

韩栋招了招手："过来。"

江眉影趿拉着拖鞋走过去，坐到沙发上，韩栋用毛巾盖住她的湿头发，一边帮她擦干头发，一边轻声问："还有别的事吗？"

江眉影沉默了。

"有的话就告诉我，别让我担心。"

"有。你先把手机给我。"

江眉影接过自己的手机，果然看见通话记录里，刚才又来了一通和昨晚一样的骚扰电话。

她问："刚才骚扰电话打过来，你接了？"

"嗯。"

"对方说了什么？"

韩栋说："我接起来，对方一开始没说话，我刚问了句'哪位'，对方就挂了。我觉得不对劲，所以才问你的。"

那人还看接电话的人是不是她才开口，应该是认识她的人了。

江眉影把知乎打开，解释道："我……有个知乎号，不知道你知不知道。"

"嗯，我知道。"

"咦，你怎么知道……"

韩栋也没瞒着："因为好奇，搜过你的名字，结果在逛知乎的时候发现了你那个号，因为有一篇回答里讲的事例，跟浮高贴吧里的帖子太像了。"

江眉影苦笑一声："读大学的时候，为了不让自己憋出病来，所以偶尔会在知乎上回答，发泄抑郁，已经删了很多了。我从一开始就没想瞒着。"只是微博，她真不希望那群人发现。

"知乎怎么了吗？"

江眉影把知乎打开，发现通知栏又多了几十条评论，她翻开通知来给韩栋看。

"昨天晚上意外发现的……似乎多了很多水军，在我的回答下面恶意评论，大概他们发现这个账号就是我的了。我怕他们会顺道把我微博也扒出来。知乎被扒出来没关系，可是我不希望被人发现小圆警长就是我。"

她捂住脸，长叹一口气："毕竟置顶帖子我有隐瞒和欺骗。"

这是江眉影心中的一个隐患，对此她一直很歉疚。比如她体重最重的时候不是 70 公斤，而是 80 公斤，她也不是靠健身节食搭配瘦下来的。她最轻的时候只有 35 公斤。

恰恰相反，江眉影是靠饮食调理和运动才胖回到快 40 公斤的，最近在韩栋的调理下，体重已经接近 45 公斤了。

为了不让自己的形象太病态，江眉影在微博上隐藏、篡改了一些信息。

韩栋觉得她苦恼的点意外的可爱，拍了拍她的脑袋。

江眉影甩了甩头，烦恼道："真的，我不想让粉丝们知道我是因为生病才瘦下来的，也不想让他们知道，小圆警长会做这么多创意健身餐，自己却一口都吃不下。这不是欺诈是什么……"

"没事。"韩栋安慰道，"别怕，有我在，而且，就算真的欺骗了，你又没有伤害到谁，你的担忧，大家都能理解。"

江眉影点点头，心里还是有些担忧："小圆警长的账号，建立初衷就是为了有朝一日自己能吃得下各种美味的食物，所以自己开始摸索着做吃的，可是稍微油荤多一点，就算是我自己做出来的，看到也会反胃，才渐渐开始做少油低脂的健身餐。就算吃不下，但是我很享受创造的过程。"

韩栋深有体会："我知道。"

他是厨师，这种感觉，他比任何人都能体谅。

"除了你硬塞了几千块的菜谱版权费，我一点盈利都没有过。"江眉影说着，瞪了他一眼，"因为你，我后来连微博打赏功能都关闭了。"

韩栋笑道："别的粉丝没有为你花过一分钱，只有我花了。作为跟你利益相关最多的粉丝，我表示谅解，所以别担心了。"

用追星圈里流行的话来说就是，没有为爱豆打过 call 的白嫖粉丝，都没资格指责爱豆。靠爱应援都是耍流氓。

听韩栋这样讲，江眉影心情也放松下来，点点头："好的，先暂时不想了。"

"嗯，接下来，我们先去修手机。然后你想想，可能是谁在这样黑你，还骚扰你，之后的一切都交给我。"韩栋将自己的手机打开，昨天的帖子他存了收藏夹，翻开来给江眉影看，"我昨天发现了这个，你看看，以这个角度拍照片的，会是谁？"

江眉影接过手机一看，脸色顿时煞白，眼圈通红，眼底是难以置信。

若是之前心里只有一个隐约的猜测，那这一次，看到照片，她已经几乎可以肯定这个嫌疑人是谁了。

从头到尾，始作俑者可能只有那一个人——

谢和金。

江眉影认为，自己跟谢和金除了最开始那只"八万块"的杯子以外，没有跟他在任何别的事情上起过冲突，但是谢和金却没有放过她：给她取外号，在学校里造谣污蔑她，激起全校欺凌她的"风潮"。

时过境迁的五年后，他仍旧咬住她不放，当着她的面大谈过往。那些对她来说，令她难堪的过往和岁月，在谢和金眼里却是最得意的呼风唤雨的年代。谢和金将之当成如同青春趣事一样骄傲的谈资，以为当事人也会觉得有趣。

江眉影一点都不后悔甩他那一脑袋的饮料。如果有重庆火锅底料，牛油沸腾的那种，她也会毫不犹豫地倒在他脑袋上。

江眉影的父母都是高级知识分子，家教良好，江眉影以前从没接触过像谢和金那样高调狂傲、小心眼，还睚眦必报的暴发户富二代。

她背靠着沙发，闭上眼睛，长长地叹出一口气，虚弱地对韩栋说道："我以为我是乌鸦。"

"没想到，这个人才是真正的乌鸦。"

做法跟乌鸦也很像，让人恶心又无奈。

韩栋沉默片刻，对江眉影说道："起诉吧。"

"嗯？"江眉影瞪大了眼睛看他。

"眉影，你起诉他。诽谤、骚扰，五年前可能难追究，但是现在，足够了。"韩栋冷静清晰地分析。

江眉影半张着嘴，脑袋里乱糟糟一片，在看到韩栋冷静自持的眸时，突然像是从纷乱的战场上躲入了安全的防空洞里，轰炸声都被屏蔽在外，她找到了自己的栖身之所，安全而平静。

"好。我听你的。"江眉影下定了决心，坚定地点头。

● **Chapter 14**
我们同居吧

1

韩栋带着江眉影去修手机，一问，换块原装屏要小一千，她心疼得不行，于是把旧手机以旧换新，买了部最新款的"苹果"。

韩栋自己的手机也用了三年多了，已经很旧了。江眉影游说着他，也换了一部黑色同款。

把自己的银色手机跟他的黑色手机摆一起，看起来还有那么一点情侣款的意思在，江眉影笑得特别灿烂。

本来今天就盘算着约会的，买完手机，差不多到了午饭的时间，因为江眉影的特殊原因，两人带了沙拉和三明治，找了张花坛边的长椅坐在上面一块吃了。

沙拉和三明治都是韩栋做的，江眉影只负责吃。韩栋就是拌个沙拉都比江眉影做的美味，她不服气极了。

"我怎么也算半个专业的健身餐专家了，为什么你做个沙拉都比我的好吃？"江眉影问。

韩栋想了想，答道："大概，因为是做给你吃的。"

下午一起看了部电影，因为电影挑选得很不错，江眉影心情很愉悦。等到傍晚回家的时候，江眉影还意犹未尽。

江眉影主动问韩栋："要不要续摊？"说完，脸上一阵绯红，觉得自己是不是太着急了。

韩栋微皱眉："续什么摊，你明天还得上班。"

这不解风情的男人，江眉影都觉得是不是自己暗示得不够，还是自己太开放了？

黄色光线的路灯下，韩栋看不清江眉影的脸色，继续自顾自地说："你昨晚就没睡好，今天早点睡。那些烦心事都交给我，你别担心。陌生电话不要接。"

这个人话讲了一堆，压根就没明白自己想要续摊的意思。

想了想，也没有天时地利人和，江眉影挑了挑眉，把想说的话压了下去，点点头。

"好的，你先回去吧。"

韩栋直接将她送到了家门口，江眉影推开门就是自己的小窝了。

"早点睡。"韩栋再次叮嘱，毫不留恋地离开了。

江眉影抽了抽嘴角，忍不住翻了个白眼。

怎么会有这么愚笨的男人？！

她趴在床上拼命打着抱枕，心里又是羞耻又觉得气恼。

谢和金的事情，江眉影其实觉得对自己没多大影响，更辛苦的阶段都熬过来了，现在谢和金这种骚扰和污蔑，不过是洒洒水而已，不在话下。

话虽这么说，她仍旧有点担心。谢和金家虽然是暴发户，但是资本的确多，在浮城都排得上号。韩栋家的三味坊虽然遍布全国各地，国外也有分店，但是毕竟韩栋家大本营在首都，外来的老虎也斗不过地头蛇。

她就怕谢和金还有别的招恶心人。

睡前，那个骚扰电话又打来了，江眉影留了个心眼，想起韩栋说要起诉，于是她拿了录音笔备好，顺便拿 iPad 把手机界面和录音笔一同拍了照存证。接起电话之后，她立刻打开了扬声器。

保存好证据才能打胜仗。

对方还是跟之前两次一样，沉默不语。

过了几秒，江眉影便开口道："喂？"

果然，听到是江眉影的声音，对方不仅没挂掉电话，反而开始讲话。

还是那个低沉诡异，像是经过变声器处理的男声。

"神女……"

江眉影翻了个白眼，说："再喊'神女'小心我撕烂你的嘴。"

她说这话只是泄愤，但说得一点都不留情面。

对方一愣，似乎没料到江眉影讲话如此硬气，紧接着便开口说道："我要让你后悔……"

"后悔什么？"江眉影嗤笑一声，"后悔扔你椰子汁吗？"

"……"

"啪"的一声，沉默三秒后，对方主动将骚扰电话挂掉了。

江眉影怔了一下，随即嗤笑一声。

心理素质这么差还出来恐吓别人。她只不过是试一试，没想到这家伙居然真的被吓到了，做贼心虚，自己乱了阵脚地挂了电话。

江眉影都不好意思告诉韩栋，骚扰自己的这个人果然就是谢和金，一点成就感都没有。贴吧上、知乎上的各种污蔑言论，大概也是谢和金做的。

他是真的对自己同学会上砸他那一脑袋饮料怀恨在心。

把这件事情当笑话一样讲给韩栋听，韩栋都目瞪口呆。

"真的是他？"

"嗯，一试一个准，心理素质差得没边。"江眉影轻笑一声，声音里带着释然，"跟以前一点都没变。"

谢和金高中的时候就是这种性格，心理素质很差，嘴巴也很毒。

班级大合唱比赛的时候，江眉影虽然胖，但是唱歌好听，被安排在了话筒旁边。因为形象不好，并不是领唱，但是她那个话筒的收音效果却是最好的，最后合唱的时候，江眉影的声音最清楚，只是台下观众并不会想到是江眉影唱的。

排练的时候，谢和金就站在她身后。江眉影听见谢和金走调得厉害，就算不喜欢这个人，也好心提醒了一句："你有点跑调。"

结果谢和金脸色一变，大概是觉得自己丢了脸，就上纲上线地连骂了江眉影好几句，用词特别难听，骂到了江眉影祖宗十八代了。江眉影被骂蒙了，特别委屈，排练完之后，躲在角落里哭了很久。

然而，后来谢和金将这件事情的角色调换了一下，把自己骂江眉影的话都转移到了江眉影身上。故事就变成了，江眉影骂他唱歌难听，还骂了他祖宗十八代。

这件事情又让江眉影成为众矢之的，被同学抨击，路上还被外校学生拦住扇巴掌。她差点连话筒后的位置都没得站，她一想起来就觉得恶心又憋屈。

可是，在最后比赛的时候，谢和金却因为太紧张，在台上整张脸涨得通红，一个字都唱不出来。

"这种人，遇上最糟心。"韩栋说道，"还甩都甩不掉，我们只能让他吃到苦头，他才会收手。"

江眉影心里没底："怎么才能让他吃到苦头？"

"这个你先别管，交给我。"韩栋没告诉她，"不早了，快点睡吧。"

"好。晚安。"

"晚安。"

既然韩栋现在不告诉她，江眉影也不再过问，安心去睡觉了。

2

韩栋把账本摊开在桌子上，敲着计算器算了很久。

郑林天打着哈欠，从卫生间出来，问："师父，你还算着呢，早点睡吧？"

韩栋点点头："你先去睡，我马上就算好了。"

"为什么这么着急要算这三年的总盈利啊，多麻烦哎。"郑林天坐到沙发上，跷起腿搭在茶几上。

韩栋瞥了他一眼，笔帽戳了戳郑林天的小腿："下去，不像话。"

"哦……"郑林天撇着嘴，缓缓放下腿。

"对了，你头发长长了，可以去剃了。"韩栋头也不抬地说。

做厨师最重要的是要保证干净整洁。韩栋的习惯是留板寸头，郑林天经常想着留个韩式小长发，烫个头染个发，虽然看起来很有个性，但是染发烫头之后对嗅觉有影响，而且头发容易掉，若是掉入食物中就很不好了。韩栋一直都不允许郑林天烫头染发，让他也剃平头。

遭遇晴天霹雳一般，郑林天整个人都感觉了无生趣了。

"师父！我都开始掉发了！别让我剃！"郑林天悲惨地吼。

韩栋不为所动："这跟剃头发没关系，剃了还能刺激毛囊生长。你这是天生就带着秃头的基因。"

郑林天被他说得咬手帕伤心。

郑林天抽了抽鼻子，仍旧倔强地问："师父，你算总盈利，是不是跟师娘有关系啊？"

这一声"师娘"喊得韩栋通体舒畅，他心情愉悦了不少，"嗯"了一声。

"咦？"郑林天想不通，"跟师娘有啥关系？"

韩栋开了个玩笑："算算看，我的彩礼能有多少。"

"咦？"郑林天一脸黑人问号，"师父，你要下聘了？"

韩栋白了他一眼："快去睡觉，哪那么多问题。"

郑林天鼓着嘴，生着闷气回了自己的卧室。

韩栋计算到凌晨一点，最后他把笔和计算器一撂，瘫在沙发上，长叹一口气。

终于算出来了。

韩栋闭上眼，右胳膊贴在前额上，感觉太阳穴突突地跳动。

他现在的能力还是不够，但是他已经有能力，可以保护江眉影了。

次日，江眉影下了班，往有间面馆赶去。

跟方可可在地铁站口告别，她心里就生出一种诡异的感觉，似乎有人在身后紧紧跟着，特别不舒服。

总有一种黏着的视线，牢牢粘连着自己，但是等她猛一回头去看，并没有看到可疑的人。

江眉影想着，总不至于是自己想多了吧，可是只要她一背过身去，那种诡异的被跟踪感又上线了。

她直觉挺准的，她想着地铁上这么多人，上地铁之后，在高峰期的人堆里挪一挪位置，也许就能让别人跟丢她。

然而，她连着挪了三个车厢，等出了地铁口，那种焦灼的被跟踪的感觉仍旧没有消失。

高新商务区人不多，地铁口人也不过三两个。江眉影双手紧紧抓着包，不敢回头，硬着头皮快步往两百米开外的有间面馆走去，速度快得堪比竞走。

也幸好平时有晨练的习惯，江眉影快走起来也不觉得累，一直等到了有间面馆门口，她才松了口气，缓下脚步。

江眉影耸耸肩，扬起一个笑脸，不想让韩栋发现自己的不对劲，正想上前推门，肩膀突然被人抓住了。

"啊！"江眉影尖叫一声，往前快速跑了几步，靠着墙，做出一个自卫的姿势。

良久都没有人上前对她怎么样，江眉影缓缓看向来人，才发现一脸恐慌的苗淼，正保持着伸手拍她肩膀的动作，目瞪口呆地看着自己。

"呃……"江眉影尴尬地发出一个无意识的语气词。

苗淼也被吓了一跳，战战兢兢地问："眉影……你没事吧？"

气氛一度很尴尬，江眉影恨不得钻进地洞里。

"没……没事。"江眉影直起身子，正想跟苗淼道歉，旁边有间面馆的门被人从内往外推开了。

韩栋一身洁白干净的厨师服，厨师帽都没摘，一脸焦虑地走到门外张望。他直接略过了正对面站着的苗淼，在看到墙角的江眉影的时候，才松了口气。

"你刚才怎么了？"韩栋问江眉影。

江眉影抽了抽嘴角，不知道该怎么解释刚才疑神疑鬼的自己闹的乌龙。

韩栋拉住她的手，放在双手掌心捏了捏，说道："刚才刚出厨房，还没看到你，就听见好像你的声音在喊，还以为你出什么事了。"

"光天化日的……我能出什么事。"江眉影笑了笑，瞄了眼一脸尴尬地站在一旁的苗淼，对韩栋笑道，"误会……都是误会。"

苗淼还没回过神来，小心翼翼地问："真的是误会？"

江眉影苦笑一声："跟你没关系啦，抱歉，吓到你了。"

韩栋这才发现苗淼也在，跟苗淼打了个招呼，他又追问江眉影："刚才发生什么事了？"

江眉影只好解释："刚才我以为有人跟踪我，心里一直很紧张，结果淼淼从背后突然拍我肩膀，我以为是什么坏人，吓得喊出了声。"

韩栋问："跟踪你？什么时候？"

江眉影想了想："下班进地铁口的时候就有感觉了……不过应该是错觉吧，我最近太紧张了。刚才吓到你了，对不起啊，淼淼。"她最后对苗淼道歉道。

苗淼摆摆手，松了口气："我还以为我拍疼你了呢，没事就好。"

韩栋皱紧的眉间却一直不松开，他觉得江眉影的感觉并不是错觉。从下班就开始的直觉，一直持续到面馆门口都存在，一定不是偶然的。加上最近江眉影被谢和金打骚扰电话，韩栋对江眉影的安全很担忧。

苗淼点了份盖浇饭，拿了就回了楼上。江眉影跟她聊了会儿天，道了别，才宽慰韩栋："真没事，你别一脸凝重的，本来就长得严肃，又表情严肃，看着可吓人了。"

韩栋浓眉大眼的，帅气又精神，只不过常年绷着张脸，不怎么爱笑，工作又很讲规矩，一板一眼的，通身的气质就让人觉得只可远观不可亵玩。现在因为江眉影的事情而凝重的表情，沉得都要滴墨了。

韩栋敲了敲桌子，示意江眉影快点趁热把汤圆给吃了，说道："别转移话题，你总是瞒着我，很让人担心的。"

韩栋最近开始做甜食给江眉影吃，今天晚上是花生馅的汤圆，口感软糯，江眉影很喜欢，连吃了好几个。

路过的兼职小姑娘听到韩栋的话，偷笑一声走了。

江眉影很苦恼："我也不知道是不是真的有人跟踪……要是误会或者错觉就很尴尬了。"

"尴尬也比真的出事好。"韩栋道，"要不以后你上下班我接送你。"

江眉影哭笑不得："别别别，你不开店了啊，多麻烦啊，从你家到我家，绕大半个浮城呢。"

韩栋沉吟片刻，脸不红心不跳地道："你住我家，或者我住你家，你挑一个。"

"……"江眉影目瞪口呆，半响，手背抚上韩栋的额头，哭笑不得，"大哥，你发烧了吗？说这种话都不害臊的吗？"

"没开玩笑。"韩栋捉住江眉影的手，严肃地说，"住你家吧，你可以睡久一点，我送你上下班。"

江眉影没想到韩栋开起窍来是这种没皮没脸的模式，或者说他压根不知道自己是在说什么吧。

"那你开店不是来不及了……"

"我可以迟一点开店，早点贴个公告就好，更改营业时间。"

江眉影斜眼瞧他："这根本不符合你们三味坊永远遵守时间的规定哦。"

韩栋面色不改地说："这是有间面馆，不是三味坊，我说了算。"

"呸，你的敬业精神去哪儿了！"

"被你吃了。"韩栋轻笑道。

江眉影耳根通红，甩开他的手，低下脑袋，闷头吃汤圆。

3

韩栋真的提前打烊了，带着江眉影回家整理行李去了。

江眉影又好笑又无奈，虽然跟男友同居并没有什么担心的，但是韩栋要求同居的理由是因为怕真的有人跟踪她，这让她百感交集。

韩栋到底是真开窍还是假开窍。

她一再解释自己会保护好自己，韩栋就是不相信。

顶着郑林天怨念的眼神，忽视他泫然欲泣的表情，两人将行李从韩栋家里搬出来。最后两人回到了江眉影的公寓，江眉影也放弃解释了。

"给你做好早餐和午餐的便当，一整天都吃我做的饭，不觉得开心吗？"韩栋疑惑地问。

"开心是开心。"江眉影苦恼道，"但是我家这么小……也没别的地方给你睡觉。"

韩栋完全不害羞地说："睡一张床啊。"

"……"江眉影看着他。

韩栋眼里带着笑意回视她。

江眉影只是强装矜持，韩栋却压根就不在意这个。她算是看出来了，这家伙就是在逗她，明明上周日就听懂了"续摊"的意思了，现在才来借题发挥，来"续摊"了。

"你打地铺。"江眉影故意冷着脸。

韩栋脸上的笑容一僵："哪里有地方给我打地铺？"

江眉影用脚圈了沙发旁边的一块地："喏，我被子还有，可以垫着。现在天气这么热，你也不会感冒。"

"可是最近快到梅雨季了，很潮湿，我怕得关节炎。"

江眉影笑："拉倒吧，你还得关节炎。"

最后两人拉锯式地讨论一番，江眉影胜出。韩栋不情不愿地打了地铺，他不是会赌气的人，既然口舌上输了阵势，那就认命打地铺。

结果江眉影既愧疚又心疼，半夜睡不着觉，把韩栋叫醒了。

韩栋迷迷糊糊地看着黑暗中蹲在脑袋旁的人影，睡眼惺忪地问："怎么了？"

"上床睡啦……"江眉影别扭地说了一句，然后就光着脚爬回了床上，却只躺了一半的位置，背对着韩栋的方向，装作自己已经睡着了。

黑暗中一阵安静，江眉影竖着耳朵听动静，许久都没等到回应，迷糊中快要睡着了。

夜色中，窸窸窣窣的一阵响动，江眉影感觉自己枕头旁边放上了别的枕头。

然后背后的床垫塌陷了一块，一股热源贴近了自己。

江眉影闭着眼，缓缓勾起嘴角。韩栋从身后搂住她的腰，唇轻轻贴在江眉影的后颈皮肤上。

他轻轻吐出热气，说道："本来，后天我要去一趟首都的。"

江眉影哑着嗓子，轻声问："为什么？"

"去找我爸谈点事情。但是现在我放心不下你，我让我爸过来了。"韩栋的呼吸呼在江眉影的脖后，痒痒的、麻麻的。

江眉影转过身，面对着韩栋，猜测地问："是不是因为我的事？"

韩栋轻笑一声："不是，是我自己的事。等他来了，我带你见见他。你都没见过他吧？"

江眉影和韩父真的没有面基过。电话聊天两年之久，同在一座城市，居然没有见过一次面。

江眉影又期待又紧张，笑道："你跟你父亲长得像吗？"

韩栋虽然不愿意承认，但是也不得不承认："像。"

她笑道："要是早跟你父亲见过面，凭我们俩聊得这么投缘，早没你什么事情了。"

黑暗中，韩栋黑了脸，扣紧江眉影的腰身，佯怒："什么意思？"

"哈哈哈，你要喊我小妈呀！"江眉影开着玩笑。

韩栋被气笑了，欺身压住她，吻住她笑个不停的唇瓣，然后松开，说道："我爸没我帅，你死心吧。"

江眉影继续气他："可是你没他有钱……唔……"

这一次，韩栋不给她说话的机会了，江眉影搂住他的肩膀，闭上眼睛。

韩栋的气息越来越粗，越来越凌乱，手劲和动作也越发有力，江眉影吃痛地"嘶"了一声，急忙推开他："别了别了，睡觉睡觉。"

韩栋很不是滋味，木着脸："不要。"

"我要上班！"江眉影恼火。

要是不喊停，指不定几点睡觉，韩栋看起来箭在弦上了，江眉影只得喊停。

这个理由正当得不得了。克己如韩栋，就算再不情愿，也只得黑着脸松开江眉影，然后沉默着起身，往卫生间走去。

江眉影探着脑袋问他："你去干吗？"

"嗯。"韩栋应了一声，走进卫生间。

"嗯？我问你去干吗？"江眉影没听懂，又问了一遍。

"嗯，我是去干……"韩栋面不改色地讲了句富有内涵的话，把卫生间的门关上了，连灯都不开，怕影响到江眉影的睡眠质量。

江眉影躺在床上，被他的话扰得浑身滚烫，满脸通红。

他以为她问的是"你去干吗"？果然专注研究市井小吃的人，就算出身再怎么蓝丝绒，耳濡目染多了也变成了……

"流氓！"江眉影对着卫生间的门大吼一声。

然后，她听见韩栋低沉的一声轻笑，从卫生间内传来。

江眉影恼得钻进被窝里，用被子捂住了脑袋，生怕听见任何一丝漏音。

缩在被子里，江眉影一动不动，假装自己已经睡着了。

黑暗中，困意袭来，她忍不住进入浅眠。不知道过了多久，身侧的床垫震了震，一具带着凉意的身躯靠近自己，江眉影无意识地往后挪了挪，后背贴上身后人的胸膛，进入了深层睡眠。

次日，一起晨练过之后，韩栋趁江眉影洗澡的时候，备好了早餐和午餐便当，然后送江眉影上班。

江眉影觉得韩栋这个人特别神奇。

"看不出来，你是这么体贴的一个人啊。"她笑说道。

韩栋说："力所能及的事情，做了就做了。"韩栋倒是从来不邀功。

他不是怕麻烦的懒人。若是自己能做得到的事情，韩栋尽量都去实现。他想对江眉影好，那就一声不吭先做了再说。

这让江眉影都不知道要不要夸奖他，夸了韩栋似乎也不会觉得受到鼓舞。

到了公司门口，江眉影一下车，就撞见了快走过来的方可可。

方可可嘴上叼着一袋豆浆，手里捧着手机不知道在看什么，目不斜视地从她身旁擦肩而过。

似乎是余光瞥见了特别眼熟的身影，方可可一回头，跟江眉影四目相对，撞个正着。

"咦，你今天不坐地铁……"方可可疑惑地正想问，视线自然而然地看见了江眉影身后，手里提着个便当盒的韩栋，以及他身后的车。

方可可看了眼江眉影，又看了眼韩栋，再瞄了眼汽车，最后，露出了一个暧昧八卦的微笑。

江眉影哭笑不得，对方可可介绍："可可，这是我……男朋友，韩栋。"

方可可肩膀轻轻一撞江眉影的，低声问道："啥时候交的男朋友，我都不知道。"

然后她露出得体的笑容，道："韩先生你好，我是方可可，眉影同工作室的同事。"

"嗯，眉影多谢你关照了。"韩栋点点头，难得地挤出一丝微笑来应付。

韩栋有所耳闻江眉影的这个同事，话密、好吃懒做，但是为人特别真诚可爱，比江眉影年长两岁，对江眉影很照顾。对江眉影友好的人，韩栋都给予了自己最高等的待遇——露出微笑。

方可可对韩栋的外表、身材给予了很高的评价，冲江眉影笑道："厉害呀，男朋友这么帅，藏着掖着都不给我见一面。"

"咳……刚开始交往的……"江眉影尴尬地说道。

看着韩栋的脸半晌，方可可突然问韩栋："你……不是那个有间面馆的老板吗？"

韩栋点点头。

"哎……"方可可对江眉影惊呼道，"哎……你之前不是喜……"

"对，你可以不用说了！"生怕方可可把她暗恋韩栋时候的丑态抖出来，江眉影急忙打断方可可的话。

方可可冲她抛出一个暧昧的眼神。

韩栋在一旁笑而不语。

"不过你们还是很有缘啊。"方可可感慨。

江眉影轻笑一声，与韩栋相视一笑。

大概的确是太有缘分了吧。

遇到最适合自己的，命中注定的那一半，概率只有三千万分之一。

而这三千万分之一的概率，却让他们终究相遇了。

4

韩栋的父亲来的时候，江眉影还在上班。等她下了班，坐上地铁往有间面馆去，那道令人心里焦灼的视线没有消失，反而变本加厉，更加直白。江眉影环顾四周，仍旧没发现跟踪自己的人到底在哪里。

等到了有间面馆，却发现面馆没有营业，只有两个穿着黑色西服、戴着墨镜的高大中年男人，跟门卫一样守在大门口。

江眉影又害怕又疑惑，凑到门前，往里张望，不敢进门。

那两个应该是保镖，比她高了一个半头，手臂都比她大腿粗，人高马大的，跟两座山一样巍峨。

正在犹豫要不要进去，就见玻璃门被人从里推开了，一个熟悉的中年男人的声音蓦地响起："站在门口做什么？进来。"

江眉影一愣，其中一个保镖推开门，把江眉影请进了门。

战战兢兢地走进面馆大堂，一个看着五十多岁的中年男人，精神矍铄地站在面馆的菜单墙旁边，身后跟着两个穿着西装的男人：一个瘦高个子的年轻人，另一个则是戴着眼镜，气质儒雅的中年人。

反观韩栋，老神在在地坐在收银台后边，看见江眉影进来了，便冲她招招手，让她走到自己身边去。

江眉影犹豫了一下，正想走过去，寻求安全感，那个中年男人转过来，率先截住了江眉影的脚步："你就是眉影吧？"

这个声音实在太耳熟了，中气十足，声音洪亮，太正气凛然。

江眉影半张着嘴，紧张地点点头，被这男人的气场给吓到了。

"爸，你吓到她了。"韩栋平淡地埋怨了一句，走过去拉过江眉影的手，让她坐到自己刚才的位置上，握住她冰冷的手安慰她。

江眉影想起来了，今天是韩栋的父亲过来的日子。就是，她的"忘年交"。

这算是"面基"？

江眉影盯着韩父，发现他跟韩栋果然是父子，五官很相似，重点是这浑身的气质，根正苗红的正气，腰板挺直。虽然手里拄着根拐杖，但是看起来腿脚根本没事，相反很健硕。一脸的严肃，比韩栋有过之而无不及。

果然是有其父必有其子。

这父子俩要是待在一起，得把对方给闷死。

"眉影，知道我是谁吗？"韩父对江眉影问道，严肃的脸上难得带有笑意。

江眉影不好意思地挠挠头，小声地回答："韩……韩伯父……"

打电话是一回事，见到真人是另一回事，江眉影有一段漫长的适应过程。

关于江眉影的事情，韩栋之前就跟韩父报备过了，虽然并没有寻求韩父的同意，全程都是报告式的态度，大意就是"我们俩在一起了，你反对也没有用"。

韩父觉得特别郁闷。

韩栋看起来人踏实能干，实际上骨子里带着首都爷们儿特有的反骨。

现在过了段时间，韩父也想明白了，倒是能理解江眉影这怕生的性格了。

而且，乍一看这小姑娘，当自己孙女都可以，漂漂亮亮、瘦瘦小小的，看起来特别乖巧。韩父六十多岁的人了，对这个年纪，长得还乖巧的小姑娘都特别疼爱——总比整天跟韩栋这张和自己如出一辙的死人脸面对面要开心。

再看看在旁边护犊子一样的韩栋，面无表情，眼里还带着戒备，生怕自己吓到江眉影。他三十多岁才有这么个儿子，养了三十年，怎么变成了这副死样子，还是小姑娘可爱。

韩父当即决定，不要韩栋这臭小子了。

"咱们总算见面了啊，真是漂亮的女孩子，跟这小瘪三在一起可惜了。"韩父脸上露出了一个百年难遇的微笑，走到江眉影面前，拄着拐杖，瞪了眼韩栋。

韩栋皱紧了眉心，防备着他下面要说的话。

"要不，给我当女儿吧，韩栋让给你父母。"韩父微笑着说道。

江眉影脸色一僵，顿时哭笑不得："我妈妈……才四十五岁……"

言下之意就是，母子才相差十五岁，太夸张了。

江眉影乐不可支，这对父子，互相不待见的表情，实在太有意思了。

韩父这次来的目的很明确。韩栋准备回三味坊，但是要谈好条件。

韩父就这一个儿子，三味坊也就这一个继承人，旁支和其他合伙人的弟子都没有像韩栋这样有天赋。换句话说，韩栋不仅仅要在商业上继承三味坊，在厨艺上，也要继承三味坊百年传承的菜谱和烹饪功力。

厨师这个职业，越久越吃香。

原本韩父还可以等韩栋两年，等他将有间面馆做出一番事业，并且找到他所谓的自己的美食世界的目标后，再让韩栋接手三味坊的。

他也很期待韩栋在三味坊做出一番改革，将三味坊传统的高端美食和坊间民间小吃结合起来，双线运营，扩大商业版图。

磨炼对韩栋百利而无一害。

现在看来也的确如此。

韩栋比起以前，更会做人，更能与人打交道，而且更加踏实能干，管理能力也比以前更强。

韩父最了解韩栋，心里也很欣慰。

离家出走前的韩栋，只知道听从各位师父以及自己的安排，学习各种菜色，磨炼厨艺，或者跟着总经理到各家门店去了解经营状况。他没有自己的想法，脑袋里只有烹饪一件事情，对自己的未来也根本没有规划。

而现在的韩栋，却真正活了过来，会笑，会生气，会讲笑话，烹饪不是他唯一的兴趣爱好。

他为了能够帮助自己爱的人，真正摆脱过去的阴影，选择了向父亲认输低头。他选择了回到三味坊，让自己能更好地保护好江眉影。

韩栋知道，离开三味坊的自己，在浮城没有根基，不一定能护得江眉影周全。而要让谢和金这个地头蛇低头，韩栋只能放下他的尊严回到三味坊。

韩父看得出来，自己儿子是找到了身为厨师最大的目标——为了让食客幸福。

特别是为了那个自己爱的人。

韩父想到年轻的时候，给韩栋的母亲做菜时，她脸上充满幸福的笑容。

他很感谢江眉影。

他对江眉影说道："当作见面礼，我送你家店吧，浮城的三家三味坊门店，你随便挑一家。"

江眉影："？？？"

韩栋面不改色地解释："这是给儿媳妇的见面礼。"

"？？？"江眉影一脸黑人问号地看着韩栋。

● Chapter 15
忘年交来了

1

在江眉影来到面馆之前,韩栋跟自己父亲就商量好了继承的事宜。

韩父带了三味坊的首席律师来,并且将韩栋的权限开放至最高级,从此韩栋在任何一家三味坊旗下的酒店和餐厅,都有跟自己一个级别的权力。

江眉影本来以为韩父过来只是跟韩栋见面叙叙旧,没想到居然是这么大动静。

她更加愧疚了。

这么大的事情,韩栋本来应该亲自去首都一趟的,结果为了自己留在浮城,让长辈不远万里赶过来。

她一再跟韩父道歉。

韩父倒是很开心:"就当我是为了看一看你过来的。谁要见这臭小子的僵尸脸?"

韩栋说:"其实电话会议也可以。"

口是心非的傲娇说的就是这样的了。

江眉影笑道："伯父，既然来了，要不要尝尝看韩栋的手艺？卤味很好吃。"

"他尝过。"韩栋黑着脸说，"然后扬言一个月内逼我关店，还诬告我们在汤里下罂粟壳。"

韩父尴尬地轻咳一声。

江眉影抽了抽嘴角："啊？什么时候的事……"

韩栋看了她一眼，带着暗示说道："去年，阿天玩我游戏账号之后。"就为了逼他回三味坊。

"……"江眉影顿时愧疚万分。

"咳……不说了不说了。"韩父摆摆手，转移话题，"来来来，小张，你来跟眉影讲一下，这个案子怎么操作比较好。"

江眉影还一头雾水，不明白发生了什么。

韩父身后恭敬跟着的那位戴眼镜的中年男人，走上前将厚厚一本文件夹摊开在桌子上。

江眉影抬头看他一眼，低头盯着文件夹的资料惊叹。

"这是三味坊法律顾问团的首席律师，胜诉率全国第一。"韩栋答应继承三味坊，提的第一个条件就是请张律师帮忙打官司。

韩父骄傲地说道："随便使唤，小张很厉害的。"

张律师对江眉影礼貌地点点头，对江眉影分析情况："江小姐，你好。我连夜分析过整个事件和你的诉求，鉴于你第一次被欺凌，并且持续三年，已经是五年前了，虽然网络上还留有证据，但是实体证据过少，很难得到合理的诉求。近期受骚扰的事件，请问你有留下完整的证据吗？"

江眉影明白过来他要帮忙的是什么案子，急忙把之前拍的照片都翻给他看："这种可以吗？哦，我还有骚扰电话的录音。"

"可以。"张律师精明的双眼一闪，笃定地点头，"这中间最严重的一件事是跟踪和骚扰。如果能够确认跟踪者是谢和金，我们可以分别提起民事诉讼和刑事诉讼。"

"刑事……这个……不至于吧。"江眉影备感压力，"我也不确定是不是他，我甚至不确定是不是真的有人跟踪我……"

"那么最好能找到证据，甚至直接抓到嫌犯。"

韩栋说："可以。我会找到他的。"

江眉影郁闷道："你怎么找，你在，我就没感觉被跟踪了。"

韩栋拍拍她的手背："总能找到的。"

一语成谶，晚上韩栋送江眉影回家。韩父想去看看江眉影家住哪里，愣是坐上了韩栋的大切诺基，其他随行人员则坐在韩父的加长版路虎上，跟在大切诺基后边。

两辆坦克般的车辆在街上很是显眼。

韩栋没办法，只好送完江眉影，再绕道送父亲回家。

韩父还很好奇地问江眉影："你们俩住在一起啊？"

江眉影红着脸不好意思回答，韩栋倒是一脸淡定："嗯。"

"……"江眉影偷偷瞪他，然后解释，"因为怕跟踪，韩栋说要送我上下班，就住我家方便点……"

"太小了。"韩父抬头看着江眉影公寓的阳台，一眼就能看出这只是一间单身公寓，"我送你套房子吧？"

韩栋黑着脸："爸，我送你去酒店。"

他怀疑自己父亲是方来阳的父亲，一言不合就送车子、房子、门店什么的。

"眉影要住哪里，以后我们会自己商量好，一起置办，不劳你费心。"他说着，冲江眉影使了个眼色，让她快点下车。

江眉影匆匆下了车，道了别，等车子顺着小区内单行道拐了个弯离开，她才忍不住轻笑出声。

心情轻松愉悦地伸了一个懒腰，江眉影踩着轻快的小步子，往楼道内走去。

刚走进楼道，她就觉得一阵恶寒。

她脚下微微迟疑，低头，偷偷去看脚后跟的位置，想通过影子确认身后是否有人。

她不敢回头。可是抬头看见正前方的电梯，她知道，一进电梯，她就如同瓮中的鳖，待人捕捉。

江眉影神经紧绷得浑身都在微颤，她走到电梯外面，突然往右拐，走进了一楼住户的走廊。借着转身的死角，她一只手伸进了口袋里，摸到了自己的手机。

身上的恶寒感不仅没有消失，反而猛增，更让人毛骨悚然的是，她听到了身后的脚步声。

跟踪狂就在身后！

这一次，不是苗淼，也没有韩栋护着自己，她一个人在走廊里。就算有邻居在家里，但是她不知道在自己呼救前会发生什么事情。

不敢回头，生怕一回头就是一棍子。但是不回头，江眉影根本不知道身后是怎样的境况。

走廊尽头是一套大户型的房子。

已经走到尽头了，江眉影伸手握住那套房子玄关门的门把手，深吸一口气，猛地回过头来，全身戒备。

身后并没有人，只有声控节能灯的亮光，中间的声控灯已经熄灭，而走廊另一头的声控灯却刚刚亮起。

那个人，刚离开走廊尽头。

江眉影整个人顿时像是被放光了气的气球，垮了下来，她蹲在地上，劫后余生一般地深呼吸。

江眉影低下头，在原地蹲了很久，许久都无法回神。

真的离开了？她安全了？

江眉影心存疑惑，全身戒备，蹲在墙角，给韩栋打了电话。

韩栋的车子才离开小区没多少距离，一听见江眉影带着颤抖的声音，立即紧张起来。

"你别动，等在那里，我马上回来。"韩栋说道。

江眉影心有余悸，声音里都带着哭腔："我……我想回家。"

"……"韩栋思考了一会儿，"不行，你等我回来。"

他怕江眉影家住在几楼几号已经被对方知道了，现在上楼，江眉影无异于自投罗网。

"你就待在那里别动，我马上回来。别挂手机，放在口袋里，我好听见声音。"韩栋叮嘱道。

江眉影照做。

韩栋把手机放到一边，扭头对韩父说："爸，你叫你助理过来接，我得回去陪眉影。"

"有了媳妇忘了爹。"韩父心里不是滋味地怼了一句。

韩栋无奈："那个跟踪狂刚才趁我们离开就去吓眉影了。"

"那我也去。"韩父一听，也紧张起来。

"我一个人可以的。"韩栋沉着脸，将车子停到了一边，"你自己在这里等着助理来吧，你车就在后边跟着呢。"

韩父不情愿地冷哼一声。

保镖和助理的确就在几百米外的车子里跟着，只要他落单立刻就跟上来。

韩栋飞快地掉个头就往江眉影住的小区赶去。

保镖和助理来得很及时，张律师见到韩父站在路边，袖子捋上去，一脸的不悦，好奇地问："韩总，怎么了？"

他从鼻尖轻哼一声，指着两个保镖说道："你们下车，打车跟上那小兔崽子，护着我儿媳妇，别被发现了。"

2

等待的过程很漫长，江眉影挨着门，站在墙角，听韩栋的话，不敢离开。

虽然走廊空荡荡的，一览无遗，没有其他人，但是身上的恶寒并没有彻底消失。

她的内心仍旧不安……似乎这其中还有什么事情没有浮出水面。

安静了一段时间后，走廊尽头的灯终于熄灭了。江眉影心下一紧，轻咳一声，整条走廊的声控灯又应声亮起。

她生怕自己陷入未知的黑暗中。

江眉影不知道过了多久，或者只过去了几分钟，她听见有两人拎着购物袋，有说有笑地进了电梯，上楼了。

有别人存在让江眉影胆子大了点，意识到自己蹲在这里也不太好，就往楼道缓缓走去。

她每一步都走得很小心，摸着墙面，探着脑袋，仔细地聆听任何一丝微弱的声音，生怕错过风吹草动，让自己陷入危险。

在走到走廊另一头，即将走进楼道，来到电梯门口的时候，江眉影心中不知为何猛地一紧。

"叮"的一声，电梯到了一层。

江眉影一惊，意识到这是电梯门，长长舒了口气，暗笑自己一惊一乍。

电梯门缓缓打开，一个男人，面无表情地站在门内。江眉影微微垂着眼，抚着胸口安抚自己剧烈跳动的心脏。

她缓缓抬眼，男人从电梯内慢慢走出。

四目相对。

江眉影双眼睁大，几乎是目眦欲裂地瞪着眼前的男人，满眼的恐惧和惊慌。

谢和金泛着油光的皮肤，在灯光下更加透亮，让他原本还算过得去的五官显得异常猥琐。

江眉影双手摸着墙面，往后退了一步。

谢和金嗤笑一声："我在楼上等你好久。"

江眉影瞳孔猛缩，失声尖叫："啊——救——"

她声音不响，但是整条走廊都听得到。

谢和金一惊，冲上前去要捂住江眉影的嘴。

江眉影反应极其快速地往后退去。

他还没挨到江眉影的头发，只听到身后一阵急促的脚步声向自己挨近，然后衣领被人狠狠扯住了，顿时脖子被衣领给勒住了，笨拙的身子无法反抗地转了个方向。还没来得及反应，就感觉眼前一黑，脸上被人打了一拳头，那阵剧烈的钝痛还没缓过来，他就被人狠狠摔向了地面。

"嘭"一声，养尊处优形成的软趴趴的身子骨摔得几乎散架。

韩栋剧烈地跑动后，喘着粗气，心有余悸地快走到江眉影身旁，将她揽入怀里。江眉影浑身一颤，在闻到韩栋身上，自己浴室里的沐浴露的香味时，才放下心。

她搂住韩栋的腰，呜咽一声，哭出了声来。

韩栋长叹一声气，脸贴着她的头发，仰头看着天花板上的灯，让自己跳动剧烈的心脏平息下来。

"没事吧？"他哑声问。

江眉影抽泣一声，摇了摇头："没事……"

虽然没事，但是她吓得浑身颤抖，韩栋心里一阵心疼。

"嗯，我在这里，没事的。"韩栋小声安慰她。

"哎哟……"地上的谢和金翻了个身，仰躺在地上，翻来覆去地喊疼，伸出一条胳膊缓缓支起身子，他看到抱着江眉影的韩栋，露出了一个轻蔑而嫌恶的表情，"你等着，敢打我，你完了。"

说着，他躺在地上，狼狈地从口袋里掏出手机，因为韩栋那一拳用了全身力气，打得他实在够呛。

韩栋平时没少干体力活，那一拳结结实实打在谢和金的脸颊上，谢和金现在满嘴的铁锈味，双眼模糊，脑袋都在震荡，晕晕乎乎的，都耳鸣了。

他颤着双手，眯着眼，手机屏幕都看不清了。

他一边翻找通讯录，一边对着两人恶狠狠地威胁："你们俩完了，小白脸完了，江眉影你也完了，上次扔老子饮料，这次把老子打成这样，我要让你们进监狱！"

江眉影听得无语，躲在韩栋怀里，偷偷打开了手机录音。

这大概就是江眉影口中最讨厌的谢和金了。

今日一见，果然名不虚传。

韩栋想再揍他一顿，用脚踹男性尊严的那种。

但是一抬眼，电梯门口是有监控的，他就忍住了。现在已经是正当防卫到位了，他若是再因为这人嘴巴贱而去造成对方重伤，他觉得这不是什么光彩的事情。

他倒是无所谓，但把江眉影扯进来，他不乐意。

谢和金这厮还在威胁着，找了半天，因为帕金森一样颤着手，一直没点到正确的联系人，愤恨地把手机往地上一拍。

为了找回面子，他缓过了神，坐起身子靠着墙，指着江眉影继续放狠话："神女！你如果肯跟老子，我就放过这个小白……"

"啪！"

韩栋松开江眉影，一手牵着她，一脚踩在谢和金放在地上的手机上。

谢和金哑口无言，抬头愣愣地盯着韩栋猛瞧。

韩栋居高临下地睥睨着他，面无表情地说："抱歉，但是你很吵。"说罢，他的脚还碾了碾手机残骸。他眼里的意思很明显：你再吵下去，你的子孙根就跟这手机一样的下场。

谢和金感觉下身一紧。

韩栋背着光面对着他，谢和金从下往上看他，韩栋的脸隐在阴影中，明明是一张白净帅气、满是正气的脸，此时此刻却像阿修罗一样可怕。气场让人不寒而栗，特别是眼神里带着的狠厉，仿佛在看被按在案板上待宰的鱼一样，漠然无情。

谢和金双腿发颤，无意识地咽了口唾沫。

江眉影目瞪口呆地看着韩栋的侧脸，突然想起来韩父曾经揭发过的"不肖子"的黑历史：韩栋在青春叛逆期的时候，是全校出了名的恶霸——揍学长、怼老师、脚踢校外小混混，全校通报批评，三天两头被叫家长，朋克到不行的那种。

虽然过了叛逆期就乖顺下来了，但是从这家伙能够狠心到全部银行卡被冻结都不回头，硬着脾气，只身一人到异乡孤零零地白手起家，开始创业，就说明韩栋仍旧是那个朋克少年。

谢和金瘫在地上，一个一百六十斤的大男人，跟个女生一样，"哇"的一声哭了出来。

"叮"的一声，电梯从楼上又回到了一楼，电梯门打开，一对情侣正欲走了下来，在看到电梯门的情况后，两人呆若木鸡。

这对情侣跟江眉影比较熟，江眉影抿着唇，抱歉地说："对不起……吓到你们了。"

男生点点头，一伸手，重新摁了原先的楼层，电梯又上去了。

3

在派出所做完笔录，韩父派来的保镖终于跟了过来。

韩栋看见他们很疑惑："怎么没跟着我爸？"

"老爷要我们跟着少爷您。"保镖毕恭毕敬地说道。

这两个保镖，年轻的时候就跟着韩父，看着韩栋长大的，现在四十来岁，正当壮年。

高大威猛，一身黑色西服，还戴着墨镜，两人一走进派出所，所有的民警都顿时戒备了起来。

在发现保镖跟韩栋认识，民警们稍微放下心来，倒是谢和金整个人的神经都绷紧了。

"你们出去。"韩栋不耐地摆摆手。

两个保镖听话地退出了派出所。

韩栋斜了眼浑身抖成筛子的谢和金，嘲讽道："胆子这么小，还跟踪？"

谢和金现在见到韩栋就害怕，肩膀一缩，闭嘴不言。

民警核对完笔录，对韩栋说道："你们要私下调解民事纠纷吗？"

谢和金仗着有民警撑腰，拍着桌子吼："我要告他！他打人！还踩烂了我手机！"

民警安抚他："这位同志，请冷静，不要大声喧哗。手机，这位韩先生不是已经赔钱给你了吗？"

"我要的是精神损失费！他踩的是我的手机吗？"谢和金气得站起来，因为摔在地上的时候，撞到了臀部，很疼，他一瘸一拐地来回走动，吼道，"他踩的是我的面子！尊严！"

江眉影低声吐槽："你还有尊严？"

谢和金眼睛一瞪，江眉影往后一缩，韩栋立刻将她护到身后，冷眼看他，他被韩栋一瞪，立刻没了嚣张气焰，只能嘟囔着："我屁股疼、脸疼，还脑震荡，我一定要让他赔得倾家荡产……"

韩栋很客气地对民警说："我会跟他协商好的，给你们添麻烦了。"

"下次能讲理，还是别动手。"民警对谢和金这一身暴发户的气质以及刚才谢和金低劣的行为很看不上眼，相对地，韩栋虽然不苟言笑，但是长相英俊、文质彬彬的，让人产生好感，于是很客气地对他说。

"还有，发现有人跟踪，尽快报警。"

韩栋点点头："好的。"

办案民警很难想象，韩栋这个看起来根正苗红的帅哥，白白净净，个子高瘦，怎么会把那男的打成这样惨不忍睹，而且据说就只揍了一拳。

民警不忍直视地瞥了眼谢和金，整张脸都皱了起来。

谢和金现在半张脸泛着青紫，高高肿起，嘴角还带着血，本来就不大的眼睛被挤得更小了。原本算是个还过得去的小后生，现在一眼瞧过去只觉得人不人鬼不鬼的。

"我要告他！我不走！"谢和金跟个小孩子一样喊道。

韩栋走向谢和金，谢和金立刻往门口跳去："你做什么？"

"就算要告我，也是出了派出所的事。"韩栋冷着脸，"还有，我也打算告你。"

两人说着话，谢和金已经被韩栋怼出了派出所，韩栋紧接着也走了出去。

韩栋双手插在裤袋里，微扬着下巴，说话语气冷静但带着不屑。

两位民警生怕两人再起冲突，急忙想跟上去。

江眉影抱着韩栋和自己的包，也想跟上去，恰好挡在了他们前面。

她不好意思地笑了笑，小声地说道："给你们添麻烦了……"

两位民警愣了愣，点点头，表示这是他们的责任，没有什么事。江眉影感激地一笑，急忙跟了出去。

两人相视一眼，交换了一个心照不宣的眼神。

小姑娘漂漂亮亮的，说话小声礼貌，看起来挺怕生的，她似乎因为受到了惊吓而哭了挺久，来派出所的时候还在抹眼泪。眼线和睫毛膏都哭花了，脸上显得有些狼狈。

两位值班民警脑袋里冒出的第一个念头就是：那个讲话难听的富二代，真流氓。

肯定是那个富二代想追求小姑娘，于是各种骚扰她，还跟踪她。结果被小姑娘的正牌男朋友发现，揍了一通，而且也就揍了一拳。

"啧，人渣！"其中一位民警说道。

另一位点点头："活该！"

这样说着，两人不再追上去，站在派出所门口远远观望，作壁上观。

谢和金被韩栋怼着出了派出所，再看见门口站着两个高大健硕的黑衣人，跟门神一样，顿时抖成了筛子。

"你……你要做什么！小心我报警！我们现在就在派出所门口我告诉你！"谢和金色厉内荏地说道。

韩栋难得地翻了个白眼，问道："家里地址或者公司地址在哪里？"

谢和金一愣："你要做什么？"

韩栋嗤笑一声："放心，你那种下三烂的手段我不会做。"

谢和金脸色一白。

"我是要光明正大地给你寄起诉书。"韩栋说着，对江眉影招招手。

江眉影小跑过来，疑惑地看着他。

韩栋皱着眉瞧江眉影哭得五彩斑斓的脸，从口袋里掏出手帕，擦干净她眼角下混合着眼线和睫毛膏的泪痕，对她柔声说道："把我包里的名片找出来。"

江眉影低下头，翻找名片夹，韩栋就顺着这个角度，小心地擦拭她上眼睑的泪痕。

"这个吗？"江眉影找出一只银白色的名片夹。

"嗯。"韩栋接过名片夹，从里面抽出一张自己的名片。

递给谢和金，韩栋说道："这是我的名片，欢迎你来起诉。我们互相收集好证据，法庭上见。"

方才谢和金一脸呆滞地看着韩栋温柔地对江眉影，江眉影的小脸上满是娇羞和依赖，心里很不是滋味。接过名片的时候，还想着这人能是什么来头，自己保准让他赔得倾家荡产。

然而一看名片，谢和金脸上高傲自负的面具顿时龟裂了。

那张白底似乎嵌着金丝的名片，上面简洁地写了两行字和一个抬头：

三味坊，CEO，韩栋。

真的假的？

谢和金难以置信地抬头看韩栋，颤颤巍巍地问："三味坊老板不是个老头儿……"

"那是我爸，五个小时前，刚退休。"韩栋言简意赅地说明。

谢和金觉得眼前有点发黑。

真的假的？他怎么这么不信呢？

一辆黑色的奔驰停在派出所门口，里面的人腾地跳下车来，焦急地奔到谢和金身边，哭喊道："哎哟，我的宝贝儿子，你怎么回事？怎么被打成这样了？哪个王八蛋干的，我让他不得好死！"

中年妇女的声音很尖锐，听得众人直皱了眉头。司机跟下了车，看见谢和金身旁站的人，对谢和金的母亲指了指他们。

谢母顿时狠厉起那张不知道拉了多少次皮的假脸，尖声喊道："就是你们这群人欺负我儿子？我要告你们！把你们都送进监狱！"

果然是母子……讲的话都一样。

江眉影拉拉韩栋的衣袖，韩栋低头看她。

"回家吗？"江眉影不想跟这两个智障纠缠。

韩栋点点头，搂住她的肩："回家。"

说着，两人抬脚就要走。

谢母急忙上前想拉住两人："哎！你们别走！畏罪潜逃吗！"

谢和金觉得有些丢脸，捂着脸轻声对母亲说："别喊了……"

两个保镖挡住了谢母，谢母一愣，被两人的身形给镇住了。

韩栋停下脚步，回头对谢母说："这位阿姨，多管教自己的儿子，造谣生事，骚扰我的女朋友，该畏罪潜逃的应该是他。"

谢和金傻了，喃喃地问："造谣？我哪里造谣了！"他强撑着不肯承认。

江眉影鼓起勇气，对他大声地说："五年前是你，五年后拍的那张照片的角度，除了你还有谁？你一个大男人能不能不要这么小心眼，做的事情很幼稚！"

谢和金睁大了眼睛，还有些委屈："我只是想追你……"

"追我？"江眉影气笑了，"打骚扰电话、跟踪我，还造谣我被包养，甚至连我的知乎号都能搜出来谩骂？你只是觉得你有几个钱，我变得漂亮了，想泡一下，结果我不领情还甩了你一头饮料觉得丢脸吧？"

谢和金第一次听见江眉影讲这么长一大段话，有些惊讶。但是，他并没有愧疚和认错。

他只是觉得受到了轻视和侮辱，心里很是恼火。

4

在学校的时候，江眉影话很少，人也很阴沉，不起眼。谢和金一向看不起这个土里土气的小胖妞。就算后来瘦下来了，却因为过瘦，营养不良，还不打扮，她更加土气，太瘦还让她看着有些畸形。

同学会时候的江眉影，虽然瘦小但看着很健康，肤白貌美，还有气质，打扮得很时尚，简直就是丑小鸭变白天鹅的最佳典范。虽然仍旧话不多还怕生，但是颜值高，完全可以抵消性格上的无趣。

于是，谢和金就心动了，想撩一下。

他撩的切入点不仅失败，还很没头脑。

　　他以为，对他来说愉快有趣的高中生活，对所有人都一样，于是就一直把话题中心往江眉影身上引，想让江眉影也回忆起"愉快"的校园记忆，然后跟他多聊聊，他可以展示自己的男性魅力，撩妹。

　　结果，不仅没撩成功，还被甩了一脸坏脸色，他有些恼火，于是有些变本加厉地引出"神女"的话题。

　　然后被扔了一脑袋椰子汁。

　　原本是很长脸的同学会，还是在自己家投资的场子。结果丢尽了脸面，谢和金本身就是心眼很小的人，顿时怀恨在心，想尽了各种办法出气。

　　造谣、水军谩骂都只是小事，他后来干脆通过微信找到江眉影的手机号，用伪基站的号码打骚扰电话。在第二次拨通骚扰电话，听到一个低沉的男人的声音时，谢和金觉得很不甘心。

　　一个男人，在周末的早晨七八点，大家都还在睡梦中的时候，两人孤男寡女共处一室……这说明两人是什么关系？

　　一个丑小鸭变成白天鹅，居然被别的男人先拱了。

　　嫉妒和不甘让谢和金萌生了一个念头，他要去看看，江眉影的男人到底是怎么样的。如果只是个普通人，那么他只需要靠金钱就能钓上这只白天鹅。这一招，谢和金曾经屡试不爽。

　　于是，通过打听，谢和金知道了江眉影的公司，从工作地点开始跟踪，一路小心地跟着她，来到了高新商务区极其偏僻的一家小面馆。在对面的角落看到江眉影跟面馆里的一个厨师有说有笑，谢和金又鄙夷又庆幸。

　　丑小鸭永远是丑小鸭，眼界这么低，找的男人居然是个郊区的不知名面馆里的厨师，真是太差劲了。

　　谢和金直到刚才，还以为江眉影是穷苦的留守家庭出来的小孩——虽然的确是留守家庭。

　　这个厨师虽然个子高，长相也帅气，但是一看就不如他多金，看车子就知道了，不过是辆奥迪 A6 和大切诺基。那又如何，他家里可是停着三四辆兰博基尼的。

谢和金对韩栋嗤之以鼻，恼火他霸占着江眉影，还打乱他的跟踪计划。

更别提他看见江眉影对着这穷小子有说有笑，笑得还特别好看，谢和金一想到江眉影看着自己时候的不耐烦，气就不打一处来。他不甘心。

通过跟踪江眉影，找到了江眉影的家，但是谢和金一直没有找到机会跟江眉影面对面摊牌，他想给她钱让她离开韩栋到自己身边来。

直到今晚，他终于找到了机会。而今天的这次蹲点，他却完全忽略了带着强大气场和厉害的阵仗出现的韩父。

这也导致了他目前的尴尬处境。

谢和金只是后悔，他为什么不在江眉影拐进走廊的时候就第一时间抓住她跟她聊一聊，而是脑残地想着上楼等她回家好好聊，说不好还能发生点什么事情。

他心里的想法很猥琐。

江眉影嗤笑一声："谢和金，就算你改头换面，重新做人，我也不会喜欢你。你别想追我，我恶心。"

这一句"恶心"让谢和金苍白了脸，也让谢母暴怒。

"你敢说我儿子恶心？我宰了你这个小贱人！"泼妇一般的谢母就要扑上来，手上和脖子上戴着的金首饰丁零哐啷地直响。

刚蹿出身子，她丰满的身躯就被高大如墙的两位保镖拦住了。

韩栋冷眼看着谢母撒泼，捏了捏江眉影的手，说道："别跟他们废话，回家。"

江眉影点点头，回头瞟了眼谢和金，翻了个白眼。

谢和金觉得丢脸至极，对自己的母亲吼："够了，妈，别闹了，丢死人了！"

谢母很受伤："我哪里丢人了？我是为你好啊，儿子！"

"别跟他闹！我们斗不过他们的。"谢和金垂头丧气地叹道。

"谁斗不过？浮城还有我们斗不过的人？市长都得高看我们一眼！"谢母狂妄地说道。

谢和金斜了她一眼，觉得太丢脸了。浮城里，他们斗不过的人多了去了。

他们的顶头大佬江家，以及江家的合作伙伴方盛集团……还有，首都来的世界闻名，全国最大的高端餐饮机构……三味坊。

"人家可是英国女皇都要高看一眼的……谁理你一个市长……"谢和金嗤笑一声，觉得自己母亲眼界太低了。

谢母愣住了，冷静下来回到谢和金身边，问道："儿子，你说什么？"

谢和金说："人家可是三味坊的 CEO。"

"太假了，这你也信啊，儿子？"谢母嗤笑。

谢和金心里将信将疑，他也不相信，他总感觉韩栋出身不简单。

谢母见谢和金脸上变幻莫测，想了想，给谢父打了个电话询问。

两个保镖见谢母离开，对视一眼，立刻抬脚，快速跟上韩栋和江眉影。结果被韩栋嫌弃地说道："你们打车，自己找地方住，车子载不下你们两尊大佛，我们家很小。"

保镖觉得特别受伤。

这俩父子真是一个模子刻出来的，都叫他们打车。屋子小住不下，他们可以住附近宾馆没关系。可是韩栋那辆大切诺基那么高大，他们跟姚明一样巨硕，怎么塞不下了？

见俩保镖不走，韩栋无语地说："好了，给你们报销。"

"好的，我们先走了，少爷。"其中一位保镖立刻恭敬地说，送韩栋和江眉影上车之后，掏出手机，打开了叭叭打车 APP。

司机刚接了单，他们就听到身后一声女人的尖叫，然后就听见女人疯狂地哭喊埋怨。

"你这个小兔崽子！你居然敢做这种事情！你敢惹他们！是不是要让我跟你爸死！是不是！"

保镖一对保镖二说道："有钱人消息都这么灵通吗？知道老爷以前闯荡江湖的事迹。"

"以讹传讹，吓吓人罢了。"保镖二嗤笑一声。

"嗯，倒是少爷，比老爷狠多了，看看老爷现在，愁得都老了。"保镖一感慨一声，"啊，车子来了。真快。"

韩父年轻的时候，走南闯北，为了发展三味坊，结拜了不少兄弟，带着一把道光皇帝御赐的玄铁菜刀，跟个混黑大佬一样，到处踢馆子，比厨艺。江湖事迹数不胜数。

明明只是比拼厨艺，因为到哪儿都带着他的御赐菜刀，结果被很多人谣传，韩父年轻的时候没少砍过人。

最后以讹传讹的结果就是，听到过风声的公司和家族，一听到三味坊这名字，都不敢随便招惹，实在是怕了刀口上混饭吃的人——虽然这话是没错，但是韩父觉得很冤枉，严重影响了他想谈场黄昏恋的进展。

谢家闹成什么样，江眉影和韩栋并不在意。

在韩栋身边，江眉影觉得特别安心。

她把之前的录音放出来，在听到韩栋的声音时，忍不住说道："你可真帅。"

韩栋轻笑一声："我平时不帅吗？"

江眉影想了想："平时啊，只有烹饪的时候比较帅，我特喜欢看你做菜。不做菜的时候，跟个闷葫芦一样，一脸严肃，跟别人欠了你百八十万一样，忒无趣了。"

"那你要我以后都对着你笑吗？"说着，韩栋微微侧过脸，冲江眉影露出一个龇牙咧嘴的笑。

江眉影被他逗笑了，摆摆手："好丑啦，吓死人了，不要不要。你还是别笑了，严肃点。"

"嗯。"

江眉影又听了一次录音，对比谢和金那惹人烦的声音和韩栋低沉好听的低音炮，江眉影的脸越来越红，羞涩地咬着下唇笑了。

"你怎么这么帅。"

这一次，韩栋已经懒得回话了，只是无奈地轻笑一声："嗯。"

"怎么办，我觉得越来越喜欢你了？"江眉影小声地说，语气像是自言自语，但是车里很安静，韩栋听得一清二楚。

韩栋的手一颤，在红绿灯口，车头被停歪了。

红灯跳着倒数的秒数，韩栋长呼一口气，叹道："开车的时候，别对我说这话。"

江眉影红着耳朵没说话。

车内阴暗，遮掩了韩栋也红透了的耳根。

但是韩栋很诚实："我会害羞的。"

江眉影笑道："你怎么会害羞啦，CEO 韩！对了，你什么时候做的名片？"

一提到这个，韩栋都觉得哭笑不得："不是我做的，是我爸，知道我要继承三味坊，他第一时间印了名片带过来。"

"哈哈哈，伯父真可爱。"

"啧。"听到江眉影夸自己的父亲，韩栋不赞同地轻啧一声。

他可不觉得自己的父亲可爱，就是一个一脸严肃但其实不大的老头而已。

停好车，两人又在楼道碰到了刚才遇到的邻居小情侣。他们似乎在后来也出门了，四人都要上楼。

之前相遇的场景太尴尬，江眉影很不好意思地轻声道歉："之前让你们受到惊吓了，抱歉啊。"

"没事。"男生说道，"地上那男的……森灵后来说，她前几天似乎有看到这人鬼鬼祟祟在我们走廊徘徊……感觉有点图谋不轨。"

一想到被谢和金跟到家门口过，江眉影就觉得浑身恶寒。

江眉影和邻居小姑娘森灵同时露出一个嫌恶的表情。

韩栋倒是礼貌地说："那到时候如果有需要，希望你们能够给我们做证。"

"咦？"森灵疑惑道，"什么做证？"

"我要起诉他。到时候做证跟踪的时候，希望你能提供证词。"

森灵跟江眉影住在同一层楼，经常打照面，点头打招呼的交情。

她正义感满满地点头："好的！我会当证人的！"

几个人互相道了别，各自回各自的家。

一进家门，两人就用力地拥吻在一起，灯都没来得及打开。

直到两人都坐到了地上，江眉影坐在韩栋腿上，两人皆是气喘吁吁。两人的眼睛却早已经熟悉了黑暗。

阳台外面的灯光，微微透过窗，给房间里带来一丝光亮。

借着这道光亮，两人看见了对方脸上的安心和庆幸，庆幸一个够谨慎，一个够及时。

两人幸福地相视一笑，拥抱在一起。

"谢谢你。"江眉影小声地在韩栋耳边说道。

她感觉韩栋的胸膛微微震动着，引起她一身的酥麻和战栗。他在低声轻笑。

江眉影带着笑意，用更加微弱的气音，贴着韩栋的耳根，一字一字，像是在咏叹一般：

"我、爱、你。"

然后在他的耳垂轻轻一吻。

这一整晚，灯都没有开启过。

● Chapter 16
她亲爱的厨神先生

1

6 月，早晨五点不到，清晨的第一缕阳光已经穿过了树梢，透过厚重的窗帘，只留下了微弱的光线。

屋子里，凌乱的衣物摊了一地。

昏暗的房间，安安静静，只听得见交缠在一起的呼吸声，平和悠长。

男人轻吟一声，先醒了过来，从身侧人的颈下抽出胳膊，轻轻地甩了甩，缓解血流不顺畅的酥麻。在身侧人的脸上轻轻一吻，把她露出来的胳膊放回被子里。

轻手轻脚地下了床，光着脚踩在地板上，他弯着腰，一件件地开始捡地上因为情急，随手丢了一地的衣物。

将衣服一股脑地扔进洗衣机里清洗，关上门，韩栋才在行李箱里开始翻找出自己干净的衣服，直接穿上了身——他裸得很彻底。

江眉影身侧失去了一个巨大的热源，倒是没有热得要将胳膊伸出被子了，但是她也醒了。

浑身酸软，她有气无力，迷迷糊糊地问着韩栋："洗衣机开着？"

"嗯。"

"洗什么呢？"

"衣服。"

"昨天的吗？"江眉影打了个哈欠，问。

"嗯。"

大概昨晚睡得迟，韩栋虽然自然醒了，但此时还有些不清醒，情绪不高。

江眉影问："你的衣服吗？"

"嗯，还有你的。"韩栋应道。

江眉影低声"嗯"了一下，过了五秒，突然反应过来，猛地坐起身，对韩栋说道："你把我的衣服也放里面一起洗了？"

"啊。"韩栋一脸无辜地点点头。

"所有衣服？"

"嗯。"

"包括内衣、内裤、袜子？"江眉影瞪大了眼睛，难以置信，"我是说，你的袜子。"

韩栋愣了愣，点点头："怎么了？"

江眉影气得指着他，说不出话来，跳下床，腿还发软，但仍旧以最快的速度冲进了卫生间，将洗衣机停止清洗，然后出了卫生间，对韩栋吼道："你！把我的衣服全都拿出来！"

"洗得好好的……"为什么要拿出来？

在看到江眉影黑着的脸，韩栋不敢说下去了。

"你自己的衣服怎么糟蹋都无所谓，反正你是男的，不讲究。以后我的衣服，普通的衣料机洗可以，重点是！内衣、内裤、袜子都要分开洗！分开洗知道吗！"江眉影一想到自己的贴身衣物跟韩栋的臭袜子一块在洗衣机里搅拌就头皮发麻。

韩栋觉得多此一举，不情愿地进卫生间挑衣服。

虽然嘴上不说，但是江眉影知道，他一定很不解，并且觉得自己很麻烦。

"抱歉，这就是女性！就是这么讲究！"江眉影双手环胸，一脸正义凛然地对卫生间里，任劳任怨、苦兮兮地捡衣服的韩栋说道。

韩栋把江眉影的内衣挑出来放到洗衣盆里，愣了一下，回头看她，上下打量了一下，然后停留在江眉影胸部的位置，点点头："嗯，这就是女人。"

他火热的视线简直带着真实的触感，还有热度。江眉影觉得哪里不对劲，低头一看。

"啊！"她尖叫着跳上床，拿被子捂好自己。

韩栋端着洗脸盆出来，一边往阳台走，一边轻笑道："昨晚什么都做了还怕被看见啊？"

"滚滚滚！臭男人！"江眉影嫌弃地喊。

韩栋闷声一笑，把地上的垃圾都捡起来，扔进了垃圾桶，然后拉开窗帘，将阳台门打开了一个小口子。

"快点穿衣服，今天天气很好，晨练很舒服。"韩栋叮嘱道。

"不要！"江眉影没好气地说。她哪儿哪儿都不舒服，一点都不想跑步。

韩栋明白了，把洗衣盆往阳台的水槽一放，就着阳台落地窗门开着的样子，将窗帘拉上，挡光但还能通风。然后走到床边，双手撑在江眉影脑袋两侧，额头贴着额头，问："要不要吃红豆饭？"

"滚。"江眉影小嘴一张，吐气如兰，轻声说出这个字。

韩栋不气反笑，在她唇上一吻，然后直起身，揉了揉她的头发："睡个回笼觉吧，我去赶早市，买点蔬菜回来做饭。"

"嗯。"江眉影缩在被子里点点头。

门轻轻关上，江眉影将脑袋埋入被子里，一想到韩栋，就觉得整颗心都要炸裂，恨不得下楼跑圈，大喊一声："我男人真帅！"

四肢如同抽搐一般颤动着，在被子里压抑住自己的尖叫。

门"咔嚓"一声，从外面打开了。江眉影僵在被窝里，缩成一座小山一样，不敢动弹。

"忘带钱包了，你继续睡。"韩栋轻声解释，然后重新出门。

门又被轻轻关上。

江眉影的四肢"嘭"一声伸展，瘫在床上，仰躺着看天花板。

"睡觉睡觉。"她催眠一般闭上眼，对自己说道。

反正这么帅且体贴的好男人是自己的了，激动什么。

结果江眉影躺了好一会儿，都没有睡着，干脆起了床。

韩栋买完食材回来，看见江眉影穿着家居服在洗衣服，问："不睡了吗？"

江眉影斜了一眼他："怎么睡得着……过会儿吃完饭直接去上班了。"

韩栋笑她有强迫症，江眉影告诉他，这叫作常识："你们男人就是不懂常识，以后学着点。"

韩栋点着脑袋，往厨房走去："好，好，知道了。"

说着，他从袋子里拿出一罐酸奶："能喝酸奶吗？我做个甜品。"

"可以。"

"对　果过敏吗？"

"不过敏。"

韩栋点点头，把　果切成丁，放入酸奶里，然后在酸奶里加了少量动物奶油，放入冷冻室里冷冻。

看了看时间，等冻好了，大概八点左右，江眉影还可以吃个饭后甜点。

等吃完早饭，准备就绪，江眉影捧着韩栋做的冻酸奶上了车，自己吃一口，喂给韩栋吃一口，一直到公司楼下，一盒冻酸奶刚好吃光。

"很好吃。"江眉影轻笑道。

她嘴角上还沾着一抹酸奶，韩栋凑过去用嘴唇和舌尖舔掉它，笑道："上班去吧。"

"嗯。"

"别的事情，下班了再讨论。"韩栋的眼里带着温暖。

江眉影轻笑一声，点点头，轻快地下了车。

2

张律师搜集证据的速度很快，江眉影将自己那天保存的录音也送了过去，张律师表示很满意。然后隔日就写好了律师函，给谢家发了过去。

律师函这一发，谢家顿时闹翻天了。

被三味坊的首席律师——全国胜诉率第一的名律师告了，谢家上下举家震惊。

至于谢和金怎么被家里的父母给埋怨折腾，江眉影并不知情。

韩父正巧在浮城，跟韩栋聊了一番心事，韩父将自己做人的原则和行为处事的态度教给韩栋。

韩栋很受用，第二天就带着保镖和张律师去爬了方山，顺道在方山谢和金家有投资的方山别苑就餐。

方山别苑的总经理紧张得浑身冒汗。

他们酒店的主厨，就是曾经三味坊的二流厨师跳槽出来的。虽然在三味坊他只是二流厨师，师从韩栋厨艺最烂的小师弟带的其中一个名不见经传的徒弟，跟韩栋都差辈了。但是离开三味坊，他到哪里都是厨神，只要别碰到三味坊的主厨。

总经理现在战战兢兢。三味坊的继承人，发律师函给他们大股东谢家的事情，现在整个酒店已经传得沸沸扬扬了。听说三味坊的当家人来，他急急忙忙地让人给谢董发了个消息，然后亲自去迎接。

见到韩栋的时候，总经理还有些意外。不是传言中的老头，而是个英俊年轻的青年，长得还很眼熟。

韩栋坐在包厢里，金碧辉煌的装潢，晃得眼睛发疼。

他摇了摇头，对总经理温和地说道："元旦的时候，有幸来过一次贵餐厅，跟方来阳一起来的。"

总经理额头上满是冷汗，心理压力更大了。

方来阳是谁，他怎么可能不知道？这新的三味坊当家的，跟方盛集团的总经理还是朋友？

他招谁惹谁了啊。

韩栋看总经理更加紧张了，心里还有些不高兴。

这人到底是更怕他还是更怕方来阳啊。

门被人推开，一行服务员端着十道菜鱼贯而入，主厨跟在最后面，毕恭毕敬地进了包厢，见到韩栋，眼睛一亮，急忙脱下厨师帽，对韩栋恭敬地鞠了个躬。

"小师叔好。"

韩栋虽然在三味坊的掌勺人里算年轻的，但是他辈分极高，又被誉为天才厨神，烹饪天赋无人能出其右。美食圈无论是厨师还是老饕都对三味坊的天才厨神少东家有所耳闻，很是敬佩。

韩栋压根不记得这人是谁，上来就攀亲戚。

他理都没理，扫视了一圈自己点的这些菜。色香是做得挺到位了，不知道味道怎么样。

韩栋每道菜都尝了一口。他没理主厨，主厨也不好意思直起腰，只好一直这样鞠着躬。

总经理特别纳闷，自家的大厨怎么见到一个比自己年纪小十多岁的年轻人这么卑躬屈膝的。

韩栋放下筷子，皱眉，语气不善地对主厨点评道："你喊我小师叔？"

"是，我的师父叫刘正龙。"主厨急忙介绍自己。

"……"韩栋还是不记得谁叫刘正龙了。

他从小就跟着七位师父学厨艺，包括他父亲，这些长辈来来去去的弟子不少，但是正儿八经教的关门弟子就只有个位数，跟他年纪相仿，关系也比较好。那些学了几年就走的外门弟子，他一个都不认识。

见韩栋迷茫的表情，主厨急忙解释："我和我师父都只是小人物，小师叔不必在意。"

韩栋点点头："你厨艺不错。"

主厨顿时喜上眉梢，欣喜若狂。

"就是这家酒店的风格不适合你。很多菜为了迎合酒店的风格和客人的口

味做了改动，但是都不成功。我觉得满意的只有这道开水白菜，你花了不少功
夫，高汤熬得不错。"

韩栋的评价客观中肯，不偏不倚，主厨感动得热泪盈眶。

他年纪四十有余，因为天资不够，一直都是师父不怎么看中的徒弟，以他
的能力无法留在三味坊。但是一出了三味坊，他却变成了抢手货，各个大酒店
都争着要他当主厨。因此他一直都对三味坊感恩有加。

而今天，三味坊的新当家，虽然年仅二十岁，但是厨艺就将所有老前辈都
抛在了身后的韩栋居然夸他厨艺不错，主厨觉得自己这么多年的努力没有白费，
心里感激涕零。

总经理满面愁容，韩栋这话说得，怎么让他觉得很恐慌啊。

果然，下一秒，他就听见了让他下巴都要惊脱臼的话。

"你别待这里了。"韩栋当着人家总经理的面唆行，"你待在这里，厨艺
一点都没有提升，可能这辈子就止步于此。看你这道开水白菜，颜色清淡，但
是香味四溢。水温掌控得很好，说明你是下了苦功的。要不要来我这里？"他
虽然在挖墙脚，但是脸上的表情认真严肃，是真心在替别人做考量。

"！"主厨一怔，猛地抬头，惊喜地看着他。

韩栋摆摆手，强调道："不过不是回三味坊。我打算打造一个面向中低端
客人的品牌，是我这几年在浮城打造的，总部就设立在浮城，你愿不愿意来帮
忙？有什么不懂的，我也可以教你。"

韩栋随口一说，就给郑林天找了个比他大二十多岁的师弟。

主厨已经被狂喜冲昏了头脑。

虽然韩栋比自己还小了十多岁，但是他当年还在三味坊总部的时候，就见
过韩栋烹饪的样子。那真是一场艺术一般的表演，冷峻的脸上，从不带别的情
绪，下刀的角度，稳准狠，力道掌握又极佳，韩栋的刀工是整个三味坊无人能
及的。而他对味觉的敏感度、火候的掌控能力，都让几位师父惊艳。

"三味坊的几位师父已经给不了韩栋更多的厨艺上的经验了，更多的，只
能是告诉他做人的道理。让他在做菜的同时，学会如何好好做人，这样才能成

为一名真正的厨神。"

这段话，就是主厨师父的师父说的，那年韩栋也才二十五岁。

能跟着韩栋学厨艺，主厨觉得简直是天上掉下来的馅饼。

他眼里、脸上，都是心动的表情，看得总经理急得不行。

他慌乱地喊了声："老李？"

韩栋突然抬手，对总经理说道："买单。"

"……"总经理哭丧着脸。

总经理觉得自己真里外不是人，他不敢得罪三味坊的当家，但是人家当着自己的面挖人，太过分了吧！

韩栋走后，总经理觉得自己真的要抹眼泪了。

主厨笑道："没事，我可以介绍我朋友来。"

"你朋友是三味坊出来的吗？"总经理泪眼汪汪的。

方山别苑的餐饮生意火爆，很大一部分原因就是因为他们打的大厨旗号是"主厨是从三味坊来的特级大厨"。

"……不是。"

"那说什么！一点都不安慰人！"总经理撇着嘴，"合同期没到，你不准走！"

三味坊这块金字招牌没了，方山别苑的餐饮大概立刻就要倒台了。

谢家在收到韩栋的律师函的时候就炸开了锅了。韩栋说要让谢和金后悔他做的一切，说到做到。他雷厉风行，离开了方山别苑，转眼又去了谢家其他投资的酒店和房地产。

谢家起家就是因为房地产暴利，而后拥有一定房产资源后，开始投资酒店，现在房地产不景气，谢家不敢再投资房地产，转而将大量资金投在了跟旅游业息息相关的酒店服务行业。

这下好了，三味坊不仅仅跟酒店服务行业直接相关，也是房地产大亨。在世界各地拥有很多房产资源，并且是在最黄金的地带。谢家在浮城开发的房产，根本比不上三味坊拥有的资产。

韩栋年轻力壮，手脚麻利，一个一个点去呛行，跟龙卷风一样，着实挖走了不少好苗子。

等回到面馆，他面无表情地将一本名册放到桌上，对韩父说道："这些人，足够支撑有间餐饮了吧。"

韩父翻开来一瞧，对自己儿子快准狠的行事准则暗暗咂舌。

韩栋不仅想继承三味坊，还想接着经营三味坊旗下的有间餐饮，专门做中低端美食。这并不符合三味坊百年以来的经营理念。韩父便和韩栋做了约定，一周内，能挖到五十名特级厨师来为有间餐饮镇场，他就在股东大会上游说其他几位师父投赞成票。

韩栋恨不得一天吃十顿饭去挖墙脚，居然还真的做到了。而且他挑的厨师，虽然厨艺不如三味坊里的厨师那么根正苗红，但是都有各自的特色，重点是，都是做中高端美食出身，稍加调教就可以完美达到韩栋对有间餐饮厨师的要求。

最重要的是，这些厨师都是从谢家投资的餐饮机构和酒店挖过来的副主厨级别以上的人物。

既实现了自己商业蓝图的第一步，又替江眉影出了气，一箭双雕。

韩父不得不佩服韩栋的效率。这就算了，他居然还有时间给江眉影做饭吃。

他还想问韩栋别的事情，刚发出第一个音节，就被韩栋打断了。

韩栋抬眼看了看他，然后瞥了眼坐在角落，正在吃水饺的江眉影。

"出去说。"

江眉影听到门上风铃撞击的声音，疑惑地回头一瞧，韩栋的背影正在门外。她皱了皱眉，不知道韩栋去做什么，但是他就在门口，让她觉得心安，于是就重新开始吃什锦馅的饺子。

这一碗水饺，一共十个，每个饺子味道都不一样。韩栋不知道江眉影哪种口味能吃下，于是把能做的都做了一遍，里面甚至有番茄鸡蛋馅和青椒肉丝馅的。

江眉影看着样子都差不多，就一个个品尝过去。但是最后试验下来，能吃完的也就五个，但是这已经很好了。比起最开始，她如今的进步已经很神速了。

3

韩父："事情都做了还不想让小影发现啊？"

韩栋点头："最好还是别让她知道，这些事情很烦人。"

"啧，我可是为你好，你看，你现在有这么多名厨镇场了，这下你想在全国开一百家有间面馆连锁店都没问题了。"韩父拄着拐杖,敲着地面得意地说道。

"不够。"韩栋皱着眉说道。

"哪里不够了？钱你又不是没有。"

韩栋沉着脸，思索片刻，说道："三味坊的传统不能倒。"

"……嗯？"

"房产，不够。"韩栋沉声说罢，想到了什么，嘴角微微勾起。

韩父看着自己的儿子，忍不住打了个寒噤，摆摆手："不管了不管了，以后这CEO的位置给你了，你爱干啥干啥，我也就是给你投个赞成票的权利了。"

当初韩栋向自己认输的时候，韩父心里还很开心。韩栋继承三味坊的附带条件不少，韩父也不甘示弱，提了许多要求。

亲父子明算账，两人博弈的结果就是现在这样。

韩父没想到韩栋的办事效率这么快，主意还这么多。

不过这毕竟也是扩大三味坊版图的好事，他虽然算是退休了，但是交接还没开始，他仍旧是三味坊的CEO。

韩栋父子俩都不怎么爱表达亲情。

看儿子的成长，韩父欣慰。

韩栋看父亲的谅解和包容，也觉得感动。

这中间，都有一个人在做牵引。

如果没有江眉影，韩父没有可以倾诉的对象，没有安慰的人，他可能仍旧无法理解韩栋，对韩栋采取威逼利诱的方式逼着韩栋回家。

而韩栋，也因为江眉影学会了妥协，也更加坚定自己的信念。

谢家投资的酒店被挖走不少重要的顶梁柱大厨，严重影响了生意，其他股东因此对谢家埋怨纷纷。而谢家少数的几家在开发的房地产也因为附近三味坊的投诉而被迫停工。

屋漏偏逢连夜雨。

谢家最近在竞标的一块土地，原本已经内定好了由谢家拍下，跟银行都谈好了贷款，结果因为方盛集团的突然插手，失标了。那块土地被方盛集团拍下，还是谢家无法付出的价格。

这块地是谢家接下去五年的重大项目，全指望着开发这个项目来达到另一个商业巅峰。结果现在失标了，谢家损失惨重。

谢家已经阴云沉沉。

谢母整天哭，谢和金的父亲拿着笤帚揍了顿谢和金，吼道："给我去道歉！什么方式都可以，求他们原谅，撤诉！不把事情给我解决了，你就给我离开这个家！"

谢母哭得上气不接下气，抽抽噎噎地揽着谢父："别打孩子……"

"我不光打他，我还想打你！要不是你一直宠着这祖宗，他会变成现在这副人人生厌的模样？"谢父气极，都开始说胡话，"高中的时候，整天欺负别人，还可以说他没成年不懂事；大学搞大高中生的肚子，这已经够丢脸的；现在你居然敢给我去招惹三味坊，你知不知道三味坊，姓韩的那一家子都是疯子！谁都惹不起！"

在外界看来，一心沉迷自己所爱的行业，并且能做到如此庞大的商业帝国，功成名就是不可思议的事情。三味坊的几位大师以及韩家，因为一颗匠心，精心钻研，将三味坊开拓到如此巨大的版图。

外人都觉得这是疯子才能做到的地步。

疯子和天才之间只有一线之差。

嫉妒的人不愿意承认他们是天才，于是总称他们是疯子。

谢和金趴在地上泣不成声，脸上的伤还没好，现在鼻涕眼泪一把流，狼狈极了。

"我没招惹三味坊……"他颤着声音辩解，"想把的妹子被三味坊的祖宗包养了，能怪我吗？！"

见他还不知悔改，谢父一巴掌扇在他脸上："你还以为人家是被包养呢？"

谢和金觉得委屈万分。

"老子都替你查过了，人家是三味坊的韩老爷子钦定的儿媳妇，正儿八经书香门第出身，父母在首都圈子里都是很有名望的文化人。那个江小姐的母亲还是国内最大的国有出版社的主编，我不说名字你也应该知道是什么样的出版社。要想让我们家名声扫地，只要她一句话的事情。你这都招惹的什么人啊，浑蛋！"谢父恨铁不成钢地哀号，末了，觉得已经没有力气再管教儿子了，坐在沙发上唉声叹气。

谢和金怎么也想不通，高中土里土气，看起来穷得寒酸，家里只有一个老太婆（保姆阿姨）的江眉影，怎么就一跃成为书香门第出身，母亲还是国有出版社的主编了？

谢家闹翻了天，有间面馆却一片祥和。

韩栋无聊地刷了会儿手机，因为谢家请求和解，并且发表声明，向江眉影就过去和现在的所有事情道歉，恢复名誉，作为欺凌证据的帖子，已经被删除了。

谢家还为此赔了不少钱，江眉影对钱不怎么在意。看到谢家如今狼狈破败，她也觉得有些唏嘘。

这背后是谁动的手脚，她当然知道。谢和金低头道歉，还得到了殃及他们家族企业的报应，她于心不忍，想让韩栋撤诉，但是韩栋不肯。

"你还是太心软了。无论是民事诉讼还是刑事诉讼，我们都得继续跟进。无论是我们自己的手段，还是法律的手段，都得让他们知道错。"韩栋说得很强势。

江眉影思考了许久，最终没有反驳。人善被人欺，她必须得让自己的心更加坚硬才行。

江眉影将起诉的事情通过白鹦发在了班级群里，白鹦替江眉影编辑了一下，话说得很霸气。

眉影说，过去发生的一切就当过去了。但是她心里永远也不会原谅，被伤害得生了病，几乎毁了一辈子，没有人会原谅。但是只要不来招惹她，谁都安然无恙。如果来招惹，就跟谢和金一个下场。她不是软弱，只不过不想通过这么社会的方式解决问题。并不代表不能用。

最后，眉影让我转达一句话给那些当年欺凌过她的人：她江眉影，社会你们全家。

这句话是江眉影的原话，让班级群一连沉默了一周，再也没人敢提"神女"二字来开玩笑。

当时韩栋正在开车，白鹦打电话过来询问谢和金的事情。

韩栋不让江眉影知道自己做的事情，但是江眉影都一清二楚。

她轻笑一声："就是社会了他们全家吧。"

白鹦哈哈大笑："厉害厉害，现在谢和金跟只小鸡仔一样，大门不出二门不迈了。谢家最近在投标的一块地也丢了，少说损失两个亿，他们家真的是伤元气了。"

谢和金家本身不是浮城一线富豪的水平，但是谢和金很高调并且自负，总以为自己很了不起了。

江眉影嗤之以鼻："哦，那块地啊，方盛集团拿去了，谢家哪抢得过方盛啊。"

方盛就是苗淼的男朋友方来阳的公司。

她嘴上说着，瞄了眼韩栋的脸色。

韩栋眼尖地发现了她的眼神，轻笑一声："看我做什么？"

"看看你对方盛这个字眼，敏感不敏感啊。"江眉影说道。

毕竟方盛老板是前暗恋对象，苗淼的男友，又是自己王不见王的死对头，怎么看都应该不高兴一下吧。

"还行。"韩栋捏了捏江眉影的手，转着方向盘，拐了个弯。

这件事情他还没来得及感谢方来阳。

明面上是方盛得标，实际上还是韩栋刚注册的有间餐饮在操作的，通过方盛只是不想让社会对三味坊议论纷纷。

毕竟自己之前挖墙脚已经对三味坊的声誉造成不良的影响了。

那块地小，但是地段很好，处在多个商圈交会处，很适合有间面馆安营扎寨，最重要的是，离江眉影的公司还很近。

现在谢家因为失标，资金链断裂，贷款批不下来，其他地产的工程无法展开，而三味坊又一直在投诉，迫使已经付款了的工程队停工，无限期停工。

整个谢家都乱了套了。

江眉影思觉得韩栋真是个朋克青年，做事情可真够绝。

白鹦好奇地问："你跟谁讲话呢？"

"哦，我的厨子，给我搭配营养的。"江眉影调侃道。

白鹦笑道："拉倒吧，是最近那个声名鹊起的韩栋吧。"

江眉影笑而不语。

"眉影。"白鹦轻声喊她。

"嗯？"

"你没发现，你现在越来越开朗了吗，你以前没有这么爱开玩笑的。"白鹦欣慰地说，"现在的你才像是真正活过来一样。上次同学会见你，你仿佛是被人逼着活下去一样。"

江眉影收住勾起的嘴角，抬眼，用余光看着韩栋的侧脸，末了，轻笑一声："因为有人教我怎么活下去了。"

"那就好。"白鹦长叹一声气，"我也要向你道歉。"

"你道什么歉，高中同学里，我最感谢的就是你和阿军。"江眉影不解。

"不。"白鹦的语气很严肃。

"作为当年的旁观者，我只是做到了不参与和偶尔安慰你。但是我没有帮你解围，没有帮你辟谣，没有去联合更多的人让你摆脱困境，更没有及时发现你的病情……"白鹦的声音逐渐低沉下来，"我跟他们无异，也是刽子手。"

白鹦的道歉让江眉影沉默了。

她没有责怪过白鹦。当年的小团体主义，白鹦一直都游离在外，要不是她是学霸，各种社团、学生会活动参与得多，可能也会被排挤在外。

白鹦自己曾经也被其他女生污蔑欺负过，后来阿军带着白鹦现在的丈夫来替白鹦出头，结果被学校通报批评。不过那之后，白鹦就再没有被人欺负过。

白鹦自己也曾经是受害者，没有义务要向自己道歉。

江眉影笑道："好的，你是唯一一个我接受道歉并且原谅的人，我原谅你啦。"

"感恩，给你一个小心心。"白鹦笑嘻嘻地说。

挂了电话，江眉影心情颇好，车子也到公寓楼下了，江眉影凑过去，拉着韩栋的 T 恤领口，将他脑袋拉低，然后凑上去亲了亲他的嘴唇。

"Mua！给你一个奖励。"

江眉影活这么久，从没有比现在更加轻松舒坦过。

韩栋嘴角微勾："哦？就这一个奖励？"

江眉影眉眼弯起，笑开了花："我知道你在想什么，再说，再说！"

韩栋将车子停好，然后打开车门，将江眉影也拉出了车子。

"那就上楼，立刻'再说'吧。"

"别，哈哈哈，你别用这么严肃的表情说这话，太好笑了。"江眉影心中多年的积郁排解出去，再也抑制不住大好的心情，搂着韩栋的胳膊笑得前仰后合的。

韩栋搂住江眉影的腰，心情也颇好。

这是他第一次见到江眉影笑得这么放肆大声，虽然笑得眼睛都弯成一条线了，却是从未有过的美丽。

他最美的一朵小桃花。

4

手牵着手出了电梯，韩栋从身后熊抱着江眉影，亦步亦趋地往前走。

江眉影拱了拱肩膀，埋怨道："你好重，走开。"

"不，我等着你开门'再说'。"韩栋用正经的语气撒娇。

江眉影无奈地笑道："黏死人了你。"

嘴上这样抱怨，却仍旧任他抱着。两人同脚挪到门口，江眉影将钥匙插入锁孔。

一转动钥匙，就发觉手感不对劲。

江眉影皱着眉，疑惑地"咦"了一声。

"怎么了？"韩栋亲了亲江眉影的耳尖。

"我出门明明锁门了吧？你锁的还是我锁的？现在没有上保险哎……"江眉影抬头问他。

韩栋想了想："你锁的，还一直碎碎念，叮嘱我以后锁门也要锁两圈。"

韩栋总是只转一圈钥匙，就当上完保险了。江眉影觉得不安全，经常提醒他。

韩栋问："难道有什么人来过？"

除了他们俩，还有方可可，整座浮城没别人有她家的钥匙。方可可虽然有备用钥匙，但是从来没有用上过，同理，江眉影也有方可可家的钥匙，替对方存着以备不时之需。

剩下的人……

江眉影脑袋里只能浮现出两个人的模样。

如果不再是如同谢和金这样的跟踪狂，以及小偷之流……那只有那两个人了。

江眉影胳膊肘往后撞了撞，小声地对韩栋说："你松开。"

"不要。"

江眉影翻了个白眼，声音放柔："乖，现在松开，对你只有好处，没有坏处。"

江眉影声音虽然很柔和，但是语气里带着凝重，韩栋见好就收。

站直身子，韩栋疑惑地问："怎么了？"

江眉影长长舒出一口气，摆摆手："你离我两只脚的距离，到我身后。"

韩栋一头雾水地照做。

吩咐好这一切，江眉影理了理身上的衣服，抚平衣服上的皱褶，然后尝试了好几遍，挤出脸上的笑容。

最后，打开门，江眉影欢快地对屋内喊道："爸妈，好久不见，你们怎么来了？"

韩栋听到她的话，瞪大了眼睛。江眉影的父母？什么时候来的？

他站在门外，听见一个温柔知性的中年女人的声音，了然地说："别装傻了，我跟你爸在屋里都听见了，别藏着掖着。"

江眉影尴尬地挠了挠脸，瞄了眼另一旁的爸爸。她爸正在厨房那头，开着冰箱检查食材。

大概是察觉到江眉影的视线，江爸爸背着手，走到她面前，从头到尾打量了一遍江眉影，欣慰地说："胖了点，脸色也好了，健康。"

江眉影点点头。

"我看你冰箱里食材很多嘛，最近有进步？"

"嗯……爸……你们怎么突然来了……"江眉影试图转移话题。

"你管我们怎么来的。"江妈妈语气虽然温和，却不容置喙，十足的女强人的模样，"都让你别藏着了，让我们瞧瞧。"

江眉影尴尬万分，手伸到门后，找到韩栋的手，将他拉到自己身后，将门全部打开。

江妈妈双眼一抬，露出一个满意的眼神。

"小伙儿，盘儿靓条儿顺，够精神啊。"江妈妈从小在首都长大，虽然饱读诗书，但是偶尔讲出来的话总是一口京痞子的味道。

夸韩栋盘儿靓条儿顺，江眉影顿时乐开了花。

"夸你条儿顺呢！"江眉影拍拍韩栋的胳膊。

韩栋可不觉得这有什么可高兴的，他又不像江眉影，一直在南方生活到成年，他还不知道"条儿顺"是夸小姑娘漂亮的吗？

江爸爸把韩栋喊过去问话，江眉影被母亲揪住谈话。

"这段时间发生这么多事，怎么都不跟妈妈讲一声？"

江眉影觉得又委屈又难过："怕你们担心啊……你们那么忙。"

"再说……"她眼神瞥向韩栋，"不是有他嘛……"

"哦，有男朋友了不起啊？"江妈妈气笑了，"他会给你洗衣、做菜、洗碗，端茶倒水伺候你啊？还以为有个男朋友多了不起呢，你这小孩……"

江眉影抿着唇，目光灼灼地看着江妈妈。韩栋似乎……还真的给她，洗衣做菜洗碗，端茶倒水地伺候她，还接送她上下班，不惜推迟自己面馆的营业时间。

江妈妈脸上的表情僵住了："不会是真的吧？这么牛一人对你有这么好？"

江眉影不知道韩栋怎么个牛法。她在首都生活的时间不长，而且一直是在学校里度过的，跟她的父母不一样。

江家爸妈在首都工作多年，三味坊总部里的趣事，就跟什么京城四少四美一样，如同花边新闻，让人茶余饭后都津津乐道。

韩栋这个三味坊的天才厨神，还是少东家，一直都备受关注。

江妈妈原本以为，会一怒之下身无分文就离家出走的男人，气性肯定大，指不定大男子主义，对江眉影很霸道，不会照顾人。

现在看起来，似乎有误解。

另一头，江爸爸已经问清楚他们俩认识的经过了，感慨万千。

"那一冰箱的食材，都是你买的？"

"嗯。"韩栋话不多，只是实话实说。

"现在眉影能吃的东西多吗？"

"挺多的。只要我做的，她多多少少都能吃个几口，稍微清淡少油点的，差不多都可以吃光了。"想了想，他又举了个例子，"上周，我做了碗什锦饺子，她吃了五个。"

此话一出，江爸爸顿时感动不已。

"孩子她妈，快听听，咱们家小影能吃五个饺子了！"

"真的假的？"江妈妈惊呼一声，站了起来，回头看他，看到江爸爸脸上感动的泪水后，扭头又带着期待地看江眉影。

江眉影挠了挠脸，郁闷道："要不……我给你们表演一下？"

"来来来。"江妈妈雷厉风行的，居然真的要江眉影表演。

江眉影呆滞着一张脸，然后看见韩栋乖巧地去冰箱那儿找食材，从口袋里找出他那本《江眉影饮食记录手册》，查找她当天吃光了的那几个饺子的馅料。

韩栋做菜的动作有着他自己独特的节奏和韵律，如同一件艺术品，又像是一名钢琴演奏家，在优雅地演奏歌曲。

江眉影坐在餐桌上，趴在胳膊上，歪着脑袋看他的一举一动，眼里带着笑，嘴角微微上扬。

江家爸妈看着这一幕，对视一眼，眼里也带上了笑意。

最后，灶火一收，水饺沥干摆盘。

韩栋将盘子端到江眉影面前，与江眉影四目相对，眼里带着无尽的温柔。

他声音里满满的笑意："开始你的表演吧，江眉影女士。"

"好吧，厨神先生。"江眉影耸耸肩，无奈地一笑。

5

10 月 13 日，是江眉影和谢和金民事诉讼案开庭的日子。

江眉影在微博和知乎上都公布了这件事情，但是要大家不要来围观，影响严肃的法庭的纪律。

如果民事诉讼成立，紧接着还有刑事诉讼案开庭。

谢和金怎么都不想坐牢，拼命地请求庭外和解，想让江眉影撤销刑事诉讼。

江眉影硬着脾气没有撤销。

谢和金编造的几个谣言帖子浏览量已经超过了五万，足够作为定罪证据并且量刑了。

这是谢家最不想看到的。虽然帖子已经被删了，但是江眉影早就通过公证处做了固定证据。

江眉影在韩栋和律师的陪同下进入法庭，她的父母、韩栋的父亲以及他们的朋友就坐在庭内，用坚定的目光鼓励着她。

"开庭。"法官敲下法槌。

江眉影心想，等案子结束了，她要游说刘导策划一期杜绝校园暴力的节目，以自己的能力，让人们都能更加重视校园暴力的危害。

　　她侧过脸看着韩栋，韩栋正巧也回视着她，轻笑一声，伸手握住她的手，安抚着她。

　　江眉影感觉心脏被幸福填充得满满的，她用只有两人才能听得到的声音，轻声说道："谢谢你，我亲爱的厨神先生。"

—The End—

【大鱼家族】
小花读者福利群首次开放招新了！！！！

天气热热热热……大鱼小花读者群开张，送礼送不停！

1 群群号：149365431

敲门暗号：一本大鱼或小花出版的图书名

（满员后可加2群，2群群号：625085019）

**暑期福利
三重惊喜**

(1)　2018 红包福利
2018 年 12 月 30 日前，每逢周五、周六晚上 8 点，群主随机掉落红包雨，拼手速，拼颜值，拼运气的时候到了！

(2)　免费送书福利
每天都有一名值班的编辑小哥哥小姐姐陪你们聊天互动游戏问答，随时可能会有各种神秘礼物掉落砸中你！
最新大鱼家族图书、大鱼公司文化 T 恤、编辑私藏小礼物、手机壳、笔袋、大鱼淘宝店优惠券等应有尽有。

(3)　大鱼小花定期招募
定期招募兼职小记者、兼职书评员、团购宣传员等，一经采用将获得兼职报酬，进群可第一时间了解相关信息！

招新目标人群：所有喜爱大鱼家族和小花阅读品牌的图书小说的小可爱！有你我们更有爱~！

大鱼

有爱的青春陪伴者

陪